이태준 단편선
까마귀

책임 편집 · 김윤식(1936~2018)
주요 저서로『한국근대문예비평사 연구』『이광수와 그의 시대』『한국 근대 소설사 연구』
『염상섭 연구』『한국 현대 현실주의 소설 연구』『작가와의 대화』『한국 근대 리얼리즘
작가 연구』(공저) 등이 있음.

한국문학전집 21

까마귀

이태준 단편선

초판 1쇄 발행 2006년 2월 1일
초판 13쇄 발행 2024년 12월 23일

지 은 이   이태준
책임 편집   김윤식
펴 낸 이   이광호
펴 낸 곳   ㈜문학과지성사
등록번호   제1993-000098호

주   소   04034 서울 마포구 잔다리로7길 18(서교동 377-20)
전   화   02)338-7224
팩   스   02)323-4180(편집) 02)338-7221(영업)
전자우편   moonji@moonji.com
홈페이지   www.moonji.com

ⓒ ㈜문학과지성사, 2006. Printed in Seoul, Korea

ISBN 89-320-1667-4 04810
ISBN 89-320-1552-X(세트)

이태준 단편선
까마귀

김윤식 책임 편집

문학과지성사 한국문학전집 21

| 차 례 |

│ 일러두기 │

1. 이 책에 실린 작품은 이태준이 1932년부터 1946년까지 발표한 작품 중에서 선정한 10편의 단편소설이다. 각 작품의 정확한 출처는 작품 목록에 명기되어 있다.

2. 이 책의 맞춤법은 1988년 1월 19일 문교부 교시 '한글 맞춤법'에 따르는 것을 원칙으로 하였다. 단 작품의 분위기에 영향을 준다고 판단되는 방언이나 구어체 표현, 의성어·의태어 등은 그대로 두었다.

   예) "문간에 명함 붙이신 걸로 알었세요."
   　　"책이 모두 썩어두 몰루?"

3. 원본의 한자는 가급적 한글로 바꾸었으며, 작품 이해에 도움이 될 만한 한자는 그대로 두고 괄호 안에 넣었다. 반복적으로 등장하는 한자어는 최초에만 괄호 안에 한자를 병기하고 후에는 한글로 표기하였다. 또 책임 편집자가 독자들의 이해를 위해 필요하다고 판단되어 부가적으로 병기한 한자는 중괄호(〔 〕)를 사용하여 표기하였다.

4. 대화는 모두 " "로 바꾸었고, 대화가 아닌 강조의 경우에는 ' '로 바꾸었다. 또 책 제목은 『 』로, 영화·단편소설 등의 제목은 「 」로 표시했다. 말줄임표는 '……'로 통일시켰다.

5. 외래어 표기는 1986년 1월 7일 문교부 교시 '외래어 표기법'에 따라 바꾸었다. 단 작품의 제목이나 중요한 어휘로 등장하는 경우에는 원본을 그대로 살렸다.

6. 과도하게 사용된 생략 부호나 이음 부호는 읽기에 편하도록 조절하였다.

7. 책임 편집자가 부가적인 설명이나 단어 풀이가 필요하다고 판단한 경우에는 본문에 중괄호(〔 〕)로 표시해놓거나 책의 뒤쪽에 미주로 설명을 붙여놓았다.

불우 선생 不遇先生

H군과 나는 그를 '불우 선생'이라 부른다. 불우 선생을 우리가 처음 알기는 작년 여름 돈의동(敦義洞) 의신여관에 있을 때다. 하루는 다 저녁때 늙은 손님 하나가 주인을 찾았다.

"이리 오너라."

부르는 소리만은 아마 그 집 대문간에서 나던 소리 중에는 제일 점잖고 위풍이 있었으리라고 생각한다.

눈딱부리 주인마님은 안마루에 앉아, 저고리 가슴을 풀어헤치고 콩나물을 다듬고 있다가 너무나 놀라워서 허겁질을 해 일어섰던 것이다.

객실이 너절한 만치 우리 같은 무직자들이나, 유직자들이라 해도 무슨 보험 회사 외교원 같은, 입심으로 사는 친구들만 모여들어, 그악은 혼자 부리면서도 늘 밥값은 받는 것보다 떼이는 것이 더 많은 마나님이라 찾아온 손님이 그 목소리만 점잖은 듯하여도

게서 더한 반가움은 없는 듯하였다.

　주인마님은 저고리를 여미고 가래 끓는 목청을 다듬으며,

　"네에."

　소리를 거듭하며 달려나왔다.

　그때 문간방에 있던 H군과 나는 '저 마누라의 능청 떠는 걸 좀 보리라' 하고 잠잠히 문간 쪽을 듣고 있었다. 그랬더니 우리의 상상과는 딴판으로 주인마님의 목소리는 고분고분하지가 않았다.

　고분고분은 그만두고 무뚝뚝한 것도 지나쳐 반역정을 내는 데는 너무나 의외였다.

　"당신이 찾소? 누구를 보료?"

　"아니 누구를 보러 온 게 아니요, 여관 영업 패가 붙었으니 묵으러 온 것이지……."

　"무슨 손님이 보따리 하나 없단 말요?"

　"허! 이게 여관업자로 무슨 무례한 말씀이오. 보따리가 밥값 내오?"

　주인 마누라는 겉보기와 속마음은 딴사람이었다. 아니 겉과 속이 다르다기보다 H군의 말마따나 금붕어에다 비긴다면 그 마나님은 겉과 속이 꼭 같은 사람이었다.

　눈알이 불거진 것도 금붕어요, 얼굴이 붉고 궁둥이가 디룩디룩하는 것도 금붕어요, 또 마음이 유순한 것도 금붕어 같은 마님이었다. 팔자 타령과 함께 역정이 날 때는 집에 불이라도 지르고 끝장을 낼 것 같다가도 그는 오래 성내고는 자기 속이 견디지 못하는 성미였다.

밥값들을 안 낸다고 방마다 문을 열어젖히고 야단을 친 그날일수록 오히려 옷가지를 잡혀다가라도 반찬을 특별나게 차려 내놓는, 인정 많은 마나님이었다.

그래서 그날도 처음 나가 말 나오듯 해서야 그 손님이 어딜 문안에 들어서다니, 단박 쫓겨나가고 말 것 같았으나 결국은 우리 있는 옆방으로 방을 정해 들여앉힌 것이다.

과연 그 손님은 목소리만은 점잖스러웠다. 의복이 초췌해 그렇지 신수도 좀스럽다거나 막된 사람은 아니었다. 그는 후줄근한 모시 중의에 맥고모자는 삼년상을 그 모자로만 치르는지 먼지가 더께로 앉고 베헝겊조차 땀에 얼룩이 져 있었다. 툇돌 위에 벗어놓았다가 다시 집어 툇마루 위에 올려놓는 신발도 그리 대단스럽지는 못한 누르퉁퉁한 고무신이었다.

이 새로 든 손님은 우리 방에서 같이 저녁상을 받게 되었다. 그가 든 방은 겨우 드나드는 문 하나밖에 없어 낮에도 어둡고 바람이 통치 않아 웃돈을 받고 있으래도 못 견딜 방이었다.

그래서 주인마님도 여름만 되면 아예 휴등을 해두고 말기 때문에 늦은 저녁을 불 있는 우리 방에서 같이 먹게 된 것이다.

우리는 밥상을 받기 전에 이웃방 손님과 통성을 하였다. 그는 우리에게 존장뻘이 훨씬 넘는 중노인으로 이름은 송 아무개라 하였다. 그는 별로 말이 없이 한 손으로 부채질만 하면서 밥만 급한 듯 퍼먹었다. 우리는 반 그릇도 못 먹었을 새에 그의 밥사발은 밑바닥이 긁히는 소리가 났다. 그리고 그는 밥숟갈을 놓자마자 자기 손으로 밥상을 든 채,

"실례했소이다."

하면서 우리 방에서 나갔다.

그날 밤이다. 우리는 저녁 후에 가까이 있는 파고다공원에 가서 두어 시간을 보내고 오니까, 우리 옆방 굴속 같은 어두운 방 속에 선 왕- 왕- 글 읽는 소리가 났다. 물론 새로 든 그 방 주인의 소리 겠지만 그렇게 청승스럽게 잘 읽는 소리는 처음 들었기 때문에 우리는 귀를 빼앗기고 듣고 있었다. 그때는 무슨 글인지는 몰랐으나 '굴원이 기방에'니 '행음택반할새 안색이 초췌'니 하던 마디를 생각해보면 굴원(屈原)의 「어부사(漁父辭)」를 읽었던 모양이다.

우리는 무조건하고 글소리만에 그에게 경의를 느끼었다. 그리고,

"송선생님?"

하고 그를 찾아 그 방은 더우니 우리 방에 와 자자고 청하였다. 그는 조금도 사양 없이 우리 방으로 왔다. 그리고 우리가 한 가지를 물으면 두 가지 세 가지씩 자기의 신상담을 비롯하여 조선의 최근 정변이며 현대 사상 문제의 여러 가지와 일본엔 백년지계를 가진 정치가가 없느니, 중국엔 손일선(孫逸仙)이가 어떠했느니 하고 밤이 깊도록 떠벌렸다. 그때 그의 말 중에 제일 선명하게 기억되는 것은, 자기는 십여 년 전만 하여도 천여 석 추수를 받아 먹고 살던 귀인이었다는 것과 그 재산이 한말(韓末) 풍운 속에서 하룻밤 꿈처럼 얻은 것이라 불순한 재물인 것을 깨닫던 날부터는 물 퍼내 버리듯 하였다는 것과 한동안은 시대일보(時代日報)에도

중요 간부였었고 최근에 중외일보(中外日報)에도 자기가 산파역을 한 사람 중의 하나였다는 것과, 오늘의 자기는 이렇게 행색이 초췌해서 서울을 객지처럼 여관으로 돌아다니지만 여섯 식구나 되는 자기 집안이 모두 서울 안에 있다는 것과, 이렇게 여관으로 다니는 것은 집에선 끼니가 간데없고 친구들의 신세도 씩씩할 뿐만 아니라 친구들이래야 모두 신문사 간부급의 인물들이라 그들의 체면도 생각해야겠고, 또 그네들이 요즘 와선 전날의 기상(氣象)들이 없어지고 무슨 은행이나 기업 회사(企業會社)의 중역처럼 아니꼬움 부리는 것이 메스꺼워 찾아가지 않는다는 것과, 또 이렇게 여관으로 다니면 동지라 할까 자기 같은 사람도 알아주는 사람을 만날까 함이라는 것, 이런 것들이다.

"그러면 송선생은 송선생을 알아주는 사람을 만나면 무슨 일을 하시겠소?"

하고 우리가 물었더니 그는,

"알아만 주는 것으로 일이 되오. 돈이 나올 사람이라야지."

하였다.

"돈도 많이 낼 사람이라면 말입니다."

"나 그럼 신문사 하겠소. 요즘도 셋이나 있긴 하지만 그것들이 신문사요? 조선선 그런 신문사 백이 있어도 있으나마나요……."

하였다.

"선생님 댁은 서울이라면서 이렇게 다니시면 댁 일은 누가 봅니까? 자제 분이 봅니까?"

"나 철난 자식 없소. 어머니가 아직 생존해 계시고 여편네하고

과수 된 제수 하나하고 딸년 두울하고 아들이라곤 이제 열뒤 살
나는 것 하나하고 모두 여섯 식구가 집에 있지만 난 집안일 불고
하지요. 불고 안 한댔자 별도리가 무에요만!"

"그럼 댁에서들은 달리 수입이 계십니까?"

"수입이 무에요. 굶는 데 졸업들이 돼서 잘들 견디지요. 몇 달
에 한 번 혹 그 앞을 지날 길에 들여다보아야 그렇게 굶고들도 한
명 축가는 법도 없지요. 저희 굶다 못 견디면 도적질이라도 하겠
지요."

"그러면 도적질이라도 하게 두신단 말씀입니까?"

그때 H군이 물어본 말이었다. 그는 늙었으나 정력이 가득 차
보이는 눈이 더한층 빛나며 태연히 이렇게 대답하였다.

"내가 내 식구들만 먹이기 위해서 도적질을 한다면야 그건 죄
가 되지요. 그러나 제각기 제 배가 고파서 훔치는 건 벌받을 만한
죄악은 아니겠지요. 난 그렇게 생각하고 아무런 책임감도 없이
다니오."

그날 저녁 그는 우리 방 윗목에서 잤다. 드러누워서 어찌 방귀
를 뀌는지 H군이 견디다 못해 "무슨 방귀를 그렇게 뀌느냐" 하니
"호랑이 방귀"라 하였다. "그게 무슨 말이냐" 하니까 "끼니를 규
칙적으로 못 먹고 몇 끼씩 굶었다가 생기면 다부지게 먹으니까
창자 속에 이상이 일어난 표현이라" 하였다.

그 이튿날 아침도 주인 마나님은 이 허줄한 손님에게 조반을 주
었다. 그리고 조반상이 끝나자, 나와서,

"어서 두어 끼 자셨으니 다른 여관으로 가시우."

하였다. 그러나 손님도 손님이라 노염도 타지 않고,

"여관에서 객을 마대다니 참······."

하였다.

"왜 객을 마대오, 누가······. 그럼 선금을 내시구려."

"돈 잡히고 밥 사 먹는 녀석이 어디 있소?"

"그럼 어서 나가시오. 나 두 끼 밥값도 안 받을 테니 어서 가슈. 별꼴 참 다 보겠군······ 댁이 내게 무슨 친정붙이나 되시오? 무슨 턱에 내 집에 와 성화요? 암만 있어야 밥 나올 줄 아오?"

"안 내보내면 굶구 견데보리다······."

그날 저녁은 정말 우리 밥상만 나왔다. 그러나 더웁다는 핑계로 (사실 그의 방엔 들어앉아 있을 수도 없었지만) 우리 방에 와 있으니 사람을 옆에 두고, 더구나 우리는 점심이나 먹었지만 그는 긴 긴 여름날 하루를 그냥 앉아 배긴 사람을 모르는 체하고 우리만 먹을 수가 없었다.

"같이 좀 뜨십시다."

"아니요, 나는 노형네와 달러 잘 굶소. 아무렇지도 않소. 노형네가 미안할 것이니 저녁상이 끝나도록 나는 내 방으로 가 있으리다."

하고 일어섰다. 그러나 우리는 일어서는 그를 잡아 앉히었다. 그리고 수저를 내오라고 어멈을 부르려니까 그는 여기 있노라 하며, 조끼에서 커다란 칼을 집어내었다.

그 칼은 이상한 칼이었다. 철물전에 가면 혹 그 비슷한 것은 있어도 그와 똑같은 것은 아직 나는 보지 못하였다. 어찌 생긴 칼인고 하니 칼은 칼 모양으로 되었는데 칼만 달린 것이 아니라 병마개 뽑는 것, 국물 떠먹기 좋은 움푹한 숟가락, 서양 사람들이 젓가락 대신으로 쓰는 사시창까지 달린 칼이었다.

그는 숟가락을 잡아 뽑고 사시창을 잡아 뽑고 하더니 한끝으론 밥과 국을 떠먹고 한끝으론 김치쪽을 찔러 먹는데, 젓가락을 들었다 놓았다 하는 우리보다 더 빨리 더 편리하게 먹었다. 그리고 오이지가 긴 것이 있으니까 칼날까지 열어젖히더니 숭덩숭덩 썰어가면서 먹었다. 그 칼은 그에게 없지 못할 무기 같았다.

그는 그 이튿날 아침에도 우리 조반상에서 그 완비한 무기를 사용하였다. 그리고 우리가 밖에 나갔다 저녁에 들어오니 그는 자기 방에도 우리 방에도 있지 않았다. 주인마님에게 물어본즉 "내어쫓았다" 했다.

H군과 나는 그가 없어진 것을 저윽이 섭섭하게 느끼었다. 그래서 며칠 동안은 그의 인상을 이야기하며 그를 '불우 선생'이라 부르기 시작한 것이다.

우리가 이 불우 선생을 다시 만나보기는 그 후 한 달쯤 지나 삼청동에서다. 그는 석양이 가까운 그늘진 삼청동 골짜기에서 그 곡선미도 없는 삐쩍 마른 몸뚱이를 벌거벗고 서서 돌 위에서 무엇을 털럭털럭 밟고 있었다.

가만히 보니 두루마기는 빨아서 풀밭에 널어놓고 적삼과 중의를 말리다 말고 꾸김살을 펴느라고 밟고 섰는 꼴이었다.

"저런 궁상 좀 보게."

하고 우리는 웃었으나 그가 불우 선생인 것을 알고는 반가워 그
냥 지나쳐지지가 않았다.

"허허, 이게 웬일들이시오?"

하고 말은 그가 먼저 내었다.

"네, 송 선생을 여기서 뵙겠습니다그려."

하고 우리가 바투 가지 못하고 머뭇거리니까.

"허허, 이거 실례요."

하고 껄껄 웃었다. 그러면서도 여전히 털럭털럭 빨래를 밟았다.

"왜, 댁에 들어가 빨아 입지 않으시고 손수 이렇게 하십니까?"

"빨래 좀 해 입으려고 두어 달 만에 들어갔더니 집이 없어졌구
려!"

"없어지다니요?"

"잡혀먹고 삼사 년이 되도록 이자나 어디 물어왔소."

우리는 벌거벗은 그와 마주 섰기 민망하여 길게 섰지는 못하고
이내 헤어졌다. 우리는 그의 곁을 지날 때 땅바닥에 펼쳐놓은 조
그만 손수건 위에서 그의 전 소유물을 일별할 수 있었다.

전 소유물이래야 노랗게 쩔은 참대 물부리 하나, 유지 부채 하
나, 반 넘어 닳은 빨랫비누 하나, 그리고는 예의 그 칼인데 역시
그 칼이 제일 값나가는 재산 같았다.

그 후 우리는 불우 선생을 거의 잊고 있었다. 그러다가 내가 어
제 우연히 행길에서 그를 만난 것이다.

"허! 이거 이공이 아니시오? 반갑소이다."

그가 먼저 나를 알아보고 손을 내밀었다. 나도 반가웠다. 그러나 그를 초췌한 행색 그대로 다시 만나는 것은 조금 섭섭하였다.

"그간 어떻게 지나셨습니까. 무슨 사업이나 잡으셨습니까?"

"사업이라니요…… 그저 그렇지요…… 그런데 이공? 내가 시방 시장하오. 어디 좀 들어가 앉읍시다. 그리고 내 이야기도 좀 들어주시오."

나는 그와 청요릿집으로 들어갔다.

"이공! 허!"

그렇게 낙관이던 그의 눈에는 눈물이 핑그르 어리었다.

"네?"

"사람 목숨처럼 궁상스럽고 찔긴 게 없구려……."

"왜, 그렇게 언짢은 말씀을 하십니까? 더운 걸 좀 자시겠습니까?"

"아무게나 값싼 것으로 시키슈…… 내가 죽을 걸 살지 않았소!"

"글쎄, 신상이 매우 상하셨습니다."

"상하다뿐이겠소. 월여 전에 전차길을 건느다가 그만 전차에 뒷통실 받혔지요. 그걸 그 당장에 전차쟁이들이 하자는 대로 못난 체하고 쫓아가 병원엘 입원을 하고 고쳤드면 그다지 생고생은 안 했을 것인데 그 녀석들 욕을 몇 마디 하느라고 고집이 나서 따라가질 않고 그저 바람을 쐬고 다녔구려…… 아! 그랬드니 골 속이 붓지 않나요. 이런 제기, 그러니 벌써 며칠 뒤라 전기 회사로 찾아갈 수도 없고 병원으로 가자니 돈이 있길 하오, 그냥 그러고

쏘다니다가 어떤 친구의 집엘 갔더니 그 친구의 아들이 의학교에 다닌다게 좀 봐달라고 하지 않았겠소. 그랬더니 골이 썩기를 시작하니 다른 데와 달러 일주일 안에 일을 당하리라는구료. 허! 일이 별일이오. 죽는 것 아니겠소? 슬그머니 겁이 듭니다그려. 그래 그길로 몇몇 친구를 찾아다녔으나 한 사람도 만나주지를 않아 그냥 돌아서니 그젠 눈물밖엔 나는 게 없습디다. 골은 자꾸 뜨겁고 쑤시긴 하고…… 그제는 그 끔찍할 것도 없는 집안 사람들 생각이 간절해집디다그려. 그래서 뉘 집 뜰아랫방이란 말만 듣고 가본 적은 없는 데를 두루 수소문을 해서 찾아가지를 않았겠소. 그러나 촐촐히 굶주리는 판에 돈 한 닢 들고 들어가지는 못하나마 병신이 돼서 죽으러 들어가구 보니 누가 반가워하겠소?"

"참, 댁에서도 경황없으셨겠습니다."

"경황이 무어요. 그래도 남 아닌 건 어머니밖엔 없습디다. 눈 어두신 어머님이 자꾸 붙들고 밤새 울으셨지요. 참 내가 불초자요……."

하고 그의 눈엔 눈물이 다시 핑그르 돌았다.

"그래 어떻게 일어나셨습니까?"

"그저 죽을 날만 기다리고 있는데 하루는 어느 친구가 어디서 들었는지 알고 인력거를 보냈습디다그려. 그땐 그만 자격지심에 그까짓 그냥 죽어버리고 말려고 하는데 집안 사람들이 그여이 끌어내서 병원으로 가지 않았겠소. 그러나 병원에선 보더니 한다는 소리가 때가 늦었으니 가만히 나가 있다가 죽는 것이 고생은 덜 한다고 그러는구려. 그러니 꼴만 점점 더 사납게 되지 않았소? 그

래 죽더라도 청원을 안 할 테니 수술을 하라고 했지요. 뭐 내가
살구퍼서 수술을 하라고 한 건 아니오. 정칠 놈의 세상, 사람을
너무 조롱을 하는 것 같더라니 악이 받쳐 대든 셈이지요. 허! 그
래서 이렇게 다시 살아났구려. 그때 죽었으면 편했을 걸 다시 이
렇게 욕인 줄 모르고 살아 다니는구려!"

"참, 머리에 흠집이 크게 나셨군요."

"고생한 데다 대면 흠집이야 아주 없는 셈이죠."

"아무튼 불행 중 다행이십니다."

"욕이죠. 이렇게 살아나서 이선생을 또 만나는 건 반가워도 이
렇게 신세지는 게 다 욕이 아뇨?"

"원, 별말씀을……."

음식이 올라왔다. 나는 배갈병을 들어 그의 잔을 가득히 부었
다.

"드십시오."

"네…… 그런데 요즘 일중 문제가 꽤 주의를 끌지요?"
한다.

"글쎄요. 저는 그런 방면엔 문외한이올시다."
하니,

"그럴 리가 있소, 저렇게 발발한 청년 시기에…… 요즘 극동 풍
운이 맹랑해지거든……."
하는 데는, 불우 선생은 돌연히 지난여름 의신여관에서 보던 때
와 같은 형형(炯炯)한 정열의 안광이 빛나기 시작하였다. 그리고
그는 나의 음식을 먹으면서도 나를 자기가 먹이는 듯 무엇인지

나를 압박하는 것이 있었다.

　청요릿집을 나와서,

　"송선생, 어디로 가시럽니까?"

하니,

　"허! 아무 데로나 가지요. 어서 먼저 가시오."

하고는 물끄러미 서서 때 묻은 두루마기 자락을 바람에 날리며
내가 전찻길로 나오는 걸 바라보았다.

달밤

성북동(城北洞)으로 이사 나와서 한 대엿새 되었을까, 그날 밤 나는 보던 신문을 머리맡에 밀어 던지고 누워 새삼스럽게,

"여기도 정말 시골이로군!"

하였다.

무어 바깥이 컴컴한 걸 처음 보고 시냇물 소리와 쏴- 하는 솔바람 소리를 처음 들어서가 아니라 황수건이라는 사람을 이날 저녁에 처음 보았기 때문이다.

그는 말 몇 마디 사귀지 않아서 곧 못난이란 것이 드러났다. 이 못난이는 성북동의 산들보다 물들보다, 조그만 지름길들보다, 더 나에게 성북동이 시골이란 느낌을 풍겨주었다.

서울이라고 못난이가 없을 리야 없겠지만 대처에서는 못난이들이 거리에 나와 행세를 하지 못하고, 시골에선 아무리 못난이라도 마음 놓고 나와 다니는 때문인지, 못난이는 시골에만 있는 것

처럼 흔히 시골에서 잘 눈에 뜨인다. 그리고 또 흔히 그는 태고 때 사람처럼 그 우둔하면서도 천진스런 눈을 가지고, 자기 동리에 처음 들어서는 손에게 가장 순박한 시골의 정취를 돋워주는 것이다.

그런데 그날 밤 황수건이는 열시나 되어서 우리 집을 찾아왔다.

그는 어두운 마당에서 꽥 지르는 소리로,

"아, 이 댁이 문안서……."

하면서 들어섰다. 잡담 제하고 큰일이나 난 사람처럼 건넌방 문 앞으로 달려들더니,

"저, 저 문안 서대문 거리라나요. 어디선가 나오신 댁입쇼?"

한다.

보니 '합비'는 안 입었으되 신문을 들고 온 것이 신문 배달부다.

"그렇소, 신문이오?"

"아, 그런 걸 사흘이나 저, 저 건너쪽에만 가 찾았습죠. 제기……."

하더니 신문을 방에 들여뜨리며,

"그런뎁쇼, 왜 이렇게 죄꼬만 집을 사구 와 곕쇼. 아, 내가 알었더면 이 아래 큰 개와집도 많은 걸입쇼……."

한다. 하 말이 황당스러 유심히 그의 생김을 내다보니 눈에 얼른 두드러지는 것이 빡빡 깎은 머리로되 보통 크다는 정도 이상으로 골이 크다. 그런 데다 옆으로 보니 장구대가리다.

"그렇소? 아무튼 집 찾노라고 수고했소."

하니 그는 큰 눈과 큰 입이 일시에 히죽거리며,

"뭘입쇼, 이게 제 업인뎁쇼."

하고 날래 물러서지 않고 목을 길게 빼어 방 안을 살핀다. 그러더니 묻지도 않는데,

"저는입쇼, 이 동네 사는 황수건이라 합니다……."

하고 인사를 붙인다. 나도 깍듯이 내 성명을 대었다. 그는 또 싱글벙글하면서,

"댁엔 개가 없구먼입쇼."

한다.

"아직 없소."

하니,

"개 그까짓 거 두지 마십쇼."

한다.

"왜 그렇소?"

물으니 그는 얼른 대답하는 말이,

"신문 보는 집엔입쇼, 개를 두지 말아야 합니다."

한다. 이것 재미있는 말이다 하고 나는,

"왜 그렇소?"

하고 또 물었다.

"아, 이 뒷동네 은행소에 댕기는 집엔입쇼, 망아지만한 개가 있는뎁쇼, 아, 신문을 배달할 수가 있어얍죠."

"왜?"

"막 깨물랴고 덤비는걸입쇼."

한다. 말 같지 않아서 나는 웃기만 하니 그는 더욱 신을 낸다.

"그눔의 개, 그저 한번, 양떡을 멕여대야 할 텐데……."

하면서 주먹을 부르대는데 보니, 손과 팔목은 머리에 비기어 반비례로 작고 가느다랗다.

"어서 곤할 텐데 가 자시오."

하니 그는 마지못해 물러서며,

"선생님, 참 이선생님 편안히 주뭅쇼. 저이 집은 여기서 얼마 안 되는걸입쇼."

하더니 돌아갔다.

그는 이튿날 저녁, 집을 알고 오는데도 아홉시가 지나서야,

"신문 배달해 왔습니다."

하고 소리를 치며 들어섰다.

"오늘은 왜 늦었소?"

물으니

"자연 그럽죠."

하고 다른 이야기를 꺼냈다.

자기는 원래 이 아래 있는 삼산학교에서 일을 보다 어떤 선생하고 뜻이 덜 맞아 나왔다는 것, 지금은 신문 배달을 하나 원배달이 아니라 보조 배달이라는 것, 저희 집엔 양친과 형님 내외와 조카 하나와 저희 내외까지 식구가 일곱이란 것, 저희 아버지와 저희 형님의 이름은 무엇무엇이며, 자기 이름은 황가인 데다가 목숨수 자하고 세울 건 자로 황수건이기 때문에, 아이들이 노랑수건이라고 놀리어서 성북동에서는 가가호호에서 노랑수건 하면, 다 자긴 줄 알리라고 자랑스럽게 이야기하다가 이날도,

"어서 그만 다른 집에도 신문을 갖다줘야 하지 않소?"
하니까 그때서야 마지못해 나갔다.

우리 집에서는 그까짓 반편과 무얼 대꾸를 해 가지고 그러느냐 하되, 나는 그와 지껄이기가 좋았다.

그는 아무것도 아닌 것을 가지고 열심스럽게 이야기하는 것이 좋았고, 그와는 아무리 오래 지껄이어도 힘이 들지 않고, 또 아무리 오래 지껄이고 나도 웃음밖에는 남는 것이 없어 기분이 거뜬해지는 것도 좋았다. 그래서 나는 무슨 일을 하는 중만 아니면 한참씩 그의 말을 받아주었다.

어떤 날은 서로 말이 막히기도 했다. 대답이 막히는 것이 아니라 무슨 말을 해야 할까 막히었다. 그러나 그는 늘 나보다 빠르게 이야깃거리를 잘 찾아냈다. 오뉴월인데도 "꿩고기를 잘 먹느냐?"고도 묻고, "양복은 저고리를 먼저 입느냐, 바지를 먼저 입느냐?"고도 묻고 "소와 말과 싸움을 붙이면 어느 것이 이기겠느냐?"는 등, 아무튼 그가 얘깃거리를 취재하는 방면은 기상천외로 여간 범위가 넓지 않은 데는 도저히 당할 수가 없었다. 하루는 내가 "평생 소원이 무엇이냐?"고 그에게 물어보았다. 그는 "그까짓 것쯤 얼른 대답하기는 누워서 떡 먹기"라고 하면서 평생 소원은 자기도 원배달이 한번 되었으면 좋겠다는 것이었다.

남이 혼자 배달하기 힘들어서 한 이십 부 떼어 주는 것을 배달하고, 월급이라고 원배달에게서 한 삼 원 받는 터이라 월급을 이십여 원을 받고, 신문사 옷을 입고, 방울을 차고 다니는 원배달이 제일 부럽노라 하였다. 그리고 방울만 차면 자기도 뛰어다니며 빨리 돌 뿐 아니라 그 은행소에 다니는 집 개도 조금도 무서울 것이 없겠노라 하였다.

그래서 나는 "그럴 것 없이 아주 신문사 사장쯤 되었으면 원배달도 바랄 것 없고 그 은행소에 다니는 집 개도 상관할 배 없지 않겠느냐?" 한즉 그는 뚱그레지는 눈알을 한참 굴리며 생각하더니 "딴은 그렇겠다"고 하면서, 자기는 경난이 없어 거기까지는 바랄 생각도 못하였다고 무릎을 치듯 가슴을 쳤다.

그러나 신문 사장은 이내 잊어버리고 원배달만 마음에 박혔던 듯, 하루는 바깥 마당에서부터 무어라고 떠들어대며 들어왔다.

"이선생님? 이선생님 곕쇼? 아, 저도 내일부턴 원배달이올시다. 오늘 밤만 자면입쇼……."

한다. 자세히 물어보니 성북동이 따로 한 구역이 되었는데, 자기가 맡게 되었으니까 내일은 배달복을 입고 방울을 막 떨렁거리면서 올 테니 보라고 한다. 그리고 "사람이란 게 그리게 무어든지 끝을 바라고 붙들어야 한다"고 나에게 일러주면서 신이 나서 돌아갔다. 우리도 그가 원배달이 된 것이 좋은 친구가 큰 출세나 하는 것처럼 마음속으로 진실로 즐거웠다. 어서 내일 저녁에 그가 배달복을 입고 방울을 차고 와서 쭐럭거리는 것을 보리라 하였다.

그러나 이튿날 그는 오지 않았다. 밤이 늦도록 신문도 그도 오지 않았다. 그 다음날도 신문도 그도 오지 않다가 사흘째 되는 날에야, 이날은 해도 지기 전인데 방울 소리가 요란스럽게 우리 집으로 뛰어들었다.

'어디 보자!'

하고 나는 방에서 뛰어나갔다.

그러나 웬일일까 정말 배달복에 방울을 차고 신문을 들고 들어서는 사람은 황수건이가 아니라 처음 보는 사람이다.

"왜 전엣사람은 어디 가고 당신이오?"

물으니, 그는,

"제가 성북동을 맡았습니다."

한다.

"그럼, 전엣사람은 어디를 맡았소?"

하니 그는 픽 웃으며,

"그까짓 반편을 어딜 맡깁니까? 배달부로 쓸랴다가 똑똑치가 못하니까 안 쓰고 말었나 봅니다."

한다.

"그럼 보조 배달도 떨어졌소?"

하니,

"그럼요, 여기가 따루 한 구역이 된걸이오."

하면서 방울을 울리며 나갔다.

이렇게 되었으니 황수건이가 우리 집에 올 길은 없어지고 말았다. 나도 가끔 문안엔 다니지만 그의 집은 내가 다니는 길옆은 아닌 듯 길가에서도 잘 보이지 않았다.

나는 가까운 친구를 먼 곳에 보낸 것처럼, 아니 친구가 큰 사업에나 실패하는 것을 보는 것처럼, 못 만나는 섭섭뿐이 아니라 마

음이 아프기도 하였다. 그 당자와 함께 세상의 야박함이 원망스
럽기도 하였다.

　한데 황수건은 그의 말대로 노랑수건이라면 온 동네에서 유명
은 하였다. 노랑수건 하면 누구나 성북동에서 오래 산 사람이면
먼저 웃고 대답하는 것을 나는 차츰 알았다.
　내가 잠깐씩 며칠 보기에도 그랬거니와 그에겐 우스운 일화도
한두 가지가 아니었다.
　삼산학교에 급사로 있을 시대에 삼산학교에다 남겨놓고 나온
일화도 여러 가지라는데, 그중에 두어 가지를 동네 사람들의 말
대로 옮겨보면, 역시 그때부터도 이야기하기를 대단 즐기어 선생
들이 교실에 들어간 새, 손님이 오면 으레 손님을 앉히고는 자기
도 걸상을 갖다 떡 마주 놓고 앉는 것은 무론, 마주 앉아서는 곧
자기류의 만담삼매로 빠지는 것인데 한번은 도 학무국에서 시학
관이 나온 것을 이따위로 대접하였다. 일본말은 못하니까 만담은
할 수 없고 마주 앉아서 자꾸 일본말을 연습하였다.
　"센세이 히, 오하요 고사이마쓰까…… 히히 아메가 후리마쓰.
유끼가 후리마쓰까 히히……."
　시학관도 인정이라 처음엔 웃었다. 그러나 열 번 스무 번을 되
풀이하는 데는 성이 나고 말았다. 선생들은 아무리 기다려도 종
소리가 나지 않으니까, 한 선생이 나와 보니 종 칠 것도 잊어버리
고 손님과 마주 앉아서 "오하요 유끼가 후리마쓰까……" 하는 판
이다.

그날 수건이는 선생들에게 단단히 몰리고 다시는 안 그러겠노라고 했으나, 그 버릇을 고치지 못해서 그예 쫓겨나오고 만 것이다.

　그는,

　"너의 색시 달아난다."

하는 말을 제일 무서워했다 한다. 한번은 어느 선생이 장난엣말로,

　"요즘 같은 따뜻한 봄날엔 옛날부터 색시들이 달아나기를 좋아하는데 어제도 저 아랫말에서 둘이나 달아났다니까 오늘은 이 동네에서 꼭 달아나는 색시가 있을걸……."

했더니 수건이는 점심을 먹다 말고 눈이 휘둥그레졌다 한다. 그리고 그날 오후에는 어서 바삐 하학을 시키고 집으로 갈 양으로 오십 분 만에 치는 종을 이십 분 만에, 삼십 분 만에 함부로 다가서 쳤다는 이야기도 있다.

　하루는 거의 그를 잊어버리고 있을 때,

　"이선생님 곕쇼?"

하고 수건이가 찾아왔다. 반가웠다.

　"선생님, 요즘 신문이 걸르지 않고 잘 옵쇼?"

하고 그는 배달 감독이나 되어 온 듯이 묻는다.

　"잘 오, 왜 그류?"

한즉 또,

　"늦지도 않굽쇼, 일즉이 제때마다 꼭꼭 옵쇼?"

한다.

　"당신이 돌릴 때보다 세 시간은 일즉이 오고 날마다 꼭꼭 잘

오."

하니 그는 머리를 벅적벅적 긁으면서,

"하루라도 걸르기만 해라, 신문사에 가서 대뜸 일러바치지……."

하고 그 빈약한 주먹을 부르댄다.

"그런뎁쇼, 선생님?"

"왜 그류?"

"삼산학교에 말씀예요. 그 제 대신 들어온 급사가 저보다 근력이 세게 생겼습죠?"

"나는 그 사람을 보지 못해서 모르겠소."

하니 그는 은근한 말소리로 히죽거리며,

"제가 거길 또 들어가볼라굽쇼, 운동을 합죠."

한다.

"어떻게 운동을 하오?"

"그까짓 거 날마다 사무실로 갑죠. 다시 써달라고 졸라댑죠. 아 그랬더니 새 급사란 녀석이 저보다 크기도 무척 큰뎁쇼, 이 녀석이 막 불근댑니다그려. 그래 한번 쌈을 해야 할 턴뎁쇼, 그 녀석이 근력이 얼마나 센지 알아야 덤벼들 턴뎁쇼…… 허."

"그렇지, 멋모르고 대들었다 매만 맞지."

하니 그는 한 걸음 다가서며 또 은근한 말을 한다.

"그래섭쇼, 엊저녁엔 큰 돌멩이 하나를 굴려다 삼산학교 대문에다 놨습죠. 그리구 오늘 아침에 가보니깐 없어졌는뎁쇼, 이 녀석이 나처럼 억지루 굴려다 버렸는지, 뻔쩍 들어다 버렸는지 그만 못 봤거든입쇼, 제-길……."

하고 머리를 긁는다. 그러더니 갑자기 무얼 생각한 듯 손뼉을 탁 치더니,

"그런뎁쇼, 제가 온 건입쇼, 댁에선 우두를 넣지 마시라구 왔습죠."

한다.

"우두를 왜 넣지 말란 말이오?"

한즉,

"요즘 마마가 다닌다구 모두 우두들을 넣는뎁쇼, 우두를 넣으면 사람이 근력이 없어지는 법인뎁쇼."

하고 자기 팔을 걷어올려 우두 자리를 보이면서,

"이걸 봅쇼. 저두 우두를 이렇게 넣었기 때문에 근력이 줄었습죠."

한다.

"우두를 넣으면 근력이 준다고 누가 그럽디까?"

물으니 그는 싱글거리며,

"아, 제가 생각해냈습죠."

한다.

"왜 그렇소?"

하고 캐니,

"뭘…… 저 아래 윤금보라고 있는데 기운이 장산뎁쇼. 아 삼산학교 그 녀석두 우두만 넣었다면 그까짓 것 무서울 것 없는뎁쇼, 그걸 모르겠거든입쇼……."

한다. 나는,

"그렇게 용한 생각을 하고 일러주러 왔으니 아주 고맙소."

하였다. 그는 좋아서 벙긋거리며 머리를 긁었다.

"그래 삼산학교에 다시 들기만 기다리고 있소?"

물으니 그는,

"돈만 있으면 그까짓 거 누가 '고쓰까이' 노릇을 합쇼. 밑천만 있으면 삼산학교 앞에 가서 뻐젓이 장사를 할 턴뎁쇼."

한다.

"무슨 장사?"

"아, 방학 될 때까지 차미 장사도 하굽쇼, 가을부턴 군밤 장사, 왜떡 장사, 습자지, 도화지 장사 막 합죠. 삼산학교 학생들이 저를 어떻게 좋아하겝쇼. 저를 선생들보다 낫게 치는뎁쇼."

한다.

나는 그날 그에게 돈 삼 원을 주었다. 그의 말대로 삼산학교 앞에 가서 뻐젓이 참외 장사라도 해보라고. 그리고 돈은 남지 못하면 돌려오지 않아도 좋다 하였다.

그는 삼 원 돈에 덩실덩실 춤을 추다시피 뛰어나갔다. 그리고 그 이튿날,

"선생님 잡수시라굽쇼."

하고 나 없는 때 참외 세 개를 갖다 두고 갔다.

그리고는 온 여름 동안 그는 우리 집에 얼른하지 않았다.

들으니 참외 장사를 해보긴 했는데 이내 장마가 들어 밑천만 까먹었고, 또 그까짓 것보다 한 가지 놀라운 소식은 그의 아내가 달

아났단 것이다. 저희끼리 금슬은 괜찮았건만 동세가 못 견디게
굴어 달아난 것이라 한다. 남편만 남 같으면 따로 살림 나는 날이
나 기다리고 살 것이나 평생 동세 밑에 살아야 할 신세를 생각하
고 달아난 것이라 한다.

그런데 요 며칠 전이었다. 밤인데 달포 만에 수건이가 우리 집
을 찾아왔다. 웬 포도를 큰 것으로 대여섯 송이를 종이에 싸지도
않고 맨손에 들고 들어왔다. 그는 벙긋거리며,

"선생님 잡수라고 사왔습죠."

하는 때였다. 웬 사람 하나가 날쌔게 그의 뒤를 따라 들어오더니
다짜고짜로 수건이의 멱살을 움켜쥐고 끌고 나갔다. 수건이는 그
우둔한 얼굴이 새하얗게 질리며 꼼짝 못하고 끌려나갔다.

나는 수건이가 포도원에서 포도를 훔쳐온 것을 직각하였다. 쫓
아나가 매를 말리고 포도 값을 물어주었다. 포도 값을 물어주고
보니 수건이는 어느 틈에 사라지고 보이지 않았다.

나는 그 다섯 송이의 포도를 탁자 위에 얹어놓고 오래 바라보며
아껴 먹었다. 그의 은근한 순정의 열매를 먹듯 한 알을 가지고도
오래 입 안에 굴려보며 먹었다.

어제다. 문안에 들어갔다 늦어서 나오는데 불빛 없는 성북동 길
위에는 밝은 달빛이 집을 깐 듯하였다.

그런데 포도원께를 올라오노라니까 누가 맑지도 못한 목청으
로,

"사……게……와 나……미다까 다메이……끼……까……."

를 부르며 큰길이 좁다는 듯이 휘적거리며 내려왔다. 보니까 수건이 같았다. 나는,

"수건인가?"

하고 아는 체하려다 그가 나를 보면 무안해할 일이 있는 것을 생각하고, 휙 길 아래로 내려서 나무 그늘에 몸을 감추었다.

그는 길은 보지도 않고 달만 쳐다보며, 노래는 이 이상은 외우지도 못하는 듯 첫 줄 한 줄만 되풀이하면서 전에는 본 적이 없었는데 담배를 다 퍽퍽 빨면서 지나갔다.

달밤은 그에게도 유감한 듯하였다.

까마귀

"호——."

새로 사온 것이라 등피에서는 아직 석유내도 나지 않는다. 닦을 것도 별로 없지만 전에 하던 버릇으로 그렇게 입김부터 불어 가지고 어스레해진 하늘에 비춰보았다. 등피는 과민하게도 대뜸 뽀오얗게 흐려지고 만다.

"날이 꽤 차졌군……."

그는 등피를 닦으면서 아직 눈에 익지 않은 정원을 둘러보았다. 이끼 앉은 돌층계 밑에는 발이 묻히게 낙엽이 쌓여 있고 상나무, 전나무 같은 상록수를 빼어놓고는 단풍나무까지 이미 반나마 이울어 어떤 나무는 잎이라고 하나도 없이 설명하게 서 있다. '무장해제를 당한 포로들처럼' 하는 생각을 하면서 그런 쓸쓸한 나무들이 이 구석 저 구석에 묵묵히 섰는 것을 그는 등피를 다 닦고도 다시 한참이나 바라보다가 자기 방으로 정한 바깥채 작은사랑으로 올라갔다.

여기는 그의 어느 친구네 별장이다. 늘 괴벽한 문체(文體)를 고집하여 독자를 널리 갖지 못하는 그는 한 달에 이십 원 남짓하면 독방을 차지할 수 있는 학생층의 하숙 생활조차 뜻대로 되지 않았다. 궁여의 일책으로 이렇게 임시로나마 겨우내 그냥 비워두는 친구네 별장 방 하나를 빌린 것이다. 내년 칠월까지는 어느 방이든지 마음대로 쓰라고 해서 정자지기가 방마다 문을 열어 보이는 대로 구경하였으나 모두 여름에나 좋을 북향들이라 너무 음습하고 너무 넓고 문들이 많아서 결국은 바깥채로 나와, 상노들이나 자는 방이라는 작은사랑을 치우게 한 것이다.

상노들이나 자는 방이라 하나 별장 전체를 그리 손색 있게 하는 방은 아니었다. 동향이어서 여름에는 늦잠을 자지 못할 것이 흠일까, 겨울에는 어느 방보다 밝고 따뜻할 수 있고 미닫이와 들창도 다 갑창까지 드린 데다 벽장문과 두껍닫이에는 유명한 화가인지 아닌지는 몰라도 낙관(落款)이 있는 사군자(四君子)며 기명절지(器皿折枝)가 붙어 있다. 밖으로도 문 위에는 추성각(秋聲閣)이라는 추사(秋史)체의 현판이 걸려 있고 양쪽 처마 끝에는 파아랗게 녹슨 풍경이 창연히 달려 있다. 또 미닫이를 열면 눈 아래 깔리는 경치도 큰사랑만 못한 것 같지 않으니, 산기슭에 나붓이 섰는 수각(水閣)과 그 밑으로 마른 연잎과 단풍이 잠긴 연당이며 그리고 그 연당 언덕으로 올라오면서 무룡석으로 석가산을 모으고 잔디밭 새에 길을 돌린 것은 이 방에서 내려다보기가 그중일 듯싶었다. 그런 데다 눈을 번뜻 들면 동편 하늘이 바다처럼 트이고 그 한편으로 훤칠한 늙은 전나무 한 채가 절벽같이 가려 섰는 것이다. 사슴이 뿔처럼 썩정귀가 된 상가지에는 희끗희끗 새똥까지 묻히어서 고요히 바라보면 한눈에 태고(太古)가 깃드는 듯한 그윽한 경치이다.

오래간만에 켜보는 남폿불이다. 펄럭하고 성냥불이 심지에 옮기더니 좁은 등피 속은 자옥하게 연기와 김이 서리었다가 차츰차츰 밝아지는 것이었다. 그렇게 차츰차츰 밝아지는 남폿불에 삥 둘러앉았던 옛날 집안 사람들의 얼굴이 생각나게, 그렇게 남폿불은 추억 많은 불이다.

그는 누워 너무나 고요함에 귀를 빼앗기면서 옛사람들의 얼굴을 그려보다가 너무나 가까운 데서 까악! 까악! 하는 까마귀 소리에 얼른 일어나 문을 열었다. 바깥은 아직 아주 어둡지 않았다. 또 까악! 까악! 하는 소리에 치어다보니 지나가면서 우는 소리가 아니라 바로 그 전나무 썩정 가지에 시커먼 세 마리가 웅크리고 앉아 그러는 것이었다.

"까마귀!"

까치나 비둘기를 본 것만은 못하였다. 그러나 자연이 준 그의 검음과 그의 탁한 음성을 까닭 없이 저주할 필요는 느끼지 않았다. 마침 정자지기가 올라와서,

"아, 진지는 어떡하십니까?"

하는 말에, 우유하고 빵이나 먹고 밥 생각이 나면 문안 들어가 사먹는다고, 그래도 자기는 괜찮다고 어름어름하고 말막음으로,

"웬 까마귀들이?"

하고 물었다.

"네, 이 동네 많습니다. 저 넢에 늘 와 사는걸입쇼."

"그래요? 그럼 내 친구가 되겠군······."

하고 그는 웃었다.

"요 아래 돼지 길르는 데가 있습죠니까. 거기 밥찌께기 같은 게 흔하니까 그래 까마귀가 떠나질 않습니다."

하면서 정자지기는 한 걸음 나서 풀매 치는 형용을 하니 까마귀들은 주춤하고 날 듯한 자세를 가지다가 아래를 보더니 도로 앉아서 이번에는 '까르르······' 하고 GA 아래 R이 한없이 붙은 발음을 하는 것이다.

정자지기가 내려간 후 그는 다시 호젓하니 문을 닫고 아까와 같이 아무렇게나 다리를 뻗고 누워버렸다.

배가 고팠다. 그는 또 그 어느 학자의 수면습관설(睡眠習慣說)이 생각났다. 사람이 밤새도록 그 여러 시간을 자는 것은 불을 발명하기 전에 할 일이 없어 자기만 한 것이 습관으로 전해진 것뿐이요, 꼭 그렇게 여러 시간을 자야만 될 리는 없다는 것이다. 그는 이 수면습관설에 관련하여 식욕이란 것도 그런 것으로 믿어보고 싶었다. 사람은 하루 꼭꼭 세 번씩 으레 먹어야 될 것처럼 충실히 먹는 것이나 이것도 그렇게 많이 먹어야만 되게 되어서가 아니라, 애초에는 수효 적은 사람들이 넓은 자연 속에서 먹을 것이 쉽사리 손에 들어오니까 먹기만 하던 것이 습관으로 전해진 것뿐이요 꼭 그렇게 세 끼씩이나 계획적으로 먹어야만 될 리는 없을 것 같았다. 그런데, 사람이 잠을 자기 위해서는 그처럼 큰 부담이 있는 것은 아니나 먹기 위해서는, 하루 세 번씩 먹는 그 습관을 지키기 위해서는 얼마나 큰, 얼마나 무거운 부담이 있는 것인가. 그러기에 살려고 먹는 것이 아니라 먹으려고 산다는 말까지 생긴 것이 아닌가 생각되었다.

'먹을려구 산다! 평생을 먹을려구만 눈이 빨개 허둥거리다 죽어? 그건 실로 사람의 모욕이다.'

그는 쓴웃음을 지으며 지금 자기의 속이 쓰려 올라오는 것과 입속이 빡빡해지며 눈에는 자꾸 기름진 식탁이 나타나는 것을 한낱 무가치한 습관의 발작으로만 돌려버리려 노력해보는 것이다.

'어디선지 르나르는 예술가는 빵 한 근보다 꽃 한 송이를 꺾는다고, 그러나 배가 고프면? 하고 제가 묻고는 그러면 그는 괴로워하고 훔치고 혹은 사람을 죽일지도 모른다. 그렇더라도 글쓰기를 버리지는 않을 게라고 했다. 난 배가 고파할 줄 아는 그 얄미운 습관부터 아예 망각시켜보리라. 잉크는 새것이 한 병 새벽 우물처럼 충충히 담겨 있것다, 원고지도 두툼한 게 여남은 축 쌓여 있것다!'

그는 우선 그 문 앞으로 살랑살랑 지나다니면서 "쌀값은 오르기만 허구…… 석탄두 들여야겠는데……"를 입버릇처럼 하던 주인 마누라의 목소리를 십 리나 떨어져서 은은한 풍경 소리와 짙은 어둠에 흠뻑 싸인, 이 산장 호젓한 방에서 옛 애인을 만난 듯한 다정스러운 남폿불을 돋우고 글만을 생각하는 데 취할 수 있는 것이 갑자기 몸이 비단에 싸이는 듯, 살이 찔 듯한 행복이었다.

저녁마다 그는 남포에 새 석유를 붓고 등피를 닦고 그리고 까마귀 소리를 들으면서 어둠을 기다리었다. 방 구석구석에서 밤의 신비가 소곤거려 나올 때 살며시 무릎을 꿇고 귀한 손님의 의관처럼 공손히 남포갓을 들어올리고 불을 켜는 것이며 펄럭거리던 불방울이 가만히 자리 잡는 것을 보고야 아랫목으로 물러나 그제는 눕든지 앉든지 마음대로 하며 혼자 밤이 깊도록 무얼 읽고 무얼 생각하고 무얼 쓰고 하는 것이다. 그래서 아침이면 늘 늦도록 자곤 하였다. 어떤 날은 큰사랑 뒤에 있는 우물에 올라가 세수를 하고 나면 산 너머로 오정 소리가 울려오기도 했다. 그러다가 이 날은 무슨 무서운 꿈을 꾸고 그 서슬에 소스라쳐 깨어보니 밤은 벌써 아니었다. 미닫이에는 전나무 가지가 꿩의 장목처럼 비끼었고 쨍쨍한 햇볕은 쏴아 소리가 날 듯 쪼여 있었다. 어수선한 꿈자리를 떨쳐버리는 홀가분한 기분과 여기 나와서는 처음 일찍 깨어보는 호기심에서 그는 머리를 흔들고 미닫이부터 쫙 밀어놓았다. 문턱을 넘어드는 바깥 공기는 체온에 부딪히는 것이 찬물 같았다. 여윈 손으로 눈을 비비며 얼마나 아름다운 아침인가를 내어다보았다. 해는 역광선이어서 부신 눈으로 수각을 더듬고 연당을 더듬고 잔디밭 길을 더듬다가 그 실뱀 같은 잔디밭 길에서다. 그는 문득 어떤 여자의 그림자 하나를 발견한 것이다.

여태 꿈인가 해서 다시금 눈부터 비비었다. 확실히 여자요 또 확실히 고요히 섰으되 산 사람이었다. 그는 너무 넓게 열렸던 문을 당황히 닫아버리고 다시 조그만 틈으로 내어다보았다.

여자는 잊어버린 듯 오래도록 햇볕만 쏘이고 서 있다가 어디선지 산새 한 마리가 날아와 가까운 나뭇가지에 앉는 것을 보더니 그제야 사뿐 발을 떼어놓았다. 머리는 틀어올리었고 저고리는 노르스름한 명주빛인데 고동색 스웨터를 아이 업듯 두 소매는 앞으로 늘어뜨리고 등에만 걸치었을 뿐, 꽤 날씬한 허리 아래엔 옥색 치맛자락이 부드러운 물결처럼 가벼운 주름살을 일으키었다. 빨간 단풍잎 하나를 들었을 뿐, 고요한 아침 산보인 듯하다.

'누굴까?'

그는 장정(裝幀) 고운 신간서(新刊書)에처럼 호기심이 일어났다. 가까이 축대 아래로 지나가는 것을 보니 새 양봉투 같은 깨끗한 이마에 눈결은 뉘어 쓴 영어 글씨같이 채근하다. 꼭 다문 입술, 그리고 뽀로통한 콧봉우리에는 약간치 않은 프라이드가 느껴지는 얼굴이었다.

'웬 여잔데!'

이튿날 아침에도 비교적 이르게 잠이 깨었다. 살며시 연당 쪽을 내어다보니 연당 앞에도 잔디밭 길에도 아무도 사람이라고는 보이지 않았다. 왜 그런지 붙들었던 새를 날려보낸 듯 그는 서운하였다.

이날 오후이다. 그는 낙엽을 긁어다가 불을 때고 있었다. 누군지 축대 아래에서 인기척이 났다. 머리를 쓸어넘기며 내려다보니 어제 아침의 그 여자다. 어제 그 옷, 그 모양, 그 고요함으로 약간 발그레해진 얼굴을 쳐들고 사뭇 아는 사람을 보듯 얼굴을 돌리려 하지 않고 걸음을 멈추고 섰는 것이다. 이쪽은 당황하여 다시 머리를 쓸어넘기며 일어섰다.

"×선생님 아니세요?"

여자가 거의 자신을 가지고 먼저 묻는다.

"네, ×××입니다."

"……."

여자는 먼저 물어놓고 더 말이 없이 귀밑까지 발그레해지는 얼굴을 푹 수그렸다. 한참이나 아궁에서 낙엽 타는 소리뿐이었다.

"절 아십니까?"

"……."

여자는 다시 얼굴을 들 뿐, 말은 없다가 수줍은 웃음을 머금고 옆에 있는 돌층계를 휘뚝휘뚝 올라왔다. 이쪽에서는 낙엽 한 무더기를 또 아궁에 쓸어 넣고 손을 털었다.

"문간에 명함 붙이신 걸로 알았세요."

"네……."

"저두 선생님 독자예요. 꽤 충실한……."

"그러십까? 부끄럽습니다."

그는 손을 비비며 여자의 눈을 보았다. 잦아든 가을 호수와 같이 약간 꺼진 듯한, 피곤한 눈이면서도 겨울 별 같은 찬 광채가 일어났다.

"손수 불을 때시나요?"

"네."

"전 이 집 정원을 저의 집처럼 날마다 산보 와요, 아침이문……."

"네! 퍽 넓구 좋은 정원입니다."

"참 좋아요…… 어서 때세요."

"네, 이 동네께십니까?"

"요 개울 건너예요."

이날은 더 이야기가 나올 새 없이 부끄러움도 미처 걷지 못하고 여자는 돌아가고 말았다.

그는 한참 뒤에 바깥 행길로 나와 개울 건너를 살펴보았다. 거기는 기와집 초가집 여러 집이 언덕에 층층으로 놓여 있었다. 어느 것이 그 여자가 들어간 집인지 짐작조차 할 수 없었다.

이날 저녁에 정자지기를 만나 물었더니,

"그 여자 병인이올시다."

하였다. 보기에 그리 병색은 아니더라 하니,

"뭐 폐병이라나요. 약 먹누라구 여기 나왔는데 숨이 차 산엔 못 댕기구 우리 정자로만 밤낮 오죠."

하였다.

폐병! 그는 온전한 남의 일 같지 않게 마음이 쓰였다. 그렇게 예모 있고 상냥스러운 대화를 지껄일 수 있는 아름다운 입술이 악마 같은 병균을 발산하리라는 사실은 상상만 하기에도 우울하였다.

그러나 그 다음날부터는 정원에서 그 여자를 만나 인사할 수 있는 것이 즐거웠고 될 수만 있으면 그를 위로해주고 그와 더불어 자기의 빈한한 예술을 이야기하고 싶었다. 그래서 그 여자가 자기 방문 앞으로 왔을 때는 몇 번이나,

"바람이 찹니다."

하여보았다. 그러나 번번이,

"여기가 좋아요."

하고 여자가 툇마루에 걸터앉았고 손수건으로 자주 입과 코를 막기를 잊지 않았다. 하루는,

"글쎄 괜찮으니 좀 들어오십시오."

하고 괜찮다는 말에 힘을 주었더니 여자는 약간 상기가 되면서 그래도 이쪽에 밝히 따지려는 듯이,

"전 전염병 환자예요."

하고 쓸쓸한 웃음을 지었다.

"글쎄 그런 줄 압니다. 괜찮으니 들어오십시오."

하니 그제야 가벼운 감격이 마음속에 파동치는 듯, 잠깐 멀리 하늘가에 눈을 던지었다가 살며시 들어왔다. 황혼이었다. 동향방의 황혼이라 말할 때의 그 여자의 맑은 눈 속과 흰 잇속만이 별로 또렷또렷 빛이 났다.

"저처럼 죽음에 대면해 있는 처녀를 작품 속에서 생각해보신 적 계서요, 선생님?"

"없습니다! 그리구 그만 정도에 왜 죽음은 생각허십니까?"

"그래도 자꾸 생각하게 되어요."

하고 여자는 보일 듯 말 듯한 웃음으로 천장을 쳐다보았다. 한참 침묵 뒤에,

"전 병을 퍽 행복스럽다 했어요. 처음엔……"

"……"

"모두 날 위해주고 친구들이 꽃을 가지고 찾아와주고 그리고 건강했을 때보다 여간 희망이 많지 않아요. 인제 병이 나으면 누구헌테 제일 먼저 편지를 쓰겠다, 누구헌테 전에 잘못한 걸 사과하리라…… 참 별별 희망이 다 끓어올랐에요…… 병든 걸 참 감사했어요. 그땐……."

"지금은요……?"

"무서와졌에요. 죽음도 첨에는 퍽 아름다운 걸로 알았드랬에요. 언제든지 살다 귀찮으면 꽃밭에 뛰어들듯 언제나 아름다운 죽음에 뛰어들 수 있는 걸 기뻐했어요. 그런데 이렇게 닥뜨리고 보니 겁이 자꾸 나요. 꿈을 뀌두……."

하는데 까악까악 하는 소리가 바로 그 전나무 썩정 가지에서인 듯, 언제나 똑같은 거리에서 울려왔다.

"여기 나와선 까마귀가 내 친굽니다."

하고 그는 억지로 그 불길스러운 소리를 웃음으로 덮어버리려 하였다.

"선생님은 친구라구꺼정! 전 이 동네가 모두 좋은데 저게 싫어요. 죽음을 잊어버리면 안 된다구 자꾸 깨쳐주는 것 같아요."

"건 괜한 관념인 줄 압니다. 흰 새가 있듯 검은 새도 있는 거요, 소리 맑은 새가 있듯 소리 탁한 새도 있는 거죠. 취미에 따른 까마귀도 사랑할 수 있는 샌 줄 압니다."

"건 죽음을 아직 남의 걸로만 아는 건강한 사람들의 두개골을 사랑하는 것 같은 악취미겠지요. 지금 저헌텐 무서운 짐승이예요. 무슨 음모를 가지구 복면하고 내 뒤를 쫓아다니는 무슨 음흉

한 사내같이 소름이 끼쳐요. 아마 내가 죽으면 저 새가 덥석 날라
와 앞을 설 것만 같이……."

"……."

"죽음이 아름답게 생각될 때 죽는 것처럼 행복은 없을 것 같아
요."
하고 여자는 너무 길게 지껄였다는 듯이 수건으로 입을 코까지
싸서 막고 멀거니 어두워 들어오는 미닫이를 바라보았다.

이 병든 처녀가 처음으로 방에 들어와 얼마 안 되는 이야기를
그의 체온과 그의 병균과 함께 남기고 간 날 밤, 그는 몹시 우울
하였다.

무슨 말을 하여야 그 여자를 위로할 수 있을까?

과연 그 여자의 병은 구할 수 없는 것일까?

어떻게 하면 그 여자에게 죽음이 다시 한번 꽃밭으로 보일 수
있을까?

그는 비스듬히 벽에 기대어 이것을 생각하다가 머릿속에서 무
엇이 버스럭거리는 소리를 들었다. 가만히 이마에 손을 대니 그
것은 벽장 속에서 나는 소리였다. 그는 벽장을 열고 두어 마리의
쥐를 쫓고 나무때기처럼 굳은 빵 한쪽을 꺼내었다. 그리고 한 손
으로 뒷산에서 주워온 그 환약과 같이 둥그러면서도 가랑잎처럼
무게가 없는 토끼의 배설물(排泄物)을 집어보면서 요즘은 자기의
것도 그렇게 담박한 것이 틀리지 않을 것을 미소하였다. '사람에
게서도 풀내가 나야 한다' 한 철인 소로의 말이 생각났으며 사람

까마귀 45

도 사는 날까지 극히 겸손한 곤충처럼 맑은 이슬과 향기로운 풀잎으로만 만족하지 못하는 것을, 그 운명이 슬픈 생각도 났다.

'무슨 말을 하여주면 그 여자에게 새 희망이 생길까?'

그는 다시 이런 궁리에 잠기었고 그랬다가 문득,

'내가 사랑하리라!'

하는 정열에 부딪치었다.

'확실히 그 여자는 애인을 갖지 못했을 거다. 누가 그 벌레 먹은 가슴에 사랑을 묻었을 거냐!'

그는 그 여자의 앉았던 자리에 두 손길을 깔아보았다. 싸늘한 장판의 감촉일 뿐, 체온은 날아간 지 오래였다.

'슬픈 아가씨여, 죽더라도 나를 사랑하면서 죽어 다오! 애인이 없이 죽는 것은 애인을 남기고 죽기보다 더욱 슬플 것이다…….오래전부터 병균과 싸워온 그대에게 확실히 애인이 있을 수 없을게다.'

그는 문풍지 떠는 소리에 덧문을 닫고 남포에 불을 낮추고 포의 슬픈 시 「레이벤」을 생각하면서,

"레노어? 레노어?"

하고, 포가 그의 애인의 망령(亡靈)을 부르듯이 슬픈 음성을 소리쳐보기도 하였다. 그 덮을 것도 없이 애인의 헌 외투 자락에 싸여서, 그러나 행복스럽게 임종하였을 레노어의 가엾고 또 아름다운 시체는, 생각하여보면 포의 정열 이상으로 포근히 끌어안아보고 싶은 충동도 일어났다. 포가 외로운 서재에 앉아 밤 깊도록 옛 책을 상고할 때 폭풍은 와 문을 열어젓뜨렸고 검은 숲 속에서는 보

이지도 않는 까마귀가 울면서 머리 풀어헤친 아름다운 레노어의 망령이 스르르 방 안 한구석에 들어서곤 했다.

'오오, 나의 레노어! 너는 아직 확실히 애인을 갖지 못했을 거다. 내가 너를 사랑해주며 내가 너의 죽음을 지키는 슬픈 애인이 되어주마!'

그는 밤이 너무나 긴 것을 탄식하며 어서 날이 밝기를 기다리었다.

그러나 밝는 날 아침은 하늘은 너무나 두껍게 흐려 있었고 거친 바람은 구석구석에서 몰려오며 눈발조차 희끗희끗 날리었다. 온실 속에서나 갸웃이 내어다보는 한 송이 온대 지방 꽃처럼, 그렇게 가냘픈 그 처녀의 얼굴이 도저히 나타나기를 바랄 수 없는 날씨였다.

'오, 가엾은 아가씨! 너는 이렇게 흐린 날 어두운 방 속에 누워 애인이 없이 죽을 것을 슬퍼하리라! 나의 가엾은 레노어!'

사흘이나 눈이 오고 또 사흘이나 눈보라가 치고 다시 며칠 흐리었다가 눈이 오고 그리고 날이 들고 따뜻해졌다. 처마 끝에서 눈녹는 물이 비 오듯 하는 날 오후인데 그 가엾은 아가씨가 나타났다. 더 창백해진 얼굴에는 상장(喪章) 같은 마스크를 입에 대었고 방에 들어와서는 눈까풀이 무거운 듯 자주 눈을 감았다 뜨면서,

"그간 두어 번이나 몹시 각혈을 했어요."

하였다.

"그러나……."

"의사는 기관에서 터진 피래지만 전 가슴에서 나온 줄 모르지

않아요."

"그래도 의사가 더 잘 알지 않겠어요?"

"의사가 절 속여요. 의사만 아니라 사람들이 다 날 속이려고만 들어요. 돌아서선 뻔히 내가 죽을 걸 이야기하다가도 나보군 아닌 체들 해요. 그래서 벌써부터 난 딴 세상 사람처럼 따돌리는 게 저는 슬퍼요. 죽음이 그렇게 외로운 거란 걸 날 죽기 전부터 맛보게들 해요."

아가씨의 말소리는 떨리었다.

"그래도…… 만일 지금이라도 만일…… 진정으로 사랑하는 사람이 있다면 그 사람의 말만은 곧이들으시겠습니까?"

"……."

눈을 고요히 감고 뜨지 않았다.

"앓으시는 병을 조금도 싫어하지 않고 정말 운명을 같이 따라하려는 사람만 있다면……?"

"그럼 그건 아마 사람이 아니겠지요. 저한테 사랑하는 사람이 있긴 있어요……. 절 열렬히 사랑해주어요. 요즘도 자주 저한테 나와요."

"……."

"그는 정말 날 사랑하는 표로, 내가 이런, 모두 싫어허는 병에 걸린 걸 자기만은 싫어허지 않는단 표로 하루는 내 가슴에서 나온 피를 반 컵이나 되는 걸 먹기까지 한 사람이여요. 그렇지만 그게 내게 위로가 되는 줄 아세요?"

"……."

그는 우울할 뿐이었다.

"내 피까지 먹고 나허고 그렇게 가깝게 해도 그는 저대로 건강하고 저대로 살아가야 할 준비를 하니까요. 머리가 자라면 이발소에 가구, 신이 해지면 새 구둘 맞추고, 날마다 대학 도서관에 다니면서 학위 받을 연구만 하구 있어요. 그러니 얼마나 저하곤 길이 달라요? 전 머릿속에 상여, 무덤 그런 생각뿐인데⋯⋯."

"왜 그런 생각만 자꾸 하십니까?"

"사람끼린 동정하구퍼두 동정이 안 되는 거 같아요."

"왜요?"

"병자에겐 같은 병자가 되는 것 아니곤 동정이 못 될 겁니다. 그런데 어떻게 맘대로 같은 병자가 되며 같은 정도로 앓다 같은 시각에 죽습니까? 뻔히 죽을 사람을 말로만 괜찮다 괜찮다 하고 속이는 건 이쪽을 더 빨리 외롭게 만드는 거예요."

"어떤 상여를 생각하십니까?"

그는 대담하게 이런 것을 물어주었다. 그렇게 하는 것이 그 아가씨의 세계를 접근하는 것이 될까 하였다.

"조선 상여는 참 타기 싫어요. 요즘 금칠 막 한 자동차도 보기도 싫어요. 하아얀 말 여럿이 끌구 가는 하얀 마차가 있다면⋯⋯ 하고 공상해봤어요. 그리고 무덤도 조선 무덤들은 참 암만해도 정이 가질 않아요. 서양엔 묘지가 공원처럼 아름답다는데 조선 산수들야 어디 누구의 영원한 주택이란 그런 감정이 나요? 곁에 둘 수 없으니 흙으루 덮구 그냥 두면 비에 패이니까 잔디를 심는 것뿐이지 꽃 한 송이 심을 데나 꽂을 데가 있어요? 조선 사람처럼 죽는 사람의 감정을 안 생각해주는 사람들은 없는 것 같아요. 괜히 그 듣기 싫은 목소리로 울기만 하고 까마귀나 모여들게 떡 쪼가리나 갖다 어질러놓고……."

"……."

"선생님은 왜 이렇게 외롭게 사세요?"

"……."

그는 아무 대답도 하지 않았다. 그 여자에게 애인이 없으리라 단정한 자기의 어리석음을 마음 아프게 비웃었고 저렇게 절망에 극하여 세상 욕심이라고는 털끝만큼도 없는 거룩한 여자를 애인으로 가진 그 젊은 학도가 몹시 부러운 생각뿐이었다.

날은 이미 황혼에 가까웠다. 연당 아래 전나무 꼭대기에서는 아직, 그 탁한 소리로 울지는 않으나 그 우악스런 주둥이로 그 검은 새들이 썩정귀를 쪼는 소리가 딱딱 울려왔다.

"까마귀가 온 게지요?"

"그렇게 그게 싫으십니까?"

"싫어요. 그것 뱃속엔 아마 별별 구신딱지가 다 든 것처럼 무서워요. 한번은 꿈을 꾸었는데 까마귀 뱃속에 무슨 부적이 들고 칼이 들고 시퍼런 불이 들고 한 걸 봤어요. 웃지 마세요. 상식은 절떠난 지 벌써 오래요……."

"허허……."

그러나 그는 웃고 속으로 이제 까마귀를 한 마리 잡으리라 하였다. 그 배를 갈라서 그 속에는 다른 새나 조금도 다를 것이 없는 내장뿐인 것을 보여주리라. 그래서 그 상식을 잃은 여자의 까마

귀에 대한 공포심을 근절시키고 그래서 죽음에 대한 공포심까지
도 좀 덜게 해주리라 마음먹었다.

그는 이 아가씨가 간 뒤에 그길로 뒷산에 올라 물푸레나무를 베
어다가 큰 활을 하나 메웠다. 꼿꼿한 싸리로 살을 만들고 끝에다
는 큰 못을 갈아 촉을 박고 여러 번 겨냥을 연습하여보고 까마귀
를 창문 가까이 유혹하였다. 눈 위에 여기저기 콩을 뿌리었더니
그들은 마침내 좌우를 의뭉스런 눈으로 두리번거리면서도 내려와
그것을 쪼았다. 먼 데 것이 없어지는 대로 그들은 곧 날듯 날듯이
어깨를 곤추세우면서도 차츰차츰 방문 가까이 놓인 것을 쪼며 들
어왔다. 방 안에서는 숨을 죽이고 조그만 문구멍에 살촉을 얹고
가장 가까이 들어온 놈의 옆구리를 겨냥하여 기운껏 활을 당겨
가지고 쏘아버렸다.

푸드덕하더니 날기는 다 날았으나 한 놈이 죽지에 살이 박힌 채
이내 그 자리에 떨어졌고 다른 놈들은 까악까악거리면서 전나무
꼭대기로 올라갔다. 그는 황망히 신을 끌며 떨어진 놈을 쫓아들
어가 발로 덮치려 하였다. 그러나 까마귀는 어느 틈에 그의 발 밑
에 들지 않고 훨쩍 몸을 솟구어 그 찬란한 핏방울을 눈 위에 휘뿌
리며 두 다리와 한 날개로 반은 날고 반은 뛰면서 잔디밭 쪽으로
더풀더풀 달아났다. 이쪽에서도 숨차게 뛰어 다우쳤다. 보기에
악한과 같은 짐승이었지만 그도 한낱 새였다. 공중을 잃어버린
그에겐 이내 막다른 골목이 나왔다. 화살이 그냥 박힌 채 연당으
로 내려가는 도랑창에 거꾸로 박히더니 쌕쌕하면서 불덩어리인지

핏방울인지 모를 두 눈을 뒤집어쓰고 집게 같은 입을 딱딱 벌리며 대가리를 곤추들었다. 그리고 머리 위에서는 다른 놈들이 전나무에서 내려와 까악거리며 저희 가족을 기어이 구하려는 듯이 낮게 떠돌며 덤볐다.

그는 슬그머니 겁이 나기도 했으나 몽우리돌을 집어 공중의 놈들을 위협하여 도랑에서 다시 더풀 올려솟는 놈을 쫓아들어가 곤은발길로 먹투시를 차 내던졌다. 화살은 빠져 떨어지고 까마귀만 대여섯 간 밖에 나가떨어지며 킥 하고 뻐들적거렸다. 다시 쫓아가 발길을 들었으나 그때는 벌써 까마귀는 적을 볼 줄도 모르고 덮어누르는 죽음과 싸울 뿐이었다. 그는 두근거리는 가슴으로 이 검은 새의 죽음의 고민을 내려다보며 그 병든 처녀의 임종을 상상해보았다. 슬픈 일이었다. 그는 이내 자기 방으로 돌아왔고 나중에 정자지기를 시켜 그 죽은 까마귀를 목을 매어 어느 나뭇가지에 걸게 하였다. 그리고 어서 그 아가씨가 나타나면 곧 훌륭한 외과의(外科醫)나처럼 그 검은 시체를 해부하여 까마귀의 뱃속에도 다른 날짐승과 똑같이 단순한 조류(鳥類)의 내장이 있을 뿐, 결코 그런 무슨 부적이거나 칼이거나 푸른 불이 들어 있지 않다는 것을 증명하리라 하였다.

그러나 날씨는 추워가기만 하고 열흘에 한 번도 따뜻한 해가 비치지 않았다. 달포가 지나도록 그 아가씨는 나타나지 않았다. 날씨는 다시 풀어져 연당에 눈이 녹고 단풍나무 가지에 걸린 까마귀의 시체도 해부하기 알맞게 녹았지만 그 아가씨는 나타나지 않았다.

*

하루는, 다시 추워져 싸락눈이 사륵사륵 길에 떨어져 구르는 날 오후이다. 그는 어느 잡지사에 들어가 곤작(困作) 한 편을 팔아 가지고 약간의 식료를 사 들고 다 나온 길인데 개울 건너 넓은 마당에는 두어 대의 검은 자동차와 함께 금빛 영구차 한 대가 놓여 있는 것이다.

그는 가슴이 섬찍하였다. 별장 쪽을 올려다보니 전나무 꼭대기에서는 진작부터 서너 마리의 까마귀가 이 광경을 내려다보며 쭈크리고 앉아 있었다.

'그 여자가 죽은 거나 아닌가?'

영구차 안에는 이미 검은 포장에 덮인 관이 실려 있었다. 둘러섰는 동네 사람 속에서 정자지기가 나타나더니 가까이 와 일러주었다.

"우리 정자로 늘 오던 색시가 갔답니다."

"……."

그는 고요히 영구차를 향하여 모자를 벗었다.

"저 뒤에 자동차에 지금 오르는 사람이 그 색시하고 정혼했던 남자랍니다."

그는 잠자코 그 대학 도서실에 다니며 학위 얻을 연구를 한다는 청년을 바라보았다. 그 청년은 자동차 안에 들어앉자 이내 하얀 손수건을 내어 얼굴에 대었다. 그러자 자동차들은 영구차가 앞을 서며 고요히 굴러 떠나갔다. 눈은 함박눈이 되면서 펑펑 쏟아지기 시작하였다. 그 자동차들의 굴러간 자리도 얼마 안 있어 덮어버리고 말았다.

까마귀들은 이날 저녁에도 별다른 소리는 없이 그저 까악까악 거리다가 이따금씩 까르르 하고 그 GA 아래 R이 한없이 붙은 발음을 내곤 하였다.

장마

"가만히 뒀느니 반침이나 좀 열어보구려."

"건 또 무슨 소리야?"

"책이 모두 썩어두 몰루?"

하고 아내는 몰래 감추어두고 쓰는 전기다리미 줄을 내다가 곰팡
을 턴다.

"책두 본 사람이 좀 내다 그렇게 털구려."

"일이 없어 그런 거꺼정 하겠군! 좀 당신 건 당신이 해봐요. 또
남보구만 그런 것두 못 보구 집에서 뭘 했냐 마냐 하지 말
구……."

"쉬 — 고만둡시다. 말이 길면 또 엊저녁처럼 돼."

하고 나는 마룻바닥에서 일어나 등의자로 올라앉았다. 등의자도
삶아낸 것처럼 눅눅하다. 적삼 고름으로 파놓은 데를 쓱 문대겨
보니 송충이나 꿰뜨린 것처럼 곰팡이와 때가 시퍼렇고 시커멓게

묻어난다. 나는 그제야 오늘 아침에 새로 입은 적삼인 것을 깨닫고 얼른 고름을 감추며 아내를 보았다. 아내는 아직 전기다리미 줄만 다른 행주로 훔치고 있었다. 보았으면 으레 "어린애유? 남기껀 빨아 대려 입혀놓니까……" 하고, 한마디 혹은 내가 가만히 듣고 있지 않고 맞받으면 열 마디 스무 마디라도 나왔을 것이다. 늙은 내외처럼 흥흥거리기만 하고 지내는 것은 벌써 인생으로서 피곤을 느낀 뒤이다. 젊은 우리는 가끔가다 한 번씩 오금을 박으며 꼬집어 떼듯이 말총을 쏘고 받는 것도 다음 시간부터의 새 공기를 위해서는 미상불 필요한 청량제이기도 하다.

그러나 요즘 두 주일 동안은 비에 갇혀 내가 나가지 못한 때문인지 공연히 말다툼이 잦았다. 부부간의 말다툼이란(우리의 길지 못한 경험에선) 언제든지 지내놓고 보면 공연스러웠던 것이 원칙으로 우리가 엊저녁에 말다툼한 것도 다툴 이유로는 여간 희박한 내용이 아니었다. 소명이란 년이 하루에 옷을 네 벌을 말아놓았다는 것이 동기였다. 해는 나지 않고 젖은 옷은 썩기만 하는데 왜 자꾸 비를 맞고 나가느냐고 쥐어박으니 아이는 악을 쓰고 울었다. 나는 듣그러우니까 탄할밖에 없었다. 아이들이란 비도 맞고 놀아 버릇을 해야 감기 같은 것에 저항력도 생기는 것인데 어른이 옷을 말려댈 수가 없다는 이유로 감금을 하려 들 뿐만 아니라 구타까지 하는 것은 무슨 몰상식, 무책임한 짓이냐고 하였더니 아내는 지지 않고 책임이라 하니 그런 책임이 어째 어멈에게만 있고 애비에겐 없을 리가 있느냐는 것이다. 또 그렇게 아이들이 하루에 옷을 몇 벌을 말아놓든지 달리지 않게 왜 옷을 여러 벌 사다 놓지 못하느냐? 또 젖은 옷도 썩을 새 없이 말릴 만한 그런 설비 완전한 집을 왜 지어놓지 못하느냐? 그러고도 큰소리만 탕탕하고 앉았는 건 남편이나 애비 된 자로서 무슨 몰상식, 무책임한 짓이냐 하고 우리 집 경제적 설비의 불완전한 점은 모조리 외고 있었던 것처럼 지적해가면서 특히 '왜 못하느냐'에 강한 악센트를 내가며 나의 무능을 힐책하는 것이었다.

이런 경우에 나의 말막음은 역시 태연한 것으로,

"또 이건 무슨 약속 위반이야? 혼인하기 전에 물질적으로는 어떤 곤란이 있든지 불평하지 않기로 약속한 건 누구야?"

그래도 저쪽에서 나오는 말이 많으면 최후로는,

"그럼 마음대로 해봐."

이다. 이 마음대로 해보라는 말은 가장 함축(含蓄)이 많은 술어(術語)로서 저쪽에서 듣고만 있지 않고,

"마음대로 어떻게 하란 말야?"

하고 해석을 요구하는 경우에는 얼마든지 폭탄적 선언으로 설명을 들려줄 수 있는 것이니 아내의 비위를 초점적으로 건드리는 데는 가장 효과 있는 말이 된다.

어제는 이 술어를 설명하는 데까지 이르렀더니 아내의 골은, 밤잔 원수가 없다는 말은 아무 의미도 없게, 아침까지 풀리지 않은 모양이었다.

비는 어쩌면 그칠 듯하다. 나는 마루 밑에서 구두를 꺼냈다.

안팎으로 곰팡이가 파랗게 피었다.

"여보?"

나는 엊저녁 이래 처음으로 의논성스럽게 아내를 불러본다.

아내는 힐끗 보기만 한다.

"여보?"

"부르지 않군 말 못하나."

"곰팡이가 식물이든가? 동물이든가?"

"승겁긴……."

나는 사실 가끔 승겁다.

오래간만에 넥타이를 매느라고 거울을 들여다보았더니 수염이 마당에 잡초와 같이 무성하다.

'면도를 하구 나가?'

면도칼을 꺼내 보니 녹이 슬었다. 여럿이 쓰는 물건 같으면 또 남을 탓했을는지 모르나, 나 혼자밖에 쓰는 사람이 없는 면도칼이라, 녹이 슨 것은 틀림없이 내가 물기를 잘 닦지 못하고 둔 때문이다. 녹을 벗기려면 한참 갈아야 되겠다. 물을 떠오너라, 비누를 좀 내다 다우, 다 귀찮은 노릇이다. 링컨과 같은 구레나룻을 가진 이상(李箱)의 생각이 난다. 사내 얼굴에는 수염이 좀 거칠어서 야성미를 띠어보는 것도 좋은 화장일지 모른다. 그러나 내 수염은 좀 빈약하다. 사진을 보면 우리 아버지는 꽤 긴 구레나룻이셨는데 아버지는 나에게 그것을 물리지 않으셨다.

아직 열한점, 그러나 낙랑(樂浪)이나 명치제과(明治製菓)쯤 가면, 사무적 소속을 갖지 않은 이상이나 구보(仇甫) 같은 이는 혹 나보다 더 무성한 수염으로 커피잔을 앞에 놓고, 무료히 앉았을는지도 모른다. 그러다가 내가 들어서면 마치 나를 기다리기나 하고 있었던 것처럼 반가이 맞아줄는지도 모른다. 그리고 요즘 자기들이 읽은 작품 중에서 어느 하나를 나에게 읽기를 권하는 것을 비롯하여 나의 곰팡이 슨 창작욕을 자극해주는 이야기까지 해줄는지도 모른다.

나는 집을 나선다. 포도원 앞쯤 내려오면 늘 나는 생각, '버스가 이 돌다리까지 들어왔으면'을 오늘도 잊어버리지 않고 하면서 개울물을 내려다본다. 여러 날째 씻겨 내려간 개울이라 양치질을 하여도 좋게 물이 맑다. 한 아낙네가 지나면서,

"빨래하기 좋겠다!"

하였다.

이런 맑은 물을 보면 으레 '빨래하기 좋겠다!'나 느낄 줄 아는, 조선 여성들의 불우한 풍속을 슬퍼한다.

푸른 하늘은 한군데도 보이지 않는다. 고개에 올라서니 하늘은 더욱 낮아진다. 곰보네 가게는 유리창도 열어놓지 않았고, 세월 잃은 '아스꾸리'통은 교통 방해가 되리만치 길가에 나와 넘어졌다.

"저따위가 누굴 쇠기긴…… 내가 초약이 되는 거야, 이리 내애……"

열둬 살밖에 안 된 계집애 목소리 같은 곰보 아내의 날카로운 소리다. 나는 곰보 가게라고 하지만 다른 사람들은 흔히 안주인을 표준으로 곱추 가게라고 한다. 얼굴은 늘 회충을 연상하게 창백한데, 좀 모두가 소규모여서 그렇지, 그만하면 이쁘다고 할 수

있는 눈이요, 코요, 입을 가져서 곱추만 아니었다면 곰보로는 을 러보지도 못할 미인이다. 병신이 되었기 때문에 할 수 없이 이 고 갯마루턱에다 빙수 가게나 내고 앉았는 곰보에게 온 모양으로, 속으로는 남편을 늘 네까짓 것 하는 자존심이 떠나지 않는 모양 이었다. 가끔 지나는 귓결에 들어보아도 색시는 그 패이다 만 앳 된 목소리로 남편에게 "저따위가" 어쩐다는 소리를 잘 썼다. 그러 면 아내와는 아주 딴판으로 검고 우악스럽게 생긴 남편은 "요것 이······" 하고 눈을 희뜩거리며 쫓아가 어디를 쥐는지 "아야얏" 소리가 반은 비명이요, 반은 앙탈이게 멀리 지난 뒤에도 들리는 것이었다. 사내는 그 가냘픈, 그리고 방아깨비 다리처럼 꺾여진 색시에게 비겨, 너무나 우람스럽게 튼튼하다. 어떤 날 보면 보성 학교 밑에서부터 고갯마루턱 저희 가게 앞까지 사이다니 바나나 니를 한 짐이나 되게 장본 것을 실은 자전차를, 사뭇 탄 채로 올 라오는 것이었다. 그런 장정에게 한 번 아스러지게 잡히고 앙탈 스런 비명을 내는 것도, 그 색시로서는 은연히 탐내는 향락의 하 나일지도 모른다. 비는 오고 물건은 팔리지 않고 먹을 것은 달린 다 하더라도 남편과 단둘이 들어앉아 약이니 띠니 하고 무슨 내 기였든지 화투장이나 제끼는 재미도, 어찌 생각하면 걱정거리 많 은 이 세상에서 택함을 받은 생활일지도 모른다.

비는 다시 뿌린다. 남산은 뽀얗게 운무 속에 들어 있다. 고개는 올라올 때보다도 내려갈 때가 더 무엇을 생각하며 걷기에 좋다.

얼굴 얽은 이와 등 곱은 이의 부처, 저희끼리 '난 곰보니 넌 곱 추라도 좋다' '난 곱추니 넌 곰보라도 좋다' 하고 손을 맞잡았을

리는 없을 것이요 누구라도 새에 들어서서, 그러나 한쪽에 가서는 신랑이 곰보라는 말을 반드시 하였을 것이요, 또 한쪽에 가서는 신부가 곱추라는 것을 반드시 이야기하고서야 되었을 것이다.

'자기와 혼인하려는 처녀가 곱추라는 말을 들었을 때, 그 총각의 심경은 어떠하였을 것인가?'

나는 생각하기에도 괴롭다.

아직도 고개는 더 내려가야 한다.

'우리 부처는 어떻게 되어 혼인이 되었더라?'

나는 우리 자신의 과거를 추억해본다. 나는 강원도, 아내는 황해도, 내가 스물여섯이 되도록, 한 번도 본 적도 없고 들은 적도 없었다. 다만 인연이란 내가 잘 아는 조양(지금은 그도 여사이나)이 내 아내와도 친한 동무였다. 그렇다고 처음부터 조양 때문에 우연히 서로 보고 로맨스가 일어난 것도 아니었다. 혹 그런 기회가 있었더라도 나면 모르나 내 아내란 위인이 결코 로맨스의 여왕이 될 소질은 피천 한푼어치도 없는 사람이다. 애초부터 결혼을 문제 삼아 가지고 조양이 우리 두 사람을 맞대놓았다. 조양은 저쪽에다 나를 무엇이라고 소개했는지는 모르지만 나한테는,

"첫째 가정이 점잖고, 고생을 못해봤으나 무어든 처지대로 감당해나갈 만한 타협심이 있고, 신여성이라도 모던과는 반대요, 음악을 전공하나 무대에 야심이 있는 것이 아니라 취미에 그칠 뿐이요 인물은 미인은 아니나 보시면 서로 만족하실 줄 압니다."

하였다. 나는 곧 만날 기회를 청했었다. 조양은 이내 그런 기회를 주선해주었다. 나는 이발을 하고 양복에 먼지를 털어 입고 구두

를 닦아 신고 갔었다. 내가 보기만 하는 것이 아니라 나도 뵈는 터이라 얼떨떨하여서 테이블만 굽어보고 있었으나, 대체로 그가 다혈질(多血質)이 아닌 것과 겸손해 뵈는 것과 좀 수줍은 티가 있는 것과 얼굴이 구조무자형(九條武子型)인 데 마음에 싫지 않았다.

'그러나 결혼엔 사랑이 있어야 한다는데, 사랑을 언제 해 가지고 결혼에 도달할 건가? 이렇게 미리부터 결혼을 조건으로 하고 만나는 데는 순수한 사랑이 얼크러질 리가 없다. 이건, 아무리 서로 마음에 들어 활동사진에 나오는 것 같은 러브 신을 가져본다 하더라도 어데까지 결혼하기 위한 선보기의 발전이지 로맨스일 리는 없다……'

나는 차라리 만나본 것을 후회하였다. 다만 조양을 그의 인격으로나 교양으로나 우정으로나 모든 것을 믿는 만큼, 모든 것을 맡겨버리고 서로 미지의 인연대로 약혼이 되게 하였더면, 그랬더면 그 혼인식장에 가서나 아내의 얼굴을 처음으로 대하는, 그 고전적인, 어리석은 흥미란 얼마나 구수한 것이었으랴. 나는 그렇게 못한 것을 지금까지도 후회하거니와 나는 이왕 만나본 김에야 좀 더 사귀어볼 필요가 있다 하고, 한번 같이 산보할 기회를 청해보았다. 저쪽에서 답이 오기를 자기도 그렇게 하고 싶다고 하였고, 토요일 오후에는 두시서부터 다섯시까지 세 시간 동안은 학교에서 나가 있을 수 있는데, 무슨 공원이나 극장 같은, 번잡한 데는 싫다고 하였다.

나는 그때, 서대문턱 전차 정류장에서 그를 만나 가지고 어데로 걸어야 좋을지 몰랐다.

"어느 쪽으로 걸을까요?"

"전 몰라요."

하고 그는 붉어진 얼굴로 주위를 둘러보았다. 그는 동무나 선생을 만날까 봐 얼른 그 자리를 떠나자는 눈치였다.

"이 성 밑으로 올라갈까요?"

그는 잠자코 걷기 시작했다. 한참 올라가다가,

"그럼 이 산 위로 올라가볼까요?"

하고 향촌동 위를 가리켰더니,

"거긴 동무들이 산보 잘 오는 데예요."

하였다. 할 수 없이 나는 중학 때 원족으로 진관사(津寬寺) 가던 길을 생각하였다. 서대문 형무소 앞을 지나 무악재를 넘어서면 저 세검정(洗劍亭)에서 내려오는 개천이 모래도 곱고, 물도 맑았다. 철도 그때와 같이 가을이라 곡식 익는 향기와 들국화와 맑은 하늘과 새하얀 모새길이 곧 우리를 반길 것만 같았다. 그래서 먼지가 발을 덮는 서대문 형무소 앞을 참고 걸어서 무악재를 넘어섰다. 고개만 넘어서면 곧 길이 맑고 수정 같은 개천이 흐르리라고 믿었던 것은 나의 착각이었다. 얼마를 걸어도 먼지만 풀썩풀썩 일어난다. 거름 마차만 그 코를 찌르는 냄새에다 먼지를 일으키며 지나간다. 자동차가 한번 지나면 한참씩 눈도 뜰 수가 없고 숨도 쉴 수가 없다. 벌써 한 시간이나 거의 소비했다. 조용한 말이라고는 한마디도 못해보았다. 그 세검정서 내려오는 개천은 여간 더 멀리 걷기 전에는 만날 것 같지도 않았다. 햇볕은 제일 뜨거운 각도로 우리를 쏘았다. 나는 산을 둘러보았다. 이글이글 단바위뿐이다. 그러나 산으로나 올라가 앉을 자리를 찾는 수밖에 없었다. 산은 나무가 좀 있는 데를 찾아가니 맨 새빨갛게 송충이 먹은 소나무뿐이었다. 그리고 좀 응달이 진 데를 찾아가 앉으니, 실오리만한 물줄기에는 빨래꾼들이 천렵이나 하듯 법석이었다. 빨랫방망이들 소리에 우리는 여간 크게 발음을 하지 않고는 서로 알아들을 수가 없었다.

아내는 성북동(城北洞)으로 처음 나와 볼 때, 왜 그때 이렇게 산보하기 좋은 데를 몰랐느냐고 나를 비웃었고, 소설을 쓰되 연애 소설은 쓸 자격이 없겠다 하였다. 나의 변명은 그때 우리는 연애가 아니었다는 것이다.

그런 소리를 하면 아내는 실쭉해져서,

"그럼 한이 풀리게 연애를 한번 해보구려."

하는 것이다.

아닌 게 아니라 가끔 연애욕이 일어난다. 이것은 누구에게나 영원한 식욕일지도 모른다. 또 얼마를 해보든지 늘 새로운 것이어서 포만될 줄 모르는 것도 이것일지 모른다.

버스는 오늘도 나를 놀리고 간다. 우산을 접으며 뛰어가려니까 스타트해버린다. 나는 굳이 버스의 뒤를 보지 않으려 그 얄미운 버스 뒤에다 광고를 낸 어떤 상품의 이름 하나를 기억해야 할 의무를 가지지 않으려 다른 데로 눈을 피한다.

벌써 삼 년째 거의 날마다 집을 나와서는 으레 버스를 타지만,

뛰어오거나 와서 기다리거나 하지 않고 오는 그대로 와서, 척 올라탈 수 있게, 그렇게 버스와 알마치 만나본 적은 한 번도 없다. 그 여러 백 번에 한두 번쯤은 그런 경우가 있는 편이 도리어 자연스러운 일일 것 같은데 아직 한 번도 그 자연은 오지 않는다.

'그러나 어디로 먼저 갈까?'

나는 한참 생각하다가 어느 편으로고 먼저 오는 버스를 타기로 한다. 총독부행(總督府行)이 먼저 온다. 꽤 고물이 된 자동차다. 억지로 비비고 운전사 뒷자리에 앉았더니 기계에 기름도 치지 않았는지 차를 정지시킬 때와 스타트 시킬 때마다 무엇인지 불부삽자루만한 것을 잡아당겼다 밀었다 하는데 그놈이 귀가 찢어지게 삐익- 삐익 소리를 낸다. 그러나 이 총독부행의 코스를 탈 때마다 불쾌한 것은 돈화문(敦化門) 정류장을 거쳐야 하는 데 있다. 거기 가서는 감독이 꼭 가래야만 차가 움직이는데 감독의 심사는 열 번에 한 번도 차를 곧 떠나게 하는 적은 없다. 차 안에 모든 눈이 '이 자식아, 얼른 가라구 해라' 하는 듯이 쏘아보기를, 어떤 때는 목욕탕에 들어앉았을 때처럼 '하나 두울……' 하고 수를 헤어보면, 무릇 칠십 팔십까지 헤도록 해야 가라고 하는 것이다. 그나 그뿐이 아니라 뻔쩍하면 앞차로 갈아타라 뒤차로 갈아타라 해서, 어떤 신경질 승객에게서는 "바가야로" 소리가 절로 나오게 되는데 제일에 나 같은 키 큰 승객이 욕을 보는 것은 기껏 자리를 잡고 앉았다가 앉을 자리는 벌써 다 앉아버린, 다른 차로 가서 목을 펴지 못하고 억지로 바깥을 내다보는 체하며 서서 가야 하는 것이다.

"망할 자식, 무슨 심사루 차를 이렇게 오래 세워둬."

또,

"저 자식은 밤낮 앞차로 갈아타라고만 하더라. 빌어먹을 자식……"

하고 욕이 절로 나오지만, 생각해보면 그 감독이란 친구도 고의로 그러는 것은 아닐 뿐 아니라 승객 일반을 위해서는 그런 조절, 정리가 필요할 것은 무론이다.

그러나 이런 사회학적 사고(思考)는 나중 문제요, 먼저는 모두 저 갈 길부터 바빠서 욕하고 눈을 흘기고 하는 것이 보통이니, 이것은 조선 사회에 아직 나 같은 공덕 교양(公德敎養)이 부족한 분자가 많기 때문인지는 몰라도 아무튼 버스 감독이란 것도 형사(刑事)나 세관리(稅關吏)만 못하지 않게 친화력과는 담 싼 직업이다.

오늘도 다행히 차는 바꿔 타란 말이 없었으나 헤이기만 했으면 아마 일흔은 헤었을 듯해서야 차가 움직이었다.

안국동(安國洞)서 전차로 갈아탔다. 안국정(安國町)이지만 아직 안국동이래야 말이 되는 것 같다. 이 동(洞)이나 리(里)를 깡그리 정화(町化)시킨 데 대해서는 적지 않은 불평을 품는다. 그렇게 비지니스의 능률만 본위로 문화를 통제하는 것은 그릇된 나치스의 수입이다. 더구나 우리 성북동(城北洞)을 성북정(城北町)이라 불러보면 '이주사'라고 불러야 할 어른을 '리상'이라고 남실거리는 격이다. 이러다가는 몇 해 후에는 이가니 김가니 박가니 정가니 무슨 가니가 모두 어수선스럽다고 시민의 성명까지도 무슨 방법으로든지 통제할는지도 모른다.

　모든 것에 있어 개성(個性)을 살벌하는 문화는 고급한 문화는
아닐 게다.

　"조선중앙일보사 앞이오."

하는 바람에 종로까지 다 가지 않고 내린다. 일 년이나 자리 하나
를 가지고 앉았던 데라 들어가면 일은 없더라도, 인전 하품 소리
만큼도 의의가 없는 "재미 좋으십니까?" 소리밖에는 주고받을 것
이 없더라도, 종로 일대에서는 가장 아는 사람이 많이 모여 있는
곳이라 과히 바쁘지 않으면 으레 한 번씩 들러보는 것이 나의 풍
속이다.

　그러나 들어가서는 늘 싱거움을 느낀다. 나도 전에 그랬지만 손
목만 한번 잡아볼 뿐, 그리고 옆에 의자가 있으면 앉으라고 권해
볼 뿐, 저희 쓰던 것을 수긋하고 써야만 한다. 나의 말대답을 하
다가도 전화를 받아야 한다. 손은 나와 잡고도,

　"얘! 광고 몇 단인가 알아봐라."

　소리를 급사에게 질러야 한다. 선미(禪味) 다분(多分)한 여수
(麗水)가 사회부장(社會部長) 자리에서 강도나 강간 기사 제목에
눈살을 찌푸리고 앉았는 것은 아무리 보아도 비극이다. 동아에선
빙허(憑虛)가 또 그 자리에서 썩는 지 오래다. 수주(樹州) 같은
이가 부인 잡지에서 세월을 보내게 한다.

　"이렇게까지들 사람을 모르나?"

　좋게 말하자면 사원들의 재능을 만점으로 가장 효과적이게 착
취할 줄들을 모른다. 내가 한번 신문, 잡지사의 주권자가 된다면,

인재 배치(人才配置)에만은 지금 어느 그들보다 우월하겠다는 자신에서 공연히 썩는 이들을 위해, 또 그 잡지 그 신문을 위해 비분해본다.

"왜, 벌써 가시렵니까?"

"네."

나는 언제나 마찬가지로 동경 신문 몇 가지를 뒤적거리다가는 그들이 나의 친구가 되기에는 너무 시간들이 없는 것을 느끼고 서먹해 일어선다.

"거, 소설 좀 몇 회치씩 밀리게 해주십시오."

"네."

대답은 한결같이 시원하다. 그러나 미리는 안 써지고 쓸 재미도 없다. 이것은 참말 수술이라도 해야 할 악습이다. 이러고 언제 신문 소설이 아닌 본격 장편을 한 편이라도 써보나 생각하면 병신처럼 슬퍼진다.

출판부(出版部)로 내려와본다. 여기 친구들도 바쁘다. 돌리는 의자를 끝까지 치켜올리고는 그 위에서도 양말을 벗어 내던진 발로 뒤를 보듯 쪼크리고 앉아 팔을 걷고 한 손으로는 담뱃재를 툭툭 떨어가면서, 한 손으로는 박짝박짝 철필을 긁어내려가는, 아명 신복씨(兒名信福氏)는 바쁜 사람 모양의 전형일 것이다.

"원고 써주셔서 감사합니다."

"웬 원고는요?"

난 몇 번 부탁은 받았으나 아직 써 보낸 것은 하나도 없다고 기억된다.

"인제 써주시면 감사하겠단 말씀이죠."

하고, 역시 여기서 간쓰메가 되어 있는 윤 동요 작가(尹童謠作家)가 해설해준다.

"그럼, 인제 써드리리다."

하였더니 그 말이 떨어지기 바쁘게 신복씨는 의자를 뱅그르르 돌리며 내려서더니 원고지와 펜을 갖다 놓는다.

"수필 하나 써주십시오."

"무슨 제목입니까?"

"바다 하나 써주십시오."

나는 작문 한 시간을 하지 않으면 안 되게 되었다.

"바다!"

멀리 쳐다보이는 것은 비에 젖은 북한산이다. 들리는 건 처맛물 떨어지는 소리와 공장에서 윤전기 돌아가는 소리다.

"바다!"

암만 바다를 불러보아도 내가 그리려는 바다는 오백오십 리를 동으로 가야 나올 게다. 한 줄 쓰다 찍, 두 줄 쓰다 찍, 작문 시간에 학생들에게 심히 굴지 말아야 할 것을 느낀다. 파리가 날아와 손등에 앉는다. 장마 파리는 구더기처럼 처끈처끈하고 서물거리는 감촉을 준다. 날려버리면 이내 또 그 자리에 와 앉는다. 이런 때 끈끈이를 손등에다 발랐으면 요 파리란 놈이 달라붙어 가지고 처음 날릴 때 멀리 달아나지 않은 것을 얼마나 후회할까 생각해 본다. 그러다 보니 '바다'를 써야 할 것을 한참이나 잊어버리고 있었다.

"이선생님?"

"네?"

"『조광』내월호(朝光來月號) 어느 날 나오는지 아십니까?"

"모릅니다."

하고 가만히 생각해보니 알더라도 모른다고 해야 할 대답이다. 신문들의 경쟁보다 잡지들의 경쟁은 표면화되어 있다. 중앙과 조광에 다 그만치 놀러 다니는 나를 이 두 군데서 다 이런 것을 묻기도 하는 반면 요시찰인시(要視察人視)할지도 모른다. 모른다가 아니라 그럴 줄 알아야 할 사실이다. 좀 불쾌하다. 또 깨달으니 '바다'를 한참이나 잊어버리고 있었다.

말동무가 그립다. 조광사(朝光社)에 들러보고 싶은 생각도 난다. 그러나 들르나마나다. 뻔한 노릇이다. 노산(鷺山)은 전화로 맞추고 가기 전에는 자리에 없기가 일쑤요, 일보(一步)는 직접 편집에 양적(量的)으로 바쁜 이요, 석영(夕影)은 삽화 그리기에 한참씩 눈을 찌푸리고 빈 종이만 내려다보아 얼른 보기엔 한가한 듯하나 질적(質的)으로 바쁜 이다.

바로 낙랑(樂浪)으로 가니, 웬일인지 유성기 소리가 나지 않는다. 그러나 문만 밀고 들어서면 누구나 한 사람쯤은 아는 얼굴이 앉았다가 반가이 눈짓을 해줄 것만 같다. 긴장해 들어서는 앉았는 사람부터 둘러보았다. 그러나 원체 손님도 적거니와 모두 나를 쳐다보고는 이내 시치미를 떼고 돌려버리는 얼굴뿐이다. 들어가 구석 자리 하나를 차지하고 앉는다. 불쾌하다. 내가 들어설 때 쳐다보던 사람들은 모두 낙랑 때가 묻은 사람들이다. 인사는 서로 하지 않아도 낙랑에 오면 흔히는 만나는 얼굴들이다. 그런 정도로 아는 얼굴은 숫제 처음 보는 얼굴만 못한 것이 보통이다. 그런 얼굴들은 내가 들어서면, 나도 저희들에게 그런 경우에 그렇게 할 수 있듯이,

'저자 또 오는군!'

하고 이유 없이 일종의 멸시에 가까운 감정을 가질 것과 나아가서는,

'저자는 무얼 해먹고 살길래 벌써부터 찻집 출근이람?'

하고 자기보다는 결코 높지 못한 아무걸로나 평가해볼 것에 미쳐서는 여간 불쾌하지 않다.

커피 한 잔을 달래놓았으나 컵에 군물이 도는 것이 구미가 당기지 않는다. 그 원료에서부터 조리에까지 좀 학적 양심(學的良心)을 가지고 끓여논 커피를 마셔봤으면 싶다. 그러면서 화제 없는 이야기도 실컷 지껄여보고 싶다.

나는 심부름하는 애를 불렀다.

"너 이층에 올라가 주인 좀 내려오래라."

"아직 안 일어나셨나 분데요."

"지금 몇 신데 가서 깨워라."

"누구시라도 여쭐까요?"

"글쎄, 그냥 가 깨워라 괜찮다."

하고 우기니깐야 그애는 올라간다.

주인은 나와 동경 시대에 사귄 '눈물의 기사' 이군(李君)이다.

눈물에 천재가 있어 공연한 일에도,

"아하!"

하고 감탄만 한번 하면 곧 눈에는 눈물이 차버리는 친구로 밤낮 찻집에 다니기를 좋아하더니 나와서도 화신상회에서 꽤 고급을 주는 것도 미술가를 이해해주지 못한다는 불평으로 이내 고만두고 이 낙랑을 차려놓은 것이다.

그는 나를 만나면, 늘 조용히 하고 싶은 말이 있노라 했다. 한번은 밤에 들렀더니 이층에 있는 자기 방으로 끌고 가서, 자기가 연애를 하는 중이라고 말하였다. 상대자는 서울 청년들이 누구나 우러러보지 않는 사람이 없는, 평판 높은 미인인데, 그 모두 쳐다만 보는 높은 들창의 열쇠를 차지한 행운의 사나이는 자기란 것과, 그렇게 되기 위해서는 열 몇 달이라는 시일을 두고 이 낙랑의 수입을 온통 걸어가면서 뭇 사나이의 마수를 막아가던 이야기를 눈물이 글썽글썽해서 하였다. 그리고는,

"자네 알다시피 내겐 처자식이 있지 않나? 이를 어쩌면 좋은가?"

하고 그것을 좀 속시원하게 말해달라 하였다. 나는 오래 생각할 것도 없이 만일 내 자신에게 그런 경우가 생겨도 그렇게밖에는 할 도리가 없기 때문에,

"단념해보게."

하였다.

"어느 편을?"

하고 그의 눈은 최대한도의 시력을 내었다.

"연인을."

하니,

"건 죽어도……."

하였다.

"그럼 연애를 그대로 하게나."

하였더니,

"아낸 그냥 두구 말이지?"

한다.

"그럼, 몰래 하는 연애까지야 아내가 간섭 못할 것 아닌가? 결혼을 할 작정이라면 몰라도…… 자네 결혼까지 하고 싶은가?"

하였더니,

"그럼……그럼……."

하고 그는 고개를 숙였다. 나는,

"죽어도 단념할 수는 없다니 자네 나갈 탓이지 제삼자가 뭐라고 용훼하나?"

하고 물러앉으려 하였더니 그는 내 손을 덤뻑 잡고,

"아직 우린 순결하네. 끝까지 정신적으로만 사랑해나갈 순 없을까?"

묻는 것이었다.

"그건 참 단념하는 것만은 못하나 좋은 이상이긴 하네."

하였더니 그는,

"이상이라? 그럼 불가능하리란 말일세그려?"

했다. 그리고 그 여자의 초상화 그린 것을 내다 보이며,

"미인 아닌가?"

하면서 울었다.

그 뒤 얼마 만에 만났더니 그는 얼굴이 몹시 상했고 한쪽 손 무명지를 붕대로 칭칭 감고 있었다. 왜 그러냐 물었더니,

"생인손을 앓아 짤라버렸네."

하는데 그 대답이 퍽 부자연스러웠다. 나는 감격성 많고 선량한 그가 그 연애 사건으로 말미암아 단지(斷指)한 것임을 직각하였으나 여럿이 있는 데서라 다시 묻지는 못하였는데 영업이 잘 되지 않아 낙랑도 팔아버리고 동경으로나 다시 가 바람을 쐬겠다고 하면서 낙랑 인계할 만한 사람이 있거든 한 사람 소개해달라고 하는 양이 여러 가지 비관이 있는 모양이었다. 그 뒤로는 다시 못 만났는데 심부름하는 아이는 한참 만에 내려오더니,

"주인 선생님이 일어나셨는데 어디루 나가셨나 봐요. 아마 댁으로 진지 잡수러 가셨나 봐요."

하는 것이다.

"집에? 집에 가 잡숫니, 늘?"

"어쩌다 조선 음식 잡숫고 싶으면 가시나 봐요."

한다. 구보도 이상도 나타나지 않는다. 비는 한결같이 구질구질 내린다. 유성기 소리가 나기 시작한다. 누구든지 한 사람 기어이 만나보고만 싶다. 대판옥(大阪屋)이나 일한서방(日韓書房)쯤 가면 어쩌면 월파(月坡)나 일석(一石)을 만날지도 모른다.

'친구?'

나는 이것을 생각하며 낙랑을 나서 비 내리는 포도를 걷는다.

낙랑의 이군만 해도 서로 친구라고 부르는 사이다. 그러나 그가 그의 집으로 갔나 보다고 할 때, 나는 그의 집안을 상상하기에 너무나 막연하다. 그의 어머니는 어떤 부인이요, 아버지는 어떤 양반이요, 대체 이군은 어디서 났으며 소학교는 어디를 다녔으며 어릴 때의 그는 어떤 아이였더랬나? 나는 깜깜이다. 그가 만일 친상을 당했다 하더라도 나는 어떤 노인이 죽은 것을 의미하는 것인지 막연할 것이다. 그의 조상에는 어떤 사람이 났었나, 그의 어린애들은 어떻게 생긴 아이들인가 모두 깜깜하다.

'이러고도 친구 간인가? 친구라 할 수 있는 것인가?'

생각이 들어간다. 생각해보면 오늘 만나본 중앙일보사의 모든 사람들, 또 지금부터 만났으면 하는 구보나 이상이나 월파나 일석이나 모두 안 그런 친구는 하나도 없지 않은가?

모두 한 신문사에 있었으니깐 알았고, 한 학교에 있으니깐 알았고, 한 구인회원이니깐 안 것뿐이 아닌가? 직업적으로, 사무적으로, 자주 만나니까 인사하고 자주 인사하니까 손도 잡고 흔들게 되고 하는 것뿐이지 더 무슨 애틋한, 그리워해야 할 인연이나 정분이 어데 있단 말인가? '친구 간에 어쩌고어쩌고……' 하는 말이 모두 쑥스럽지 않은가? 그러자 나는 몇 어렸을 때 친구 생각이 난다.

용기, 홍봉이, 학순이, 봉성이……. 그들은 정말 친구라 할 수 있을까? 어려서 빨가벗고 한 개울에서 헤엄을 치고 자랐다. 그래서 용기 다리에는 무슨 흠집이 있고 봉성이 잔등에는 기미가 몇 인 것까지도 안다. 학순이는 대운동회 때, 나와 이인삼각(二人三

脚)의 짝이 되어 일등을 탄 다음부터 더 친하게 놀았다. 그들의 조부모는 어떤 사람들이고 부모는 어떤 사람들이고 죄 안다. 그들의 집 안 풍경까지도 소상하다. 누구네 집 마당에는 수수배나무가 서고, 누구네 집 뒷동산에는 밀살구나무가 선 것까지도……

'참! 지난봄에 학순이에게서 편지 온 걸……'

나는 아직 답장을 해주지 못한 것을 깨닫는다. 몇 가지 부탁이 있은 것까지 모른 체해버리고 만 것이 생각난다. 그때 즉시 답장을 하지 못한 것은 바빠서라기보다 그냥 모른 척해버리고 싶었기 때문이다. 그의 편지 사연은 지금도 기억할 수 있다.

"어느 잡지책에선가 보니 자네가 『달밤』이란 소설책을 냈데그려. 이 사람, 내가 얘기책 좋아하는 줄 번연히 알면서 어쩌믄 그거 한 권 안 보내준단 말인가? 그런데 책 이름을 어째 그렇게 지었나? '추월색'이니 '강상명월'이니만치 운치가 없지 않은가? 그런데 내용은 물론 연애 소설이겠지? 하여간 한번 읽어보고 싶네. 부디 한 권 부쳐주기 바라며 또 한 가지 부탁은 돈은 못 부치나 담배꽁댕이를 모아 담아 먹으려 하니 아조 죄고만 고불통 물뿌리 하나만 사서 『달밤』과 함께 똘똘 말아 부쳐주게. 야시에 가면 십 전짜리 그런 고불통이 있다데……"

소학교 이후 그는 농촌에만 묻혀 있으니 남의 창작집(創作集)을 『추월색』 따위 이야기책과 비겨 말하려는 것이 무리는 아니나 좀 불쾌하기도 하고 『달밤』을 보냈댔자 그의 기대에 맞을 리가 없을 것이 뻔하여 그 고불통까지도 잠자코 내버려뒀던 것이다.

나는 후회한다. 그가 알고 읽든, 모르고 읽든, 한 책 보내주어야 할 정리에 쥐뿔 같은 자존심만 낸 것을 후회한다.

나는 진고개로 들어서서 고불통, 마도로스 파이프부터 눈여겨 보았다. 하나도 십 전 급엣것은 없다. 모두 오륙 원 한다. 이런 것은 그에게 『달밤』이 맞지 않을 이상으로 당치 않은 것들이다.

대판옥서점으로 들어섰다. 책을 보기 전에 사람부터 둘러보았으나 아는 이는 한 사람도 없다. 신간서(新刊書)도 변변한 것이 보이지 않는데 장마 때에 무슨 먼지나 앉았을라고 점원이 총채를 가지고 와 두드리기 시작한다. 쫓기어나와 일한서방(日韓書房)으로 가니 거기도 아는 얼굴은 하나도 없는 듯하였는데 그 아는 얼굴이 아니었던 속에서 한 사람이 번지르르한 레인코트를 털면서 내 앞으로 다가왔다.

"이군 아냐?"

그의 목소리를 듣고 보니 전에 안경 안 썼던 때의 그의 얼굴이 차츰 떠올라온다.

"강군……."

나도 그의 성을 알아맞혔다. 중학 때 한 반이었던 사람이다. 그는 나의 손을 잡고, 흔들면 흔들수록 옛날 생각이 솟아나는 듯 자꾸 흔들기를 한참 하더니 나를 본정 그릴로 데리고 간다. 클로크에 들어서 모자를 벗는 것을 보니 머리는 상고머리요, 레인코트를 벗는 것을 보니 양복 저고리 에리에는 일장기 배지를 척 꽂았다. 테이블을 정하고 앉더니 그는 그 일장기 꽂힌 옷깃을 가다듬고,

"그간 자네 가쓰야꾸부리는 신문 잡지에서 늘 봤지."

하였고 다음에는,

"그래, 돈 좀 잡았나?"

하는 것이다.

"돈?"

하고 나는 여러 가지 의미의 고소를 그에게 주었다. 그리고,

"자넨 좀 붙들었나?"

물었더니

"글쎄, 낚시는 몇 개 당거놨네만……."

하고 맥주를 자꾸 먹으라고 권하더니 자기도 한 잔 들이키고 나서는,

"자네도 알겠지만 세상일이 다 낚시질이데그려, 알아듣겠나? 미끼가 든단 말인세, 허허……."

하고 선웃음을 치는 것이 여간 교젯속에 닿지 않았다.

"나 그간 저어 황해도 어느 해변에 가 간사지 사업 좀 했네."

"간사지라니?"

나는 간사지가 무엇인지 모른다. 그는,

"허, 안방 도련님일세그려."

하고 설명해주는데 들으니 조수가 들락들락하는 넓은 벌판을 변두리를 막아 다시는 조수가 못 들어오게 하고 그 땅을 개간한다는 것이다.

"한 사오십 정보 맨들어놨네."

하더니 내가 그 사업의 가치를 잘 몰라주는 것이 딱한 듯,

"잘 팔리면 오십만 원쯤은 무려할 걸세. 난 본부에 들어가서두 막 뻗히네."

하는 것이다.

"본부라니?"

나는 간부(姦婦)와 대립되는 본부(本婦)는 아닐 줄 아나 그것도 무엇인지 몰랐다.

"허, 이 사람 서울 헷있네그려, 본불 몰라? 총독불!"

하고 사뭇 무안을 준다. 그리고 자기는 정무총감한테 가서도 하고픈 말은 다 한다고 하면서 간사지란, 지도에도 바다로 들어가는 것인데 그것을 훌륭한 전답지로 만들어놓았으니 국토를 늘려논 셈 아닌가 하면서,

"안 해 그렇지 군수 하나쯤이야 운동하면 여반당이지."

하고 보이를 크게 부르더니 날더러 뭘 점심으로 시켜 먹자고 한다. 런치를 시키더니,

"여보게?"

하고 목소리를 고친다.

"말하게."

"자네 여학교에 관계한다데그려?"

"좀 허지."

"나 장개 좀 드려주게."

하고 또 선웃음을 친다.

몹시 불쾌하다. 점심만 시키지 않았으면 곧 일어나고 싶다.

"이 사람, 친구 호사 한번 시키게나그려? 농담이 아니라 진담일

세. 나 지금 독신일세."

나는 그에게 아직 미혼이냐 이혼이냐 상배를 당했느냐 아무것도 묻지 않았고 친구라는 말에만 정신이 번쩍 났다. 그는 역시 친구라는 말을 태연히 쓴다.

"친구 간에 오래 격조했다 만났는데 어서 들게."

하고 맥주를 권하였고,

"친구 간 아니면 갑자기 만나 이런 말 하겠나."

하고 트림을 한다.

런치가 나오기 시작한다. 나는 이 사람이 금세 "세상일은 다 낚시질이데그려" 하던 말을 잊을 수 없다. 이것도 나의 낚시질인지 모른다. 내가 미끼를 먹는 셈인지도 모른다.

"여잔 암만해두 인물부터 좀 있어야겠데…… 자넨 어떻게 생각하나?"

나는 '옳지, 낚시질 시작이로구나' 하고,

"글쎄……."

하였을 뿐이다. 생각하면 낚시질이란 반드시 어부 편에만 이익이 돌아가는 것은 아니다. 고기가 미끼만 곧잘 따먹어낼 수도 없지는 않은 것이다. 그가 비싼 것을 시키는 대로, 그가 권하는 대로 내 양껏 잘 먹고 소화해볼 생각이 생긴다.

그는 나중에,

"자넨 문학가니까 연애나 결혼이나 그런 방면에 나보다 대갈 줄 아네. 자네가 간택한 여자라면 난 무조건하고 복종할 테니 아예 농담으로 듣지만 말게…… 내 자랑 같네만 본부에 있는 친구들서껀, 참 자네 ×사무관 아나?"

한다.

"알 택 있나."

"메칠 안 있으면 도지사 돼 나갈 걸세. 그런 사람들도 당당한 재산가 영양들만 소개하지만 자네 소개가 원일세. 소설에 나오는 것 같은 쪽 뽑은 신여성 하나 천해주게. 내 어려운 살림은 안 시킬 걸세."

그리고,

"친구 간이니 말일세만 독신 된 후론 자연 화류계 계집들과 상종이 되니 몸도 이전 괴롭고 첫째 살림꼴이 되나 어디……."

하더니 명함 한 장을 꺼내 주고 서울 오면 교제상 어쩔 수 없어서 비전옥(備前屋)에 들어 있으니 자주 통신을 달라 한다. 그리고 길에 나와 헤어져서 저만치 가다 말고 돌아서더니,

"꼭 믿네."

하고 소리를 지르는 것이다.

그가 이제부터 또 누구에게 "낚시는 몇 개 당거났네만" 하는 말에는 오늘 나에게 런치 먹인 것도 들어갈는지도 모른다.

비는 그저 내린다. 못 먹는 맥주를 두어 곱뿌나 먹었더니 등어리가 후끈거린다. 이런 것이 다 나에게도 교젯속 공부일지 모른다.

"내 어려운 살림은 안 시킬 걸세."

하던 강군의 말이 잊혀지지 않는다.

'난 아내에게 어려운 살림을 시키는 남편이다!'

나는 낙랑 뒤를 돌아 중국 사람들의 거리로 들어섰다. 아내가 젖이 잘 나지 않던 어느 해다. 누가 중국 사람들이 먹는 도야지족을 사다 먹이라 하였다. 사다 먹여보니 젖이 잘 나왔다. 여러 번 먹어보더니 맛을 들여 젖은 안 먹이는 지금도 그것만 사다 주면 좋아한다. 나는 천증원(天增園)에 들러 제일 큰 것으로 하나 샀다. 그리고 그길로는 한도(漢圖)로 갔다. 고불통은 다른 날 사 보내기로 하고 우선 『달밤』만 한 책을 학순에게 부쳤다.

우리 성북동 쪽 산들은 그저 뽀얀 이슬비 속에 잠겨 있다.

복덕방

철썩, 앞집 판장 밑에서 물 내버리는 소리가 났다. 주먹구구에 골독했던 안초시(安初試)에게는 놀랄 만한 폭음이었던지, 다리 부러진 돋보기 너머로, 똑 모이를 쪼려는 닭의 눈을 해 가지고 수 챗구멍을 내다본다. 뿌연 뜨물에 휩쓸려 나오는 것이 여러 가지 다. 호박 꼭지, 계란 껍질, 거피해 버린 녹두 껍질.

"녹두 빈자떡을 부치는 게로군. 흥⋯⋯."

한 오륙 년째 안초시는 말끝마다 "젠장⋯⋯"이 아니면 "흥!" 하는 코웃음을 잘 붙이었다.

"추석이 벌써 낼 모레지! 젠장⋯⋯."

안초시는 저도 모르게 입맛을 다시었다. 기름내가 코에 풍기는 듯 대뜸 입 안에 침이 흥건해지고 전에 괜찮게 지낼 때, 충치니 풍치니 하던 것은 거짓말이었던 것처럼 아래윗니가 송곳 끝같이 날카로워짐을 느끼었다.

안초시는 그 날카로워진 이를 빈 입인 채 빠드득 소리가 나게 한번 물어보고 고개를 들었다.

하늘은 천리같이 트였는데 조각구름들이 여기저기 널리었다. 어떤 구름은 깨끗이 바래 말린 옥양목처럼 흰빛이 눈이 부시다. 안초시는 이내 자기의 때 묻은 적삼 생각이 났다. 소매를 내려다보는 그의 얼굴은 날래 들리지 않는다. 거기는 한 조박의 녹두 빈자나 한 잔의 약주로써 어쩌지 못할, 더 슬픔과 더 고적함이 품겨 있는 것 같았다.

혹혹 소매 끝을 불어보고 손끝으로 튀겨보기도 하다가 목침을 세우고 눕고 말았다.

"이사는 팔하고 사오는 이십이라 천이 되지…… 가만…… 천이라? 사로 했으니 사천이라 사천 평…… 매 평에 아주 줄여 잡아 오 환씩만 하게 돼두 사 환 칠십오 전씩이 남으니, 그럼…… 사사는 십륙 일만 육천 환하구……."

안초시가 다시 주먹구구를 거듭해서 얻어낸 총액이 일만 구천 원, 단 천 원만 들여도 일만 구천 원이 되리라는 셈속이니, 만 원만 들이면 그게 얼만가? 그는 벌떡 일어났다. 이마가 화끈했다. 도사렸던 무릎을 얼른 곧추세우고 뒤나 보려는 사람처럼 쪼크렸다. 마코 갑이 번연히 빈 것인 줄 알면서도 다시 집어다 눌러보았다. 주머니에는 단돈 십 전, 그도 안경다리를 고친다고 벌써 세 번짼가 네 번째 딸에게서 사오십 전씩 얻어 가지고는 번번이 담뱃값으로 다 내어보내고 말던 최후의 십 전, 안초시는 주머니에 손을 넣어 그것을 집어내었다. 백통화 한 푼을 얹은 야윈 손바닥,

가만히 떨리었다. 서참위(徐參尉)¹의 투박한 손을 생각하면 너무나 얇고 잔망스러운 손이거니 하였다. 그러나 이따금 술잔은 얻어먹고, 이렇게 내 방처럼 그의 복덕방에서 잠까지 빌려 자건만 한 번도, 집 거간이나 해먹는 서참위의 생활이 부럽지는 않았다. 그래도 언제든지 한번쯤은 무슨 수가 생기어 다시 한번 내 집을 쓰게 되고, 내 밥을 먹게 되고, 내 힘과 내 낯으로 다시 한번 세상에 부딪쳐보려니 믿어졌다.

초시는 전에 어떤 관상쟁이의 "엄지손가락을 안으로 넣고 주먹을 쥐어야 재물이 나가지 않는다"는 말이 생각났다. 늘 그렇게 쥐노라고는 했지만 문득 생각이 나 내려다볼 때는, 으레 엄지손가락이 얄밉도록 밖으로만 쥐어져 있었다. 그래 드팀전을 하다도 실패를 하였고, 그래 집까지 잡혀서 장전을 내었다가도 그만 화재를 보았거니 하는 것이다.

"이놈의 엄지손가락아, 안으로 좀 들어가아, 젠장."

하고 연습 삼아 엄지손가락을 먼저 안으로 넣고 아프도록 두 주먹을 꽉 쥐어보았다. 그리고 당장 내어보낼 돈이면서도 그 십 전짜리를 그렇게 쥔 주먹에 단단히 넣고 담배 가게로 나갔다.

이 복덕방에는 흔히 세 늙은이가 모이었다.

언제 누가 와, 집 보러 가잘지 몰라, 늘 갓을 쓰고 앉아서 행길을 잘 내다보는, 얼굴 붉고 눈방울 큰 노인이 주인 서참위다. 참위로 다니다가 합병 후에는 다섯 해를 놀면서 시기를 엿보았으나 별수가 없을 것 같아서 이럭저럭 심심파적으로 갖게 된 것이 이

가옥중개업(家屋仲介業)이었다. 처음에는 겨우 굶지 않을 만한 수입이었으나 대정 팔구년 이후로는 시골 부자들이 세금(稅金)에 몰려, 혹은 자녀들의 교육을 위해 서울로만 몰려들고, 그런 데다 돈은 흔해져서 관철동(貫鐵洞), 다옥정(茶屋町) 같은 중앙 지대에는 그리 고옥만 아니면 만 원대를 예사로 훌훌 넘었다. 그 판에 봄 가을로 어떤 달에는 삼사백 원 수입이 있어, 그러기를 몇 해를 지나 가회동(嘉會洞)에 수십 간 집을 세웠고 또 몇 해 지나지 않아서는 창동(倉洞) 근처에 땅을 장만하기 시작하였다. 지금은 중개업자도 많이 늘었고 건양사(建陽社) 같은 큰 건축 회사(建築會社)가 생기어서 당자끼리 직접 팔고사는 것이 원칙처럼 되어가기 때문에 중개료의 수입은 전보다 훨씬 준 셈이다. 그러나 이십여 간 집에 학생을 치고 싶은 대로 치기 때문에 서참위의 수입이 없는 달이라고 쌀값이 밀리거나 나무 값에 졸릴 형편은 아니다.

"세상은 먹구살게는 마련야……."

서참위가 흔히 하는 말이다. 칼을 차고 훈련원에 나서 병법을 익힐 제는, 한번 호령만 하고 보면 산천이라도 물러설 것 같던, 그 기개와, 오늘의 자기, 한낱 가쾌(家儈)로 복덕방 영감으로 기생, 갈보 따위가 사글셋방 한 간을 얻어달래도 네네 하고 따라나서야 하는, 만인의 심부름꾼인 것을 생각하면 서글픈 눈물이 아니 날 수도 없는 것이다. 워낙 술을 즐기기도 하지만 어떤 때는 남몰래 이런 감회(感懷)를 이기지 못해서 술집에 들어선 적도 여러 번이다.

그러나 호반〔武人〕들의 기개란 흔히 혈기(血氣)에서 나오는 것

이기 때문이지 몸에서 혈기가 줆을 따라 그런 감회를 일으킴조차
요즘은 적어지고 말았다. 하루는 집에서 점심을 먹다 듣노라니
무슨 장사치의 외는 소리인데 아무래도 귀에 익은 목청이다. 자
세히 귀를 기울이니 점점 가까이 오는 소리인데 제법 무엇을 사
라는 소리가 아니라 "유리병이나 간장통 팔거쏘!" 하는 소리이
다. 그런데 그 목청이 보면 꼭 알 사람 같아, 일어서 마루 들창으
로 내어다보니 이번에는 "가마니나 신문 잡지나 팔거쏘" 하면서
가마니 두어 개를 지고 한 손에는 저울을 들고 중노인이나 된 사
나이가 지나가는데 아는 사람은 확실히 아는 사람이다. 그러나
그를 어디서 알았으며 성명이 무엇이며 애초에는 무엇을 하던 사
람인지가 감감해지고 말았다.

　"오오라! 그렇군…… 분명…… 저런!"
하고 그는 한참 만에 고개를 끄덕이었다. 그 유리병과 간장통을
외는 소리가 골목 안으로 사라져갈 즈음에야 서참위는 그가 누구
인 것을 깨달아낸 것이다.

　"동관(同官) 김참위…… 허!"
　나이는 자기보다 훨씬 연소하였으나 학식과 재기가 있는 데다
호령 소리가 좋아 상관에게 늘 칭찬을 받던 청년 무관이었었다.
이십여 년 뒤에 들어도 갈데없이 그 목청이요 그 모습이었다. 전
날의 그를 생각하고 오늘의 그를 보니 저윽이 감개에 사무치어
밥숟가락을 멈추고 냉수만 거듭 마시었다.

　그러나 전에 혈기 있을 때와 달라 그런 기분이 오래가지는 않았
다. 중학교 졸업반인 둘째 아들이 학교에 갔다 들어서는 것을 보

고, 또 싸전에서 쌀값 받으러 와 마누라가 선선히 시퍼런 지전을 내어 세는 것을 볼 때, 서참위는 이내 속으로,

'거저 살아야지 별수 있나. 저렇게 개가죽을 쓰고 돌아다니는 친구도 있는데…… 에헴.'

하였을 뿐 아니라 그런 절박한 친구에다 대면 자기는 얼마나 훌륭한 지체냐 하는 자존심도 없지 않았다.

'지난 일 그까짓 생각할 건 뭐 있나. 사는 날까지…… 허허.'

여생을 웃으며 살 작정이었다. 그래 그런지 워낙 좀 실없는 티가 있는 데다 요즘 와서는 누구에게나 농지거리가 늘어갔다. 그래 늘 눈이 달리고 뽀로통한 입으로는 말끝마다 '젠장' 소리만 나오는 안초시와는 성미가 맞지 않았다.

"쫌보야, 술 한잔 사주랴?"

쫌보라는 말이 자기를 업수여기는 것 같아서 안초시는 이내 발끈해 가지고, "네깟 놈 술 더러 안 먹는다" 한다.

"화투패나 밤낮 떼면 너이 어멈이 살아온다덴?"

하고 서참위가 발끝으로 화투장들을 밀어던지면 그만 얼굴이 새빨개져서 쌔근쌔근하다가 부채면 부채, 담뱃갑이면 담뱃갑, 자기의 것을 냉큼 집어 들고 안 올 듯이 새침해 나가버리는 것이다.

"조게 계집이문 천생 남의 첩감이야."

하고 서참위는 껄껄 웃어버리나 안초시는 이렇게 돼서 올라가면 한 이틀씩 보이지 않았다.

한번은 안초시의 딸의 무용횟(舞踊會)날 밤이었다. 안경화(安京華)라고, 한동안 토월회(土月會)에도 다니다가 대판(大阪)에

가 있느니 동경(東京)에 가 있느니 하더니 오륙 년 뒤에 무용가노라 이름을 날리며 서울에 나타났다. 바로 제일회 공연 날 밤이었다. 서참위가 조르기도 했지만, 안초시도 딸의 사진과 이야기가 신문마다 나는 바람에 어깨가 으쓱해서 공표를 얻을 수 있는 대로 얻어 가지고 서참위뿐 아니라 여러 친구를 돌라줬던 것이다.

"허! 저기 한가운데서 지금 한창 다릿짓하는 게 자네 딸인가?"

남은 다 멍멍히 앉았는데 서참위가 해괴한 것을 보는 듯, 마땅치 않은 어조로 물었다.

"무용이란 건 문명국일수록 벗구 한다네그려."

약기는 한 안초시는 미리 이런 대답으로 막았다.

"모르겠네 원…… 지금 총각 놈들은 모두 등신인가 바……."

"왜?"

하고 이번에는 다른 친구가 탄하였다.

"우린 총각 시절에 저런 걸 보면 그냥 못 배기네."

"빌어먹을 녀석…… 나잇값을 못하구 개야 저건 개……."

벌써 안초시는 분통이 발끈거려서 나오는 소리였다.

한 가지가 끝나고 불이 환하게 켜졌을 때다.

"도루 차라리 여배우 노릇을 댕기라구 그래야. 여배운 그래도 저렇게 넓적다린 내놓고 덤비지 않더라."

"그 자식 오지랖 경치게 넓네. 네가 안방 건는방이 몇 간이요나 알았지 뭘 쥐뿔이나 안다구 그래? 보기 싫건 나가렴."

하고 안초시는 화를 발끈 내었다. 그러니까 서참위도 안방 건넌방 말에 화가 나서 꽤 높은 소리로,

"넌 또 뭘 아니? 요 쫌보야."

하고 일어서버리었다.

이 일이 있은 후 안초시는 거의 달포나 서참위의 복덕방에 나오지 않았었다. 그런 걸 박희완(朴喜完) 영감이 가서 데리고 왔었다.

박희완 영감이란 세 영감 중의 하나로 안초시처럼 이 복덕방에 와 자기까지는 안 하나 꽤 쏠쏠히 놀러 오는 늙은이다. 아니, 놀러 오기만 하는 것이 아니라 와서는 공부도 한다. 재판소에 다니는 조카가 있어 대서업(代書業) 운동을 한다고 『속수국어독본(速修國語讀本)』을 노상 끼고 와 그 『삼국지(三國志)』 읽던 투로,

"긴상 도꼬에 유끼이 마쑤까."

어쩌고를 외고 있는 것이다.

그러나 『속수국어독본』 뚜껑이 손때에 절고, 또 어떤 때는 목침 위에 받쳐 베고 낮잠도 자서 머리때까지 새까맣게 절어 '조선총독부 편찬(朝鮮總督府編纂)'이란 잔글자들은 보이지 않게 되도록, 대서업 허가는 의연히 나오지 않는 모양이었다.

"너나 내나 다 산 것들이 업은 가져 뭘 허니. 무슨 세월에……흥!"

하고 어떤 때, 안초시는 한나절이나 화투패를 떼다 안 떨어지면 그 화풀이로 박희완 영감이 들고 중얼거리는 『속수국어독본』을 툭 채어 행길로 팽개치며 그랬다.

"넌 또 무슨 재술 바라구 밤낮 화토패나 떨어지길 바라니?"

"난 심심풀이지."

그러나 속으로는 박희완 영감보다 더 세상에 대한 야심이 끓었다. 딸이 평양으로 대구로 다니며 지방 순회까지 하여서 제법 돈냥이나 걷힌 것 같으나 연구소를 내느라고 집을 뜯어고친다, 유성기를 사들인다, 교제를 하러 돌아다닌다 하느라고, 더구나 귀찮게만 아는 이 애비를 위해 쓸 돈은 예산에부터 들지 못하는 모양이었다.

"얘? 낡은 솜이 돼 그런지, 삯바느질이 돼 그런지 바지 솜이 모두 치어서 어떤 덴 홑옷이야. 암만해두 사쓸 한 벌 사 입어야겠다."

하고 딸의 눈치만 보아오다 한번은 입을 열었더니,

"어련히 인제 사 드릴라구요."

하고 딸은 대답은 선선하였으나 샤쓰는 그해 겨울이 다 지나도록 구경도 못하였다. 샤쓰는커녕 안경다리를 고치겠다고 돈 일 원만 달래도 일 원짜리를 굳이 바꿔다가 오십 전 한 닢만 주었다. 안경은 돈을 좀 주무르던 시절에 장만한 것이라 테만 오륙 원 먹는 것이어서 오십 전만으로 그런 다리는 어림도 없었다. 오십 전짜리다리도 있지만 살 바에는 조촐한 것을 택하던 초시의 성미라 더구나 면상에서 짝짝이로 드러나는 것을 사기가 싫었다. 차라리 종이 노끈인 채 쓰기로 하고 오십 전은 담뱃값으로 나가고 말았다.

"왜 안경다린 안 고치셨어요?"

딸이 그날 저녁으로 물었다.

"흥……."

초시는 말은 하지 않았다. 딸은 며칠 뒤에 또 오십 전을 주었다. 그러면서 어떻게 들으라고 하는 소리인지,

"아버지 보험료만 해두 한 달에 삼 원 팔십 전씩 나가요."

하였다. 보험료나 타먹게 어서 죽어달라는 소리로도 들리었다.

"그게 내게 상관 있니?"

"아버지 위해 들었지, 누구 위해 들었게요 그럼?"

초시는 '정말 날 위해 하는 거문 살아서 한 푼이라두 다우. 죽은 뒤에 내가 알 게 뭐냐' 소리가 나오는 것을 억지로 참았다.

"오십 전이문 왜 안경다릴 못 고치세요?"

초시는 설명하지 않았다.

"지금 아버지가 좋구 낮은 것을 가리실 처지야요?"

그러나 오십 전은 또 마코 값으로 다 나갔다. 이러기를 아마 서너 번째다.

"자식도 소용없어. 더구나 딸자식…… 그저 내 수중에 돈이 있어야……."

초시는 돈의 긴요성(緊要性)을 날로 날로 더욱 심각하게 느끼었다.

"돈만 가지면야 좀 좋은 세상인가!"

심심해서 운동 삼아 좀 나다녀보면 거리마다 짓느니 고층 건축(高層建築)들이요, 동네마다 느느니 그림 같은 문화 주택(文化住宅)들이다. 조금만 정신을 놓아도 물에서 가주 튀어나온 메기처럼 미끈미끈한 자동차가 등덜미에서 소리를 꽥 지른다. 돌아다보

면 운전사는 눈을 부릅떴고 그 뒤에는 금시계 줄이 번쩍거리는 살진 중년 신사가 빙그레 웃고 앉았는 것이었다.

"예순이 낼 모레…… 젠장할 것."

초시는 늙어가는 것이 원통하였다. 어떻게 해서나 더 늙기 전에 적게 돈 만 원이라도 붙들어 가지고 내 손으로 다시 한번 이 세상과 교섭해보고 싶었다. 지금 이 꼴로써야 문화 주택이 암만 서기로 내게 무슨 상관이며 자동차, 비행기가 개미 떼나 파리 떼처럼 퍼지기로 나와 무슨 인연이 있는 것이냐, 세상과 자기와는 자기 손에서 돈이 떨어진, 그 즉시로 인연이 끊어진 것이라 생각되었다.

'그러면 송장이나 다름없지 뭔가?'

초시는 이런 질문을 자신에게 던지는 지가 이미 오래였다.

'무슨 수가 없을까?'

또,

'무슨 그루터기가 있어야 비비지!'

그러다가도,

'그래도 돈냥이나 엎질러본 녀석이 벌기도 하는 게지.'

하고, 그야말로 무슨 그루터기만 만나면 꼭 벌기는 할 자신이었다.

그러다가 박희완 영감에게서 들은 말이었다. 관변에 있는 모 유력자를 통해 비밀리에 나온 말인데 황해 연안(黃海沿岸)에 제2의 나진(羅津)이 생긴다는 말이었다. 지금은 관청에서만 알 뿐이나 축항 용지(築港用地)는 비밀리에 매수되었으므로 불원하여 당국자로부터 공표(公表)가 있으리라는 것이다.

"그럼, 거기가 황무진가? 전답들인가?"

초시는 눈이 뻘개 물었다.

"밭이라대."

"밭? 그럼 매 평 얼마나 간다나?"

"좀 올랐대. 관청에서 사는 바람에 아무리 시굴 사람들이기루 그만 눈치 없겠나. 그래두 무슨 일루 관청서 사는진 모르거든……."

"그래?"

"그래, 그리 오르진 않았대…… 아마 평당 이십오륙 전씩이면 있다나 보대. 그러니 화중지병이지 뭘 허나 우리가……."

"음!"

초시는 관자놀이가 욱신거리었다. 정말이기만 하면 한 시각이라도 먼저 덤비는 놈이 더 먹는 판이다. 나진도 오륙 전 하던 땅이 한번 개항된다는 소문이 나자 당년으로 오륙 전의 백 배 이상이 올랐고 삼사 년 뒤에는, 땅 나름이지만 어떤 요지(要地)는 천 배 이상이 오른 데가 많다.

'다 산 나이에 오래 끌 건 뭐 있나. 당년으로 넘겨두 최소한도 오 환씩야 무려할 테지…….'

혼자 생각한 초시는,

"대관절 어디란 말야 거기가?"

하고 나앉으며 물었다.

"그걸 낸들 아나?"

"그럼?"

"그 모씨라는 이만 알지. 그리게 날더러 단 만 원이라도 자본을 운동하면 자기는 거기서도 어디어디가 요지라는 걸 설계도를 복사해낸 사람이니까, 그 요지만 산단 말이지, 그리구 많이두 바라지 않어. 비용 죄다 제치구 순이익의 이 할만 달라는 거야."

"그럴 테지…… 누가 그런 자국을 일러주구 구경만 하자겠나…… 이 할이라…… 이 할……"

초시는 생각할수록 이것이 훌륭한, 그 무슨 그루터기가 될 것 같았다. 나진의 선례도 있거니와 박희완 영감 말이 만주국이 되는 바람에 중국과의 관계가 미묘해지므로 황해 연안에도 으레 나진과 같은 사명을 갖는 큰 항구가 필요할 것은 우리 상식으로도 추측할 바이라 하였다. 초시의 상식에도 그것을 믿을 수 있었다.

오늘은 오래간만에 피죤을 사서, 거기서 아주 한 대를 피워 물고 왔다. 어째 박희완 영감이 종일 보이지 않는다. 다른 데로 자금 운동을 다니나 보다 하였다. 서참위는 점심 전에 나간 사람이 어디서 흥정이 한 자리 떨어지느라고인지 아직 돌아오지 않는다. 안초시는 미닫이틀 위에서 낡은 화투를 꺼내었다.

"허, 이거 봐라!"

여간해선 잘 떨어지지 않던 거북패가 단번에 똑 떨어진다. 누가 옆에 있어 좀 보아줬으면 싶었다.

"아무래두 이게 심상치 않어…… 이제 재수가 티나 부다!"

초시는 반도 타지 않은 담배를 행길로 내어던졌다. 출출하던 판에 담배만 몇 대를 피고 나니 목이 컬컬해진다. 앞집 수채에는 뜨물에 떠내려가다 막힌 녹두 껍질이 그저 누렇게 보인다.

"오냐, 내년 추석엔……."

초시는 이날 저녁에 박희완 영감에게서 들은 이야기를 딸에게 하였다. 실패는 했을지라도 그래도 십수 년을 상업계에서 논 안초시라 출자(出資)를 권유하는 수작만은 딸이 듣기에도 딴사람인 듯 놀라웠다. 딸은 즉석에서는 가부를 말하지 않았으나, 그의 머리 속에서도 이내 잊혀지지는 않았던지 다음날 아침에는, 딸 편이 먼저 이 이야기를 다시 꺼내었고, 초시가 박희완 영감에게 묻던 이상으로 지지콜콜이 캐어물었다. 그러면 초시는 또 박희완 영감 이상으로 손가락으로 가리키듯 소상히 설명하였고, 일 년 안에 청장을 하더라도 최소한도로 오십 배 이상의 순이익이 날 것이라 장담 장담하였다.

딸은 솔깃했다. 사흘 안에 연구소 집을 어느 신탁 회사(信託會社)에 넣고 삼천 원(三千圓)을 돌리기로 하였다. 초시는 금시 발복이나 된 듯 뛰고 싶게 기뻤다.

"서참위 이놈, 날 은근히 멸시했것다. 내 굳이 널 시켜 네 집보다 난 집을 살 테다. 네깐 놈이 천생 가쾌지 별거냐……."

그러나 신탁 회사에서 돈이 되는 날은 웬 처음 보는 청년 하나가 초시의 앞을 가리며 나타났다. 그는 딸의 청년이었다. 딸은 아버지의 손에 단 일 전도 넣지 않았고 꼭 그 청년이 나서 돈을 쓰며 처리하게 하였다. 처음에는 팩 나오는 노염을 참을 수가 없었으나 며칠 밤을 지내고 나니, 적어도 삼천 원의 순이익이 오륙만 원은 될 것이라, 만 원 하나야 어디로 가랴 하는 타협이 생기어서 안초시는 으슬으슬 그, 이를테면 사위 녀석 격인 청년의 뒤를 따라나섰다.

일 년이 지났다.

모두 꿈이었다. 꿈이라도 너무 악한 꿈이었다. 삼천 원어치 땅을 사놓고 날마다 신문을 훑어보며 수소문을 하여도 거기는 축항이 된단 말이 신문에도, 소문에도 나지 않았다. 용당포(龍塘浦)와 다사도(多獅島)에는 땅값이 삼십 배가 올랐느니 오십 배가 올랐느니 하고 졸부들이 생겼다는 소문이 있어도 여기는 감감소식일 뿐 아니라 나중에, 역시, 이것도 박희완 영감을 통해 알고 보니 그 관변 모씨에게 박희완 영감부터 속아 떨어진 것이었다. 축항 후보지로 측량까지 하기는 하였으나 무슨 결점으로인지 중지되고 마는 바람에 너무 기민하게 거기다 땅을 샀던, 그 모씨가 그 땅 처치에 곤란하여 꾸민 연극이었다.

돈을 쓸 때는 일 원짜리 한 장 만져도 못 봤지만 벼락은 초시에게 떨어졌다. 서너 끼씩 굶어도 밥 먹을 정신이 나지도 않았거니와 밥을 먹으러 들어갈 수도 없었다.

"재물이란 친자 간의 의리도 배추 밑 도리듯 하는 건가?"

탄식할 뿐이었다. 밥보다는 술과 담배가 그리웠다. 물론 안경다리는 그저 못 고치었다. 그러니 이제는 오십 전짜리는커녕 단 십 전짜리도 얻어볼 길이 없다.

추석 가까운 날씨는 해마다의 그때와 같이 맑았다. 하늘은 천리같이 트였는데 조각구름들이 여기저기 널리었다. 어떤 구름은 깨끗이 바래 말린 옥양목처럼 흰빛이 눈이 부시다. 안초시는 이번에도 자기의 때 묻은 적삼 생각이 났다. 그러나 이번에는 소매 끝을 불거나 떨지는 않았다. 고요히 흘러내리는 눈물을 그 더러운 소매로 닦았을 뿐이다.

여름이 극성스럽게 덥더니, 추위도 그럴 징조인지 예년보다 무서리가 일찍 내리었다. 서참위가 늘 지나다니는 식은 관사(殖銀官舍)에들 울타리가 넘게 피었던 코스모스들이 끓는 물에 데쳐낸 것처럼 시커멓게 무르녹고 말았다.

참위는 머리가 띵하였다. 요즘 와서 울기 잘하는 안초시를 한번 위로해주려, 엊저녁에는 데리고 나와 청요릿집으로, 추탕집으로 새로 두점을 치도록 돌아다닌 때문 같았다. 조반이라고 몇 술 뜨기는 했으나 혀도 그냥 뻑뻑하다. 안초시도 그럴 것이니까 해는 벌써 오정 때지만 끌고 나와 해장술이나 먹으리라 하고 부지런히 내려와보니, 웬일인지 복덕방이라고 쓴 베 발이 아직 내어걸리지 않았다.

"이 사람 봐아…… 어느 땐 줄 알구 코만 고누……."

그러나 코 고는 소리는 들리지 않았다. 미닫이를 밀어젖힌 서참위는 정신이 번쩍 났다. 안초시의 입에는 피, 얼굴은 잿빛이다. 방 안은 움 속처럼 음습한 바람이 휭 끼친다.

"아니……?"

참위는 우선 미닫이를 닫고 눈을 비비고 초시를 들여다보았다. 안초시는 벌써 아니요, 안초시의 시체일 뿐, 둘러보니 무슨 약병인 듯한 것 하나가 굴러져 있다.

참위는 한참 만에야 이 일이 슬픈 일인 것을 깨달았다.

"허……."

파출소로 갈까 하다 그래도 자식한테 먼저 알려야겠다 하고 말만 듣던 그 안경화무용연구소를 찾아가서 안경화를 데리고 왔다. 딸이 한참 울고 난 뒤다.

"관청에 어서 알려야지?"

"아니야요, 아스세요."

딸은 펄쩍 뛰었다.

"아스라니?"

"저……."

"저라니?"

"제 명예도 좀……."

하고 그는 애원하였다.

"명예? 안 될 말이지, 명옐 생각하는 사람이 애빌 저 모양으로 세상 떠나게 해?"

"……."

안경화는 엎드려 다시 울었다. 그러다가 나가려는 서참위의 다리를 끌어안고 놓지 않았다. 그리고,

"절 살려주세요."

소리를 몇 번이나 거듭하였다.

"그럼, 비밀은 내가 지킬 테니 나 하자는 대로 할까?"

"네."

서참위는 다시 앉았다.

"부친 위해 보험 든 거 있지?"

"네, 간이 보험이야요."

"무슨 보험이던…… 얼마나 타게 되누?"

"삼백팔십 원요."[2]

"부친 위해 들었으니 부친 위해 다 써야지?"

"그럼요."

"에헴, 그럼…… 돌아간 이가 늘 속사쓸 입구퍼했어. 상등 털사 쓰를 사다 입히구, 그 우에 진견으로 수의 일습 구색 맞춰 짓게 허구…… 선산이 있나, 묻힐 데가?"

"웬걸요, 없어요."

"그럼 공동묘지라도 특등지루 널찍하게 사구…… 장례식을 장 하게 해야 말이지 초라하게 해버리면 내가 그저 안 있을 게야. 알 아들어?"

"네에."

하고 안경화는 그제야 핸드백을 열고 눈물 젖은 얼굴을 닦았다.

안초시의 소위 영결식(永訣式)이 그 딸의 연구소 마당에서 열 리었다.

서참위와 박희완 영감은 술이 거나하게 취해갔다. 박희완 영감 이 무얼 잡혀서 가져왔다는 부의(賻儀) 이 원을 서참위가,

"장례비가 넉넉하니 자네 돈 그 계집애 줄 거 없네."
하고 우선 술집에 들러 거나하게 곱빼기들을 한 것이다.

영결식장에는 제법 반반한 조객들이 모여들었다. 예복을 차리
고 온 사람도 두엇 있었다. 모두 고인을 알아 온 것이 아니요, 무
용가 안경화를 보아 온 사람들 같았다. 그중에는 고인의 슬픔을
알아 우는 사람인지, 덩달아 기분으로 우는 사람인지 울음을 삼
키느라고 끽끽하는 사람도 있었다. 안경화도 제법 눈이 젖어 가
지고 신식 상복이라나 공단 같은 새까만 양복으로 관 앞에 나와
향불을 놓고 절하였다. 그 뒤를 따라 한 이십 명 관 앞에 와 꾸벅
거리었다. 그리고 무어라고 지껄이고 나가는 사람도 있었다.

그들의 분향이 거의 끝난 듯하였을 때,

"에헴!"
하고 얼굴이 시뻘건 서참위도 한마디 없을 수 없다는 듯이 나섰
다. 향을 한 움큼이나 집어 놓아 연기가 시커멓게 올려 솟더니 불
이 일어났다. 후후 불어 불을 끄고, 수염을 한 번 쓰다듬고 절을
했다. 그리고 다시,

"헴……."
하더니 조사(弔辭)를 하였다.

"나 서참윌세, 알겠나? 흥…… 자네 참 호살세 호사야…… 잘
죽었느니, 자네 살았으문 이만 호살 해보겠나? 인전 안경다리 고
칠 걱정두 없구…… 아무튼지……."
하는데 박희완 영감이 들어서더니,

"이 사람 취했네그려."

하며 서참위를 밀어냈다.

　박희완 영감도 가슴이 답답하였다. 분향을 하고 무슨 소리를 한마디 했으면 속이 후련히 트일 것 같아서 잠깐 멈칫하고 서 있어 보았으나,

　"으흐흑……."

하고 울음이 먼저 터져 그만 나오고 말았다.

　서참위와 박희완 영감도 묘지까지 나갈 생각이었으나 거기 모인 사람들이 하나도 마음에 들지 않아 도로 술집으로 내려오고 말았다.

패강랭 浿江冷

　다락에는 제일강산(第一江山)이라, 부벽루(浮碧樓)라, 빛 낡은 편액(扁額)들이 걸려 있을 뿐, 새 한 마리 앉아 있지 않았다. 고요한 그 속을 들어서기가 그림이나 찢는 것 같아 현(玄)은 축대 아래로만 어정거리며 다락을 우러러본다. 질픅하게 굵은 기둥들, 힘 내닫는 대로 밀어 던진 첨차와 촛가지의 깎음새들, 이조(李朝)의 문물(文物)다운 우직한 순정이 군데군데서 구수하게 풍겨나온다.

　다락에 비겨 대동강은 너무나 차다. 물이 아니라 유리 같은 것이 부벽루에서도 한 뼘처럼 들여다보인다. 푸르기는 하면서도 마름〔水草〕의 포기포기 흐늘거리는 것, 조약돌 사이사이가 미꾸리라도 한 마리 엎디었기만 하면 숨쉬는 것까지 보일 듯싶다. 물은 흐르나 소리도 없다. 수도국 다리를 빠져, 청류벽(淸流壁)을 돌아서는 비단필이 훨쩍 펼쳐진 듯 질펀하게 깔려나갔는데, 하늘과

물은 함께 저녁놀에 물들어 아득한 장미 꽃밭으로 사라져버렸다. 연광정(練光亭) 앞으로부터 까뭇까뭇 널려 있는 매생이와 수상선들, 하나도 움직여 보이지 않는다. 끝없는 대동벌에 점점이 놓인 구릉(丘陵)들과 함께 자못 유구한 맛이 난다.

현은 피우던 담배를 내어던지고 저고리 단추를 여미었다. 단풍은 이제부터 익기 시작하나 날씨는 어느덧 손이 시리다.

'조선 자연은 왜 이다지 슬퍼 보일까?'

현은 부여(夫餘)에 가서 낙화암(落花岩)이며 백마강(白馬江)의 호젓함을 바라보던 생각이 난다.

현은 평양이 십여 년 만이다. 소설에서 평양 장면을 쓰게 될 때마다, 이번에는 좀 새로 가보고 써야, 스케치를 해와야, 하고 벼르기만 했지, 한 번도 그래서 와보지는 못하였다. 소설을 위해서뿐 아니라 친구들도 가끔 놀러 오라는 편지가 있었다. 학창 때 사귄 벗들로, 이곳 부회의원이요 실업가인 김(金)도 있고, 어느 고등보통학교에서 조선어와 한문을 가르치는 박(朴)도 있건만, 그들의 편지에 한 번도 용기를 내어본 적은 없었다. 이번에 받은 박의 편지는 놀러 오라는 말이 있던 편지보다 오히려 현의 마음을 끌었다——내 시간이 반이 없어진 것은 자네도 짐작할 걸세. 편안하긴 허이, 그러나 전임으론 나가주고 시간으로나 다녀주기를 바라는 눈칠세. 나머지 시간이래야 그리 오래 지탱돼나갈 학과 같지는 않네. 그것마저 없어지는 날 나도 그때 아주 손을 씻어버리려 아직은 찌싯찌싯 붙어 있네——하는 사연을 읽고는 갑자기 박을 가 만나주고 싶었다. 만나야만 할 말이 있는 것은 아니지만 손이라도 한번 잡아주고 싶어 전보만 한 장 치고 훌쩍 떠나 내려온 것이다.

정거장에 나온 박은 수염도 깎은 지 오래여 터부룩한 데다 버릇처럼 자주 찡그려지는 비웃는 웃음은 전에 못 보던 표정이었다. 그 다니는 학교에서만 찌싯찌싯 붙어 있는 것이 아니라 이 시대 전체에서 긴치 않게 여기는, 찌싯찌싯 붙어 있는 존재 같았다. 현은 박의 그런 찌싯찌싯함에서 선뜻 자기를 느끼고 또 자기의 작품들을 느끼고 그만 더 울고 싶게 괴로워졌다.

한참이나 붙들고 섰던 손목을 놓고, 그들은 우선 대합실로 들어왔다. 할 말은 많은 듯하면서도 지껄여보고 싶은 말은 골라낼 수가 없었다. 이내 다시 일어나 현은,

"나 좀 혼자 걸어보구 싶네."

하였다. 그래서 박은 저녁에 김을 만나 가지고 대동강 가에 있는 동일관(東一館)이란 요정으로 나오기로 하고 현만이 모란봉으로 온 것이다.

오면서 자동차에서 시가도 가끔 내다보았다. 전에 본 기억이 없는 새 빌딩들이 꽤 많이 늘어섰다. 그중에 한 가지 인상이 깊은 것은 어느 큰 거리 한 뿌다귀에 벽돌 공장도 아닐 테요 감옥도 아닐 터인데 시뻘건 벽돌만으로, 무슨 큰 분묘(墳墓)와 같이 된 건축이 웅크리고 있는 것이다. 현은 운전사에게 물어보니 경찰서라고 했다.

또 한 가지 이상하다 생각한 것은, 그림자도 찾을 수 없는, 여자

들의 머릿수건이다. 운전사에게 물으니 그는 없어진 이유는 말하지 않고,

"거, 잘 없어졌죠. 인전 평양두 서울과 별루 지지 않습니다."

하는, 매우 자긍하는 말투였다.

현은 평양 여자들의 머릿수건이 보기 좋았었다. 단순하면서도 흰 호접과 같이 살아 보였고, 장미처럼 자연스런 무게로 한 송이 얹힌 댕기는, 그들의 악센트 명랑한 사투리와 함께 '피양내인'들만이 가질 수 있는 독특한 아름다움이었다. 그런 아름다움을 그 고장에 와서도 구경하지 못하는 것은, 평양은 또 한 가지 의미에서 폐허(廢墟)라는 서글픔을 주는 것이었다.

현은 을밀대(乙密臺)로 올라갈까 하다 비행장을 경계함인 듯, 총에 창을 꽂아 든, 병정이 섰는 것을 발견하고는 그냥 강가로 내려오고 말았다. 마침 놀잇배 하나가 빈 채로 내려오는 것을 불렀다. 주암산까지 올라갔다가 내려오자니까 거기는 비행장이 가까워 못 올라가게 한다고 한다. 그럼 노를 젓지는 말고 흐르는 대로 동일관까지 가기로 하고 배를 탔다.

나뭇잎처럼 물 가는 대로만 떠가는 배는 낙조가 다 꺼져버리고 강물이 어두워서야 동일관에 닿았다.

이 요릿집은 강물에 내민 바위를 의지하고 지어졌다. 뒷문에 배를 대고 풍악 소리 높은 밤 정자에 오르는 맛은, 비록 마음 어두운 현으로도 저윽 흥취 도연해짐을 아니 느낄 수 없다.

'먹을 줄 모르는 술이나 이번엔 사양치 말고 받어 먹자! 박을

위로해주자!' 생각했다.

박은 김을 데리고 와 벌써 두 기생으로 더불어 자리를 잡고 있었다. 김의 면도 자리 푸른 살진 볼과 기생들의 가벼운 옷자락을 보니 현은 기분이 다시 한번 개인다.

"이 사람, 자네두 김군처럼 면도나 좀 허구 올 게지?"

"허, 저런, 색시들 반허게!"

하고 박은 씩 웃는다.

"그래 요즘 어떤가? 우리 김부회의원 나리?"

"이 사람, 오래간만에 만나 히야까시부턴가?"

"자넨 참 늙지 않네그려! 우리 서울서 재작년에 만났던가?"

"그렇지 아마…… 내 그때 도시 시찰로 내지 다녀오던 길이니까……."

"참 자넨 서평양인지 동평양인지서 땅노름에 돈 좀 잡았다데그려?"

"흥, 이 사람! 선비가 돈 말이 하관고?"

"별수 있나? 먹어야 배부르데."

"먹게, 오늘 저녁엔 자네가 못 먹나 내가 못 먹이나 한번 해보세."

"난 옆에서 경평대항전 구경이나 헐까?"

"저이들은 응원하구요."

기생들도 박과 함께 말참례를 시작한다.

"시굴 기생들 우습지?"

"우습다니? 기생엔 여기가 서울 아닌가. 금수강산 정기들이 다르네!"

  기생들은 하나는 방긋 웃고, 하나는 새침한다. 방긋 웃는 기생을 보니, 현은, 문득, 생각나는 기생이 하나 있다.

  "여보게들?"

  "그래."

  "벌써 열뒤 해 됐네그려? 그때 나 왔을 때 저 능라도에 가 어죽 쒸 먹던 생각 안 나?"

  "벌써 그렇게 됐나 참."

  "그때 그 기생이 이름이 뭐드라? 자네들 생각 안 나나?"

  "오, 그렇지!"

  비스듬히 벽에 기대었던 김이 놀라 일어나더니,

  "이거 정작 부를 기생은 안 불렀네그려!"

하고 손뼉을 친다.

  "아니, 그 기생이 여태 있나?"

  "살았지 그럼."

  "기생 노릇을 여태 해?"

  "암."

  "오라!"

하고 박도 그제야 생각나는 듯이 무릎을 친다.

  그때도 현이 서울서 내려와서 이 세 사람이 능라도에 어죽놀이를 차렸다. 한 기생이 특히 현을 따라, 그때만 해도 문학 청년 기분이던 현은 영월의 손수건에 시를 써주고 둘이만 부벽루를 배경으로 하고 사진을 다 찍고 하였었다.

"아니, 지금 나이 몇 살일 텐데 아직 기생 노릇을 해? 난 생각은 나두 이름두 잊었네."

"그리게 이번엔 자네가 제발 좀 데리구 올라가게."

"누군데요?"

하고 기생들이 묻는다

"참, 이름이 뭐드라?"

박도,

"이름은 나두 생각 안 나는걸……."

하는데 보이가 온다.

"기생, 제일 오랜 기생, 제일 나이 많은 기생이 누구냐?"

보이는 멀뚱히 생각하더니 댄다.

"관옥인가요? 영월인가요?"

"오! 영월이다 영월이. 곧 불러라."

현은 저윽 으쓱해진다. 상이 들어왔다. 술잔이 돌아간다.

"그간 술 좀 뱄나?"

박이 현에게 잔을 보내며 묻는다.

"웬걸…… 술이야 고학할 수 있던가, 어디……."

"망할 자식 가긍허구나! 허긴 너이 따위들이 밤낮 글 써야 무슨 덕분에 술 차례가 가겠니! 오늘 내 신세지……."

"아닌 게 아니라……."

하고 김이 또 현에게 잔을 내어밀더니,

"현군도 인젠 방향 전환을 허게."

한다.

"방향 전환이라니?"

"거 누구? 뭐래던가 동경 가 글 쓰는 사람 있지?"

"있지."

"그 사람 선견이 있는 사람야!"

하고 김은 감탄한다.

"이 자식아, 잔이나 받아라. 듣기 싫다."

하고 현은 김의 잔을 부리나케 마시고 돌려보낸다.

박이 다 눈두덩을 내려쓸도록 모두 얼근해진 뒤에야 영월이가 들어섰다. 흰 저고리 옥색 치마, 머리도 가림자만 약간 옆으로 탔을 뿐, 시체 기생들처럼 물들이거나 지지거나 하지 않았다. 미닫이 밑에 사뿐 앉더니, 좌석을 획 둘러본다. 김과 박은 어쩌나 보느라고 아무 말도 않고 영월과 현의 태도만 번갈아 살핀다. 영월의 눈은 현에게서 무심히 스쳐 지나, 박을 넘어뛰어 김에게 머무르더니,

"영감, 오래간만이외다그려."

하고 쌩끗 웃는다.

"허! 자네 눈두 인전 무뎄네그려! 자넬 반가워할 사람은 내가 아냐."

"기생이 정말 속으로 반가운 손님헌텐 인살 안 한답니다."

하고 슬쩍 다시 박을 거쳐 현에게 눈을 옮긴다.

"과연 명기로군! 척척 받음수가……."

하고 김이 먼저 잔을 드니 영월은 선뜻 상머리에 나앉으며 술병을 든다.

웃은 지 오래나 눈 속은 그저 웃는 것이 옛 모습일 뿐, 눈시울에 거무스름하게 그림자가 깃든 것이나, 볼이 홀쭉 꺼진 것이나 입술이 까시시 메마른 것은 너무나 세월이 자국을 깊이 남기고 지나갔다.

"자네, 나 모르겠나?"

현이 담배를 끄며 묻는다.

"어서 잔이나 드시라우요."

잔을 드는 현과 눈이 마주치자 영월은 술이 넘는 것도 모르고 얼굴을 붉힌다.

"자네도 세상살이가 고단한 걸세그려?"

"피차일반인가 봅니다. 언제 오셨나요?"

하고 현이 마시고 주는 잔에 가득히 붓는 대로 영월도 사양하지 않고 받아 마신다.

"전엔 하얀 나비 같은 수건을 썼더니……."

"참, 수건이 도루 쓰고퍼요."

"또 평양말을 더 또렷또렷하게 잘했었는데……."

"손님들이 요샌 서울말을 해야 좋아한답니다."

"그깟 놈들…… 그런데 박군? 어째 평양 와 수건 쓴 걸 볼 수 없나?"

"건 이 김부회의원 영감께 여쭤볼 문젤세. 이런 경세가(經世家)들이 금령을 내렸다네."

"그렇다드군 참!"

"누가 아나 빌어먹을 자식들……."

"이 자식들아, 너이야말루 빌어먹을 자식들인 게…… 그까짓 수건 쓴 게 보기 좋을 건 뭐며 이 평양부 내만 해두 일 년에 그 수건 값허구 당기 값이 얼만지 알기나 허나들?"

하고 김이 당당히 허리를 펴고 나앉는다.

"백만 원이면? 문화 가치를 모르는 자식들……."

"그러니까 너이 글 쓰는 녀석들은 세상을 모르구 산단 말이야."

"주저넘은 자식…… 조선 여자들이 뭘 남용을 해? 예펜네들 모양 좀 내기루? 예펜넨 좀 고와야지."

"돈이 드는걸……."

"흥! 그래 집 안에서 죽두룩 일해, 새끼 나 길러, 사내 뒤치개질 해…… 그리고 일 년에 당기 한 감 사 매는 게 과하다? 아서라, 사내들 술값, 담뱃값은 얼만지 아나? 생활 개선, 그래 예펜네들 수건 값이나 당기 값이나 졸여 먹구? 요 푼푼치 못한 경세가들아? 저인 남용할 것 다 허구……."

"망할 자식, 말버릇 좀 고쳐라…… 이 자식아, 술이란 실사회선 얼마나 필요한 건지 아니?"

"안다. 술만 필요허냐? 고유한 문환 필요치 않구? 돼지 같은 자식들…… 너이가 진줄 알 수 있니…… 허…….."

"히도오 바가니 수르나 고노야로……." (사람 바보로 보지 마라 이 자식—편자)

"너이 따윈 좀 빠가니시데모 이이나……." (너희 따윈 좀 바보처럼 깔봐도 좋다—편자)

"나니?" (뭐라구—편자)

"나닌 다 뭐 말라빠진 거냐? 네 술 좀 먹기루 이 자식, 내 헐 말 못헐 놈 아니다. 허긴 너헌테나 분풀이다만……."

하고 현은 트림을 한다.

"이 사람들 고걸 먹구 벌써 취했네그려."

박이 이쑤시개를 놓고 다시 잔을 현에게 내민다. 김은 잠자코 안주를 집는 체한다.

오래 해먹어서 손님들 기분에 눈치 빠른 영월은 보이를 부르더니 장구를 가져오게 하였다. 척 장구채를 뽑아 잡고 저쪽 손으로 먼저 장구 전두리를 뚱땅 올려보더니,

"어-따 조오쿠나 이십-오-현 탄-야월……."

하고 불러내기 시작한다. 현은 물끄러미 영월의 핏줄 일어선 목을 건너다보며 조끼 단추를 끌렀다. 부들부들 떨리는 손으로 상머리를 뚜드려본다. 그러나 자기에겐 가락이 생기지 않는다.

"에-헹-에-헤이야-하 어-라 우겨-라 방아로구나……."

하고 받은 사람은 김뿐이다. 현은 더욱 가슴속에서만 끓는다. 이런 땐 소리라도 한마디 불러내었으면 얼마나 속이 시원하랴 싶어진다. 기생들도 다른 기생들은 잠잠히 앉아 영월의 입만 쳐다본다. 소리가 끝나자 박은,

"수고했네."

하고 영월에게 술 한 잔을 권하더니 가사를 하나 부르라 청한다. 영월은 사양치 않고 밀어놓았던 장구를 다시 당기어 안더니,

"일조-오-나앙군……."

불러낸다. 박은 입을 씻고씻고 하더니 곡조는 서투르나 그래도

꽤 어울리게 이런 시 한 구를 읊어서 소리를 받는다.

"각하-안-산-진 수궁처…… 임-정-가고옥-역난위를……."

박은 눈물이 글썽해 후- 한숨으로 끝을 맺는다.

자리는 다시 찬비가 지나간 듯 호젓해진다. 김은 보이를 부르더니 유성기를 가져오라 했다. 재즈를 틀어놓더니 그제야 다른 두 기생은 저희 세상인 듯, 번차 김과 마주 잡고 댄스를 추는 것이다.

"영월이?"

영월은 잠자코 현의 곁으로 온다.

"난 자넬 또 만날 줄은 몰랐네, 반갑네."

"저 같은 걸 누가 데려가야죠?"

"눈이 너머 높은 게지?"

"네?"

유성기 소리에 잘 들리지 않는다.

"눈이 너머 높은 게야?"

"천만에…… 그간 많이 상허섰세요."

"응?"

"많이 상하섰세요."

"나?"

"네."

"자네가 그리워서……."

"말씀만이라두……."

"허!"

댄스가 한 곡조 끝났다. 김은 자리에 앉으며 현더러,

"기미모 오도레."(너도 춤춰라―편자)

한다.

"난 출 줄도 모르네. 기생을 불러놓고 딴스나 하는 친구들은 내 일찍부터 경멸하는 밸세."

"자네처럼 마게오시미 쓰요이(고집이 센―편자)한 사람두 없을 걸세. 못 추면 그냥 못 춘대지……."

"흥! 지기 싫어서가 아닐세. 끌어안구 궁댕잇짓이나 허구, 유행가 나부랭이나 비명을 허구, 그게 기생들이며 그게 놀 줄 아는 사람들인가? 아마 우리 영월인 딴슬 못할 걸세. 못하는 게 아니라 안 할걸?"

"아이! 영월 언니가 딴슬 어떻게 잘하게요."

하고 다른 기생이 핼깃 쳐다보며 가로챘다.

"자네두 그래 딴슬 허나?"

"잘 못한답니다."

"글쎄, 잘허구 못허구 간에?"

"어쩝니까? 이런 손님 저런 손님 다 비월 맞추쟈니까요."

"건 왜?"

"돈을 벌어야죠."

"건 그리 벌기만 해 뭘 허누?"

"기생일수록 제 돈이 있어야겠습디다."

"어째?"

"생각해보시구려."

"모르겠는데? 돈 많은 사내헌테 가면 되지 않나?"

"돈 많은 사내가 변심 않구 나 하나만 다리고 사나요?"

"그럴까?"

"본처나 되면 아무리 남편이 오입을 해두 늙으면 돌아오겠지 하구 자식 낙이나 보면서 살지 않아요? 기생야 그 사람 하나만 바라고 갔는데 남자가 안 들어와봐요? 뭘 바라고 삽니까? 그리게 살림 들어갔다 오래 사는 기생이 몇 됩니까? 우리 기생은 제가 돈을 뫄서 돈 없는 사낼 얻는 게 제일이랍니다."

"야! 언즉시야라 거 반가운 소리구나!"

하고 박이 나앉는다. 그리고,

"난 한 푼 없는 놈이다, 직업두 인젠 벤벤치 못하다. 내 예펜네라야 늙어서 바가지두 긁지 않을 거구, 자네 돈 뫘으면 나하구 살세?"

하고 영월의 손을 끌어당긴다.

"이 사람, 영월인 현군 걸세."

"참, 돈 가진 기생이나 얻는 수밖에 없네 인젠……."

하고 현도 웃었다.

"아닌 게 아니라 자네들 이제부턴 실속 채려야 하네."

하고 김은 힐끗 현의 눈치를 본다.

"더러운 자식!"

"홍 너이가 아무리 꼬장꼬장한 체해야……."

"뭐 이 자식……."

하더니 현은 술을 깨려고 마시던 사이다 컵을 김에게 사이다째

던져버린다. 깨지고 뛰고 하는 것은 유리컵만이 아니다. 기생들이 그리로 쏠린다. 보이들도 들어온다.

"이 자식? 되나 안 되나 우린 우린…… 이래 봬두 우리……."
하고 현의 두리두리해진 눈엔 눈물이 핑- 어리고 만다.

"이런 데서 뭘…… 이 사람 취했네그려, 나가 바람 좀 쐬게."
하고 박이 부산한 자리에서 현을 이끌어 현은 담배를 하나 집으며 복도로 나왔다.

"이 사람아? 김군 말쯤 고지식하게 탓할 게 뭔가?"

"후……."

"그까짓 무슨 소용이야……."

"내가 취했나 보이…… 내가…… 김군이 미워 그리나? ……자넨 들어가보게……."

현은 한참 난간에 의지해 섰다가 슬리퍼를 신은 채 강가로 내려왔다. 강에는 배 하나 지나가지 않는다. 바람은 없으나 등골이 오싹해진다. 강가에 흩어진 나뭇잎들은 서릿발이 끼쳐 은종이처럼 번뜩인다. 번뜩이는 것을 찾아 하나씩 밟아본다.

"이상견빙지(履霜堅冰至)……."

『주역(周易)』에 있는 말이 생각났다. 서리를 밟거든 그 뒤에 얼음이 올 것을 각오하란 말이다. 현은 술이 확 깬다. 저고리 섶을 여미나 찬 기운은 품속에 사무친다. 담배를 피우려 하나 성냥이 없다.

"이상견빙지…… 이상견빙지……."

밤 강물은 시체와 같이 차고 고요하다.

농군農軍

이 소설의 배경 만주는 그전 장작림(張作霖) 정권 시대임을 말해
둔다.

1

봉천행 보통급행 삼등실, 내리는 사람보다 타는 사람이 더 많
다. 세면소에는 물도 떨어졌거니와 거기도 기대고, 쭈크리고, 모
두 자기 체중에 피로한 사람들로 빼곡하다. 쳐다보면 시렁도 그
뜩, 가죽 가방, 헝겊 보따리, 신문지에 꾸린 것, 새끼에 얽힌 소
반, 바가지쪽, 어떤 것은 중심이 시렁 끝에 겨우 걸치어 급한 커
브나 돌아간다면 밑엣사람 정수리를 내려치기 알맞다.

차는 사리원(沙里院)을 지나 시뻘건 진흙 평야를 달린다. 한쪽

창에는 해가 뜨겁다. 북으로 달릴수록 벌써 초겨울의 풍경이긴 하나 훅훅 찌는 사람내 속에 종일 앉았는 얼굴엔 햇볕까지 받기에 진땀이 난다.

개다리소반에 바가지쪽들이 차가 쿵쿵거리는 대로 들썩거리는 시렁 밑이다.

"뜨겁죠, 할아버지? 이걸 내립시다."

스물두셋 된 청년, 움푹한 눈시울엔 땀이 흥건하다.

"그냥 둬…… 뜨건 게 낫지 밖을 볼 수 있어야지."

할아버지는 찌적찌적한 눈을 슴벅거리면서 담뱃대를 내어 희연을 담는다. 두어 모금 빨더니 자기 담배 연기에 기침이 시작된다. 멎을 듯 멎을 듯, 이 노인의 등이 굽은 것은 이 기침병 때문인 듯하다. 땀을 쭉 빼더니 겨우 진정하고 이내 담배를 털어 고무신으로 밟아버린다.

"그리게 아버닌 담밸 끊으셔야 한대두."

맞은편에 끼어 앉아 걱정하는 아낙네도 머리가 반백은 되었다.

"거 윤풍언이 차에서 피라구 한 봉지 사주게…… 망한 눔의 기침, 물이나 갈아 먹음 원, 어떨지……."

똑 수염이 염소 같은 턱은 그저 후들후들 떨면서 햇볕 뜨거운 창밖을 머르레 내다본다.

"흙두 되운 뻘겋다. 저기서 곡식이 돼?"

"뻘겋기만 허지 돌이야 어딨세요? 한새울거치 돌 많은 눔으 데가 어딨세요. 우리 동네니깐 떠나기 안됐지, 농토야 한 자리 탐날 게 있나요?"

하며 청년도 눈을 찌푸리며 창밖을 내다본다.

"우리 가는 덴 흙이 댓진 같대지?"

"한 댓-핸 거름 않구두 조이삭 하내 개꼬리만큼씩 수그러진대니까요."

"채심이가 거짓말야 했겠니……."

영감은 차에서 물러나더니 군입을 쩍쩍 다신다.

"거 웃골 서깟은 괜히 팔았느니라."

"또 아버닌!"

하고, 청년에겐 어머니요, 노인에겐 며느리인 듯한 아낙네가 노인의 말문을 막는다.

"글쎄 할아버지두 되풀일 허심 뭘 허세요? 묘(墓) 자리가 백이문 뭘 해요. 여간 사람 아니군 허갈 맡아야 쓰잖어요?"

"몰래두 잘들만 쓰더라 원."

하고 노인은 수그리더니 침을 퉤 뱉는다. 그리고 들릴락 말락 하게 혼잣말처럼 지껄였다.

"그저 난 병만 들건 차에 얹어라…… 칠십 년이나 살던 델 두구 어디 가 묻히란 말이냐! 한새울 사람들이 아무 밭머리에구 나 하나 감장 안 해주겠니……."

"아버닌 자계 생각만 허시는군! 재 아버진 뭐 묻구퍼 공동메다 묻었나……."

하더니 아낙네는 여태 무릎 위에 얹었던 신문 뭉치를 펼친다. 팥알들이 꼬실꼬실 마른 시루떡 부스러기다. 파리가 와 붙은 대로 아들한테 내민다.

"싫수."

"입두 짧기두 하지…… 너두 참, 배고프겠다."

하고 이번엔 영감 옆에 앉은 처녀인지, 색시인지 분간 못할 젊은 여자에게 내어민다. 살결이 맑지는 않은데 햇볕을 못 본 얼굴인 듯, 너리도 없는 이빨이 누렇게 보이도록 창백하다. 트레머리인지 쪽인지 손질은 많이 했으나 뒤룩거린다. 갓 스물은 되었을까, 눈이 가늘고 이마가 도드라진 것이 약삭빠르게는 보인다. 시루떡을 집으러 오는 손이 새마다 짓물렀던 자리가 있다.

어떤 손가락 사이엔 아직도 붕산말 같은 가루약이 묻어 있다. 햇볕에 구릿빛으로 그을은 노인, 아낙네, 청년, 이들과는 동떨어져 보인다. 그러나 한 일행이다.

무어라는 소리인지 차 안은 한쪽 끝에서부터 수선스러진다. 차장이 들어섰다. 차장이니 남의 어깨라도 넘어 헤치고 들어오며 차표 조사다. 이 청년은 이내 조끼에서 차표 넉 장을 내어 든다.

차장 뒤에는 그냥 양복쟁이 하나가 뒷짐을 지고 넘싯넘싯 차장이 찍는 차표와 그 차표를 낸 승객을 둘러보며 따라온다. 차장은 청년의 손에서 넉 장 차표를 받아 말없이 찍기만 하고 돌려준다. 그런데 양복쟁이가 청년에게 손을 쑥 내미는 것이다. 청년은 조끼에 집어넣으려던 차표를 다시 내어주었다. 양복쟁이는 차표에서 장춘(長春)까지 가는 것을 알았을 터인데도,

"어디꺼정 가?"

묻는다.

"장춘꺼지요?"

"차는 장춘꺼지지만 거기선?"

"네……."

청년은 손이 조끼로 간다. 만주 어느 지명 적은 것을 꺼내려는 눈치다.

"이리 좀 나와."

청년은 조끼에 손을 찌른 채 가족들을 둘러보며 일어선다. 가족들은 눈과 입이 다 뚱그래진다. 청년은 속으로 경관이거니는 하면서도,

"왜요, 어디루요?"

맞서본다.

"오래니깐……."

청년은 양복쟁이의 흘긴 눈을 따라가는 수밖에 없다. 찻간 끝에 변소만한 방, 차장의 붉은 기와 푸른 기가 놓인 책상, 그리고 양쪽에 걸상이 있었다.

"앉어…… 어…… 이름이 뭐?"

"윤창권입니다."[1]

"쓸 줄 아나?"

"네."

창권은 손가락으로 책상 위에 '尹昌權'이라 써 보인다.

"원적은?"

"강원도 ××군……."

형사가 적는 대로 글자까지 불러준다.

"누구누군가? 젊은 여잔 아낸가?"

"네."

"어째 얼굴이 혼자 그렇게 하얀가?"

"공장에 가 있었습니다."

"무슨."

"읍에 고치실 켜는 공장입니다."

"응, 방적 회사 말이로군?"

"네."

"늙은인?"

"조부님입니다."

"아버진?"

"안 계십니다."

"부인넨 어머닌가?"

"네."

"만주엔 누가 가 있나?"

"저이 동네서 한 삼 년 전에 간 황채심이란 이가 있습니다. 그이가 늘 들어만 옴 농산 맘대루 질 수 있대서요. 그런 데 조선 사람들만 한 삼십 가구 한데 꽤서 땅을 여러 백 섬지기 사기루 했다구요. 한 삼사백 원어치만 맡아두 대여섯 식군 걱정없을 만치 논을 풀 수 있대나요."

왜 뫼

"황채심이…… 그자는 믿을 만헌가? 사람이?"

"네, 전에 동장두 지내구, 저 댕긴 사립학교 선생님이더랬습니다."

"돈 얼마나 가지구 가나?"

"한 오백 원 됩니다."

"오백 원, 웬 건가?"

"밭허구 산허구 집서껀 판 겁니다."

"집두 있구 밭두 있으면 왜 고향서 안 살구 가는 거야?"

"밭이라구 모두 삼백이십 원 받은걸요. 조선서 삼백이십 원짜리 밭이나 가지군 살 수 있어야죠. 남의 소작도 해봤는데 땅 나쁜 건 품값두……."

"듣기 싫여…… 아내가 벌었다며?"

"네. 돈 쓸 일은 걸루 다 메꿔나갔습죠. 그렇지만 밤낮 공장에만 갓다 둘 수 있습니까?"

마침 차가 꽤 큰 정거장에 머문다. 형사는 수첩을 집어넣더니, 쓰단 달단 말도 없이 차를 내린다.

"애, 무슨 일이냐?"

어머니가 따라와 진작부터 서 있었던 것이다.

"괜찮어요. 으레 조사허는 건데요."

"글쎄, 그래두……."

어머니와 아들은 뒤로 돌아보며 서로 이끌며 저희 자리로 돌아왔다.

2

이튿날 새벽, 찻속은 몹시 추웠다. 어제 조선에서처럼 자리가 붐비지는 않아 한 자리에 둘씩은 제대로 앉을 수가 있으나 다리를 뻗어볼 도리는 없었다. 할아버지와 어머니가 한자리에서 서로 마주 보듯 양편으로 기대어 입을 떡 벌리고 잠이 들었고, 맞은편 자리에서 창권이 양주는 진작부터 잠이 깨어 있었다.

"여기가 어딜까?"

"……."

남의 집에 가서 자고 깬 것처럼 차 안이 횡-한 게 서툴러 보인다. 자는 얼굴이기도 하지만 할아버지, 어머니, 다 남처럼 서먹해 보인다. 창권은 이웃집에 주고 온 강아지 생각이 문득 난다.

"몇 점이나 됐을까?"

"글쎄."

창권은 뒤틀어 기지개를 켜고 창장을 치밀고 밖을 내다본다. 동이 훤-히 트기 시작한다.

"벌써 밝는데."

아내도 목을 길게 빼 내다본다.

"아무것도 뵈지 않네."

"인제 조꼼만 더 감 땅이 뵈겠지."

"밤새도록 왔으니 얼마나 멀어졌을까!"

둘이는 다시 눈을 감아본다. 몇 달을 간대도 다시 돌아갈 수 없을 만치 조선이 멀어진 것 같다.

"왜 벌써 깼어?"

하고 창권은 아내의 몸으로 바투 가 기대본다. 아내의 몸은 자기
보다 한결 따스하게 느껴진다.

"공장에선 늘 이맘때 깨던걸 뭐."

아내가 공장에서 나와버렸을 때는 집을 팔아버리고 동넷집 단
칸방 하나를 빌려 임시로 들어 있을 때였다. 아내와 몸 운기라도
같이 통해보는 것은 달포 만이다. 만주로 간대야 쉽사리 저희 내
외만의 방을 가져볼 것 같지 않다.

"가문 집은 어떡허우?"

"봐야지…… 아무케나 서너 간 세야겠지."

"겨울 안으루 질 수 있을까?"

"그럼."

"말르나 벽이?"

"그래두 살게 마련이겠지."

창권은 아내의 손을 꽉 잡아보고 놓는다. 아내는 눈물이 글썽해
진다. 창권은 다시 창밖을 주의해 내다본다. 시커멓던 유리창에
희끄무레하게 떠오르는 안개, 그 안개 속에서 다시 떠오르는 땅,
창권이네게는 새 세상의 출현이다. 어룽어룽 누비 바탕 같은 것
이 지나간다. 그 어룽이는 차츰차츰 밭이랑으로 변한다. 밭이랑
은 까마득하게 끝이 없다.

"밭들 봐! 야……."

아내도 또 다가와 내다본다.

"아이, 벌판이 그냥 밭이죠!"

어쩌다 버드나무가 대여섯씩 모여 서고 거기엔 무덤인지 두엄 가리인지 한둘씩 있을 뿐, 그냥 내처 밭이다.

"저렇게 넓구야 거름을 낼래 낼 수 있어!"

"저걸 어떻게 다 갈까!"

"젠장 저기 뿌리는 씨앗만 해두!"

"그리게 말유!"

지붕 낯선 이곳 사람들의 부락이 지나간다. 길에는 푸른 옷 입은 사람들이 나타나기 시작한다. 멀거니 서서 지나가는 차를 구경하는 것이겠지만 창권이 내외에겐 이상히 무서워 보인다. '밭이 암만 많음 어쨌단 말야! 다 우리 임자 있어. 뭐러 오는 거야?' 하고 흘겨보는 것만 같다.

창권은 허리띠 밑으로 손을 넣어 전대를 더듬어본다.

3

장쟈워푸(姜家窩柵), 눈이 모자라게 찾아보아야 한두 집, 두세 집, 서로 눈이 모자랄 거리로 드러난다. 이런, 어느 두세 집이 중심이 되어 장쟈워푸란 동네 이름이 생겼는지 알 수 없다. 산은커녕 소 등어리만한 언덕도 없다. 여기 와 개간권 운동을 해 가지고 황무지를 사기 시작하는 조선 사람들도 처음에는 어디를 중심으로 하고 집을 지어야 할지 몰랐으나 차차 자기네의 소유지가 생

기자 그 땅 한쪽에 흙을 좀 돋우고 돌 하나 없는 바닥에다 돌 주
초 하나 없이 청인에게서 백양목 따위 생나무를 사다가 네 귀 기
둥만 세우면 흙으로 싸올리는 것이, 근 삼십 호 늘어앉게 된 것이
다. 그래서 이제는 장쟈워푸라면 이 조선 사람들 동네가 중심이
되었다.

창권이네가 온 데도 여기다. 창권이네도 중국 옷을 입은 황채심
이가 시키는 대로 황무지를 십오 상(十五晌, 約三萬坪)을 삼백 원
을 내고 샀다. 그리고 이십 리나 가서 밭머리에 선 백양목을 사서
찍어다 부엌을 중심으로 하고 양쪽에다 캉(걸어앉을 정도로 높은
온돌)을 만들었다. 그리고, 채심이가 시키는 대로 좁쌀을 열 포
대, 옥수수 가루를 다섯 포대 사고, 소금을 몇 말 사고, 겨우내 땔
조, 기장, 수수 따위의 곡초를 산더미처럼 두어 낟가리 사서 쌓
고, 공동으로 사온 볍씨 값을 내고, 봇도랑을 이퉁허(伊通河)란
내에서 삼십 리나 끌어오는 데 쿨리(苦力, 그곳 노동자) 삯전으로
삼십 원을 부담하고, 그리고는 빈손으로 날마다 봇도랑 째는 것
이 일이 되었다.

깊은 겨울엔 땅속이 한 길씩 언다. 얼기 전에 삼십 리 대간선(大
幹線)은 째어놓아야 내년 봄엔 물이 온다. 이것을 실패하면 황무
지엔 잡곡이나 뿌릴 수밖에 없고, 그 면적에 잡곡이나 뿌려 가지
고는 그 다음 해 먹을 수가 없다.

창권이넨 새로 와서 지리도 어둡고, 가역도 끝나기 전이라 동네
에서 제일 가까운 구역을 맡았다. 한 삼 마장 길이 되는 대간선의
끝구역이었다. 그것을 쿨리 다섯 명을 데리고, 너비 열두 자, 깊

이 다섯 자로, 얼기 전에 뚫어놔야 한다. 여간 대규모의 수리 공사(水理工事)가 아니다. 창권은 가역 때문에 처음 얼마는 쿨리들만 시키었으나, 날이 자꾸 추워지는 것이 겁나 집일 웬만한 것은 어머니와 아내에게 맡기고 봇도랑 내는 데만 전력하였다.

쿨리들은 눈만 피하면 꾀를 피웠다. 우묵한 양지쪽에 앉아 이를 잡지 않으면 졸고 있었다. 빨리 하라고 소리를 치면 그들도 알아들을 수 없는 말로 마주 투덜대었다. 다행히 돌은 없으나 흙일은 변화가 없어 타박타박해 힘들고 지루했다.

이런 일이 반이나 진행되었을까 한 때다. 땅도 자꾸 얼어들어 일도 힘들어졌거니와 더 큰 문제가 일어났다. 이날도 역시 모두 제 구역에서 제가 맡은 쿨리들을 데리고 일을 하는데 쿨리들이 먼저 보고 둔덕으로 뛰어올라가며 뭐라고 떠들어댔다. 창권이도 둔덕으로 올라서 보았다. 한편 쪽에서 갈까마귀 떼처럼 이곳 토민들이 수십 명씩 무더기가 져서 새까맣게 몰려오는 것이다.

"마적 떼 아닌가!"

그러나 말을 탄 사람은 하나도 없다. 그들은 더러는 이쪽으로 몰려오고 더러는 동네로 들어간다. 창권은 집안 식구들이 걱정된다. 삽을 든 채 집으로 뛰어들어가다가 그들 한패와 부딪쳤다. 앞을 턱 막아서더니 쭉 에워싼다. 까울리, 까울리방즈, 어쩌구 한다. 조선 사람이냐고 묻는 눈치다. 그렇다고 고개를 끄덕이니까 한 자가 버럭 나서며 창권이가 잡은 삽을 낚아챈다. 창권은 기운이 부쳐서가 아니라 얼떨결에 삽자루를 놓쳤다. 삽을 빼앗은 자는 삽을 번쩍 쳐들고 창권을 내려치려 한다. 창권은 얼굴이 퍼렇게 질려 뒤로 물러났다. 창권에게 발등을 밟힌 자가 창권의 등덜미를 갈긴다. 그리고는 일제 깔깔 웃어댄다. 삽을 들었던 자도 삽을 휘휘 두르더니 발 가운데로 팽개쳐버린다. 그리고는 창권의 멱살을 잡고 봇도랑 내는 데로 끄는 것이다.

창권은 꼼짝 못하고 끌렸다. 뭐라고 각기 제대로 떠들고 삿대질이더니 창권을 봇도랑 바닥에 꼬꾸라뜨린다. 창권이뿐 아니라 봇도랑 일을 하던 쿨리들도 붙들어 가지고 힐난이다. 봇도랑을 못내게 하는 모양이다. 그러자 윗구역에서, 또 그 윗구역에서 여깃말 할 줄 아는 조선 사람들이 내려왔다. 동리에서도 조선 사람들이 소리를 지르며 나타났다. 창권은 눈이 째지게 놀랐다. 윗구역에서 내려오는 조선 사람 하나가 괭이를 둘러메고 여기 토민들 몰켜선 데로 뭐라고 여깃말로 호통을 치면서 그냥 닥치는 대로 찍으려 덤벼드는 것이다. 몰켜섰던 토민들은 와- 흩어져버린다. 창권을 둘러쌌던 패들도 슬금슬금 물러선다. 동리에서는 조선 부인네들 몇은 식칼을 들고, 낫을 들고 달려들 나오는 것이다. 낫과 식칼을 보더니 토민들은 제각기 사방으로 흩어져 달아난다. 창권은 사지가 부르르 떨렸다.

'여기선 저력해야 사나 부다! 아니, 이 봇도랑은 우리 목줄이 아니고 뭐냐!'

아까 등덜미를 맞고, 멱살을 잡히고 한 분통이 와락 터진다. 다리 오금이 날갯죽지처럼 뻗는다.

"덤벼라! 우린 여기서 못 살면 죽긴 마찬가지다!"

달아나는 녀석 하나를 다우쳤다. 뒷덜미를 낚아챘다. 공중걸이로 나가떨어진다. 또 하나 쫓아가는데 뒤에서 어머니의 목소리가 난다. 어머니가 달려오며 붙든다.

이 장쟈워푸를 수십 리 둘러 사는 토민들이 한 덩어리가 되어 조선 사람들이 봇동 내는 것을 반대하는 것이었다.

반대하는 이유는 극히 단순한 것이었다. 봇동을 내어 논을 풀면 그 논에서들 나오는 물이 어디로 가느냐? 였다. 방바닥 같은 들이라 자기네 밭에 모두 침수가 될 것이니 자기네는 조선 사람들 때문에 농사도 못 짓고 떠나야 옳으냐는 것이다. 너희들도 그 물을 끌어다 벼농사를 지으면 도리어 이익이 아니냐 해도 막무가내였다. 자기넨 벼농사를 지을 줄도 모르거니와 이밥을 못 먹는다는 것이다. 고소하지도 않을 뿐 아니라 배가 아파진다는 것이다. 그럼 먹지는 못하더라도 벼를 장춘으로 가지고 가 팔면 잡곡을 몇 배 살 돈이 나오지 않느냐? 또 벼농사를 지을 줄 모르면 우리가 가르쳐줄 터이니 그대로 해보라고 하여도 완강히 반대로만 나가는 것이었다. 그리고 조선 사람이 칼이나 낫으로 덤비면 저희에게도 도끼도 몽둥이도 있다는 투로 맞서는 것이다.

조선 사람들은 일을 계속하기가 틀렸다. 쿨리들이 다 달아났다. 땅이 자꾸 얼었다. 삼동 동안은 그냥 해토되기만 기다리는 수밖에 없고, 해토가 된다 하여도 조선 사람들의 힘만으로는, 못자리는 우물물로 만든다 치더라도, 모 낼 때까지 봇물을 끌어오게 될지 의문이다.

그러나 이 봇동 이외에 달리 살길은 없다. 겨울 동안에 황채심과 몇몇 이곳 말 잘하는 사람들은 나서 이웃 동네들을 가가호호

방문하였다. 봇동을 낸다고 물을 무제한으로 끌어오는 것이 아니요, 완전한 장치로 조절한다는 것과 조선서는 봇물이 오면 수세를 내면서까지 밭을 논으로 만든다는 것과 여기서도 한 해만 지어보면 나도 나도 하고 물이 세가 나게 될 것과 우리가 벼농사 짓는 법도 가르쳐주고, 벼만 지어놓으면 팔기는 우리가 나서 주선해줄 것이니 그것은 서로 계약을 해도 좋다고까지 역설하였으나 하나같이 쇠귀에 경 읽기였다. 뿐만 아니라 어떤 동네에선 사나운 개를 내세워 가까이 오지도 못하게 하였다.

조선 사람들은 지칠 대로 지치고 악만 남았다.

추위는 하루같이 극성스럽다. 더구나 늦게 지은 창권이네 집은 벽이 모두 얼음장이 되었다. 그냥 견딜 수가 없어 방 안에다 조짚을 엮어 둘러쳤다. 석유도 귀하거니와 불이 날까 보아 등잔도 별로 켜지 못했다. 불 안 켜는 밤이면 바람 소리는 더 크게 일어났다.

창권이 할아버지는 물을 갈아 먹어 낫기는커녕 추위 때문에 기침이 더해졌다. 장근 두 달을 밤을 새더니 그만 자리보전을 하고 눕고 말았다. 하 추우니까 인전 조선 나가는 차에까지 내다 실어달라는 성화도 못하고 그저 불만 자꾸 더 때달라다가, 또 머루를 달여 먹으면 기침이 좀 멎는 법인데, 머루만 좀 구해오라고 아이처럼 조르다가, 섣달 그믐을 못 채우고 눈보라 제일 심한 날 밤, 함경도 사투리 하는 노인, 경상도 사투리 하는 노인, 평안도 사투리 하는 이웃 노인들에게 싸여, 오래간만에 돋아놓은 석유 등잔 밑에서 별로 유언도 없이 운명하고 말았다.

4

봄이 되었다. 삼십 리 봇도랑은 조선 사람들의 다시 참호(塹壕)가 되었다. 땅이 한 치가 녹으면 한 치를 걷어내고 반 자가 녹으면 반 자를 파낸다. 이 눈치를 챈 토민들은 다시 불온해졌다. 그러나 조선 사람들은 봇도랑에 나갈 때 괭이나 삽만 가지고 나가지 않았다. 있는 물자는 이 황무지와 이 봇도랑을 위해 남김없이 바쳐버렸다. 이것을 버리고 돌아설 데는 없다. 죽어도 여기밖에 없다. 집도 여기요 무덤도 여기다. 언제 토민들이 몰려오든지, 오는 날은 사생결단이다. 낫이 있는 사람은 낫을 차고 식칼밖에 없는 사람은 식칼을 들고 봇도랑으로 나왔다.

토민들은 조선 사람들이 사생결단을 하고 달려드는 것을 알았다. 그들은 할 수 없이 저희 관청에 진정을 하였다.

쉰징(순경)들이 한둘씩 여러 번 말을 타고 나타났다.

나타날 때마다 조선 사람들은 현정부(縣政府)로부터 현지사(縣知事)의 인이 찍힌 거주권(居住權)과 개간권(開墾權)의 허가장을 내어보였다. 그러나 그네들은 그런 관청과는 아무런 관련이 없는 사람들처럼, 저희 관청 문서를 무시하고 덤비었다.

그러나 삼십 리 긴 봇동에 흩어진 사람들을 일일이 어쩔 수는 없어 그냥 동네 가까운 데로만 다니며 울근거리다가 저희 갈 길이 늦을 듯하면 그냥 어디로인지 사라져버리곤 하였다.

조선 사람들은 밤낮없이, 남녀노소 없이 봇도랑을 팠다. 물길이 될지, 무덤이 될지 아무튼 파는 길밖에 없었다.

토민들은 자기네 관헌이 무력한 것을 보고 돈을 걷어서 군부(軍部)의 유력한 사람을 먹였다는 소문이 돌았다. 아닌 게 아니라 순경 대신 총을 멘 군인들이 나타나기 시작하는 것이다. 처음엔 다섯 명이 와서 잠자코 봇도랑을 한 십 리 올라가며 보기만 하고 갔다. 다음날엔 한 이십 명이 역시 총을 메고 말을 타고 나왔다. 황채심 이하 사오 인이 그들의 두목 앞으로 나가 자초지종을 이야기하고, 역시 현정부에서 얻은 개간 허가장을 보이고 또 여기 삼십 호 조선 농민은 가지고 온 물자는 이 황무지와 봇동에 남김없이 바쳤기 때문에 이 황무지에 물을 대고, 모를 꽂지 못하는 날은 죽는 날일 수밖에 없다는 것을 간곡히 사정하였다. 그러나 그 군인들은 한다는 소리가,

"타우첸바(돈 내라)."

"늬문 구냥 화칸(너희 딸 이쁘다)."

이따위요, 이쪽 사정은 한 사람도 귀담아듣지 않았다.

이날 밤 조선 사람들은 동회를 열었다. 여기서도 군대의 우두머리를 먹이자는 공론도 없지 않았지만 애초에 개간권 허가 운동을 할 때에도 공안국장(公安局長)에게 돈 오백 원, 현지사 부인에게 삼백 원을 들여 순금 손목걸이를 해다 바쳤던 것이다. 이제는 삼십 호 집집마다 털어 모은대도 단돈 오십 원이 못 될 것이다. 그것으로는 구석구석에서 벌리는 입을 하나도 제대로 씻기지 못할 것이다. 생각다 못해 여기서도 현정부에 진정을 해보는 수밖에 없다는 공론이 돌았다. 진정서를 꾸며 가지고 이튿날 황채심이가

장춘으로 갔다.

그런데 사흘이 되어도 황채심이가 돌아오지 않는다.

다른 한 사람이 갔다.

또 돌아오지 않는다.

이번엔 두 사람이 갔다.

역시 돌아오지 않는다.

가는 족족 잡아두고 보내지 않는 것이 틀림없었다. 무장한 군인들은 수십 명이 봇도랑에 나와 이리 몰리고 저리 몰리고 하면서 봇도랑을 파지 못하게 으르대고 욕하고 때리고 하였다.

그러나 매 맞는 것은 죽는 것보다 나은 것이 너무나 엄연하다. 병정들이 저쪽으로 가면 이쪽에선 그냥 팠다. 이쪽으로 오면 저쪽에서 그냥 팠다.

얼마 안 파면 물곬은 서게 되었다.

병정들은 나중엔 총을 놨다. 총소리는 이들에게 물길이 아니면 무덤이란 각오를 더욱 굳게 하였다. 총소리를 들으면서도 멀리서는 자꾸 팠다.

총알이 날라와 흙둔덕을 푹 파헤쳐놓았다. 어떤 사람은 도리어 악에 받쳐 웃통을 벗어던지고, 보아라 하는 듯이 흙삽을 더 높이 더 높이 떠올려 던졌다.

창권이네 식구도 모두 봇도랑에 나와 있었다. 창권이는 안사람들만 집에 두기 안되었고, 어머니나 아내는 또 창권이만 봇동에 두면 무슨 일이 나는 것도 모르고 있을까 보아 따라 나왔다.

봇도랑 속은 거의 한 길이나 우묵해지고 양지가 되어 집에 있기보다 따스하고 그 구수하고 푹신한 흙은 냄새도 좋고 만지기에도 좋았다. 물만 어서 떨떨 굴러와 논자리들이 늠실늠실 넘치도록 들어가만 준다면 논은 해먹지 않고 그것만을 보고 죽더라도 한이 풀릴 것 같았다. 까마득한 삼십 리 밖, 이 푹신푹신한 생흙바닥으로 물이 고이며 흘러오리라고는, 무슨 꿈을 꾸고 나서 그것을 생시에 바라는 것같이 허황스럽기도 했다. 더구나 여기 토민들 가운데는, 이퉁허보다 여기 지면이 높기 때문에 조선 사람들이 암만 봇도랑을 내어도 물이 올 리가 없다고 장담을 하는 패도 있다는 것이다. 그러나 황채심이란 전에 조선서 세부 측량(細部測量) 때 측량 기수도 따라 다녀본 사람이다. 그가 지면 고저(地面高低)에 어두울 리 없다.

창권이네가 맡은 구역은 제일 끝구역이다. 여기만 물이 지나간다면 흙이 태곳적부터 썩어 댓진 같은 황무지는 문전옥답으로 변하는 날이다. 삼만 평이면 일백오십 마지기(百五十斗落)는 된다. 양석씩만 나준다면 삼백 석 추수. 대뜸 허리띠 끈을 끌러놓게 되는 날이다. 무연한 벌판에 탐스런 모춤이 끝없이 꽂혀나갈 광경을 그려보면 팔죽지가 근지러진다. 창권은 후다닥 뛰어일어나 날 깊은 괭이를 내려찍는다. 잔돌 하나 없는 살흙은 허벅지게 픽 박힌다.

5

아흐레 만에 황채심만이 순경들에게 끌리어 돌아왔다. 현정부에서는 거주권도 개간권도 다 승인한다는 것이다. 다만 논으로 풀지 말고 밭으로만 일구라는 것이다. 그것을 들을 수 없다고 주장하였더니 가는 족족 잡아 가두었고 나중에는 황채심을 시켜 조선 이민들에게 밭으로만 개간하도록 설복을 시키려 끌고 나온 것이다.

이날 밤이다. 황채심은 순경들이 못 알아듣는 조선말로 도리어 이민들을 격려하였다.

"여러분, 여러분네 알다시피 저까짓 땅에 서속이나 심자구 우리가 한 상에 이십 원씩 낸 건 아뇨. 잡곡이나 거둬 가지군 그 식이 장식요. 우리가 만리타관 갖구 온 거라군 봇도랑에 죄다 집어넣소. 것두 우리만 살구 남을 해치는 일이면 우리가 천벌을 받어 마땅하오. 그렇지만 물만 들어와보, 여기 토민들도 다 몽리가 되는 게 아뇨? 우린 별수 없소. 작정한 대루 나갈 수밖엔…… 낮에 일할 수 없음 밤에들 나와 팝시다. 널이구 모레구 웬만만 험 물부터 끌어 넣고 봅시다……."

어세와 팔짓을 보아 순경들도 눈치를 챘다. 대뜸 황채심의 면상을 포승줄로 후려갈긴다. 코피가 쭈르르 쏟아진다. 와, 이민들은 몰리고 흩어지고 어쩔 줄을 몰랐다.

황채심은 그길로 다시 끌려갔다.

이민들은 최후로 결심들을 했다. 되나 안 되나 이 밤으로 가서 물부터 끌어 넣기로 했다. 십여 명의 장정이 이통허로 밤길을 올려 달았다. 그리고 제각기 제 구역에서 남녀노소가 밤이슬을 맞으며 악에 받쳐 도랑 바닥을 쳐낸다.

새벽녘이다. 동리에서 한 오 리쯤 윗구역에서다. 무어라는 것인지 지르는 소리가 났다. 중간에서 같이 질러 받는다. 창권이는 둑으로 뛰어올라갔다. 또 무어라고 소리가 질러온다. 그쪽을 향해 창권이도 허턱 소리를 질러보냈다. 그러자 큰길 쪽에서 불이 반짝하더니 탕 소리가 난다. 그러자 쉴 새 없이 탕탕탕 몰방을 친다. 창권은 두 발자국이나 뛰었을까 무에 아랫도리를 후려 갈겨 꼬꾸라졌다.

"익······."

얼른 다시 일어서려니까 남의 다리다. 띠구르르 굴러 도랑 바닥으로 떨어졌다.

어머니와 아내가 달려왔다. 총소리는 위쪽에서도 난다. 뭐라고 하는 것인지 또 악쓰는 소리가 온다. 또 총소리가 난다. 조용하다.

창권의 넓적다리에선 선뜩선뜩 피가 터지었다. 총알이 살만 뚫고 나갔다. 아내의 치마폭을 찢어 한참 동이는 때다. 무에 시커먼 것이 대가리를 휘저으며 도랑 바닥을 설설 기어오는 것이다. 아내와 어머니는 으악 소리를 지르고 물러났다. 아! 그것은 배암이 아니었다. 물이었다. 윗녘에서 또 소리를 질렀다. 물 내려간다는 소리였다. 아, 물이 오는 것이었다.

창권이네 세 식구는 그제야 와락 눈물이 쏟아졌다.

물줄기는 대뜸 서까래처럼 굵어졌다.

모두 물줄기로 뛰어들었다. 두 손으로들 움켜본다. 물은 생선처럼 찬 것이 펄펄 살았다. 물이다. 만주 와서 처음 들어보는 물 흐르는 소리다. 입술이 조여든 창권은 다시 움켜 흙물인 채 뻘걱뻘걱 들이켰다.

물은 기둥처럼 굵어졌다.

어디서 또 총소리가 몰방을 친다.

물은 철룩철룩 소리를 쳐 둔덕진 데를 때리며 휩쓸며 내려 쏠린다. 종아리께가 대뜸 지나친다. 삽과 괭이를 둔덕으로 끌어올렸다.

동이 튼다.

두간통 대간선이 허옇게 물빛이 부풀어 오른다. 물은 사뭇 홍수로 내려 쏠린다. 괭이 자루가 떠내려온다. 삽자루가 껍신껍신 떠내려온다.

"저런!"

사람이다! 희끗희끗, 붉은 거품 속에 잠겼다 떴다 하며 내려오는 것이 사람이다. 창권은 쩔룩거리며 뛰어들었다. 노인이다. 총에 옆구리를 맞은 듯 한편 바짓가랑이가 피투성이다. 바로 창권이 할아버지 운명할 때 눈을 쓸어 감겨주던 경상도 사투리 하던 노인이다. 창권은 가슴에서 뚝 하고 무슨 탕개 끊어지는 소리가 났다. 차라리 제 가슴 복판에 총알이 와 콱 박혔으면 시원할 것 같았다.

피와 물에 홍건한 노인의 시체를 두 팔로 쳐들고 둔덕으로 뛰어 올랐다.

'아……!'

창권은 다시 한번 놀랐다.

몇 달째 꿈속에나 보던 광경이다. 일망무제, 논자리마다 얼음장처럼 새벽 하늘이 으리으리 번뜩인다. 창권은 더 다리에 힘을 줄 수 없어 노인의 시체를 안은 채 쾅 주저앉았다. 그러나 이내 재쳐 일어났다. 어머니와 아내에게 부축이 되며 두 주먹을 허공에 내저었다. 뭐라고인지 자기도 모를 소리를 악을 써 질렀다. 위쪽에서 위쪽에서 악쓰는 소리들이 달려내려온다.

물은 대간선 언저리를 철버덩철버덩 떨궈 휩쓸면서 두간통 봇동이 뿌듯하게 내려 쏠린다.

논자리마다 넘실넘실 넘친다.

아침 햇살과 함께 물은 끝없는 벌판을 번져나간다.

밤길[1]

월미도(月尾島) 끝에 물에다 지어놓은, 용궁각인가 수궁각인가는 오늘도 운무에 잠겨 보이지 않는다. 벌써 열나흘째 줄곧 그치지 않는 비다. 삼십 간이 넘는 큰 집 역사에 암키와만이라도 덮은 것이 다행이나 목수들이 토역이 끝나기를 기다리고, 미장이들은 겨우 초벽만 쳐놓고 날 들기만 기다린다.

기둥에, 중방, 인방에 시퍼렇게 곰팡이가 돋았다. 기대거나 스치거나 하면 무슨 버러지 터진 것처럼 더럽다. 집주인은 으레 하루 한 번씩 와서 둘러보고, 기둥 하나에 십 원이 더 치었느니, 토역도 끝나기 전에 만여 원이 들었느니 하고, 황서방과 권서방더러만 조심성이 없어 곰팡이를 문대기고 다녀 집을 더럽힌다고 쭝얼거리다가는 으레 월미도 쪽을 눈살을 찌푸려 내어다보고는, 이놈의 하늘이 영영 물커져버리려나 어쩌려나 하고는 입맛을 다시다 가버린다. 그러면 황서방과 권서방은 입을 비쭉하며 집주인의 뒷모양을 비웃고, 이젠 이 집이 우리 차지라는 듯이, 아직 새벽질도 안 한 안방으로 들어가 파리를 날리고 가마니쪽 위에 눕는다.

날이 들지 않는 것을 탓할 푼수로는 집주인보다, 목수들보다, 미장이들보다, 모군인 황서방과 권서방이 훨씬 윗길이라야 한다.

권서방은 집도 권속도 없이 떠돌아다니는 홀아비지만 황서방은 서울서 내려왔다. 수표다리께 뉘 집 행랑살이나마 아내도 자식도 있다. 계집애는 큰 게 둘이지만, 아들로는 첫아이를 올에 얻었다. 황서방은 돈을 봐야겠다는 생각이 딸애들 때와 달리 부쩍 났다. 어떻게 돈 십 원이나 마련되면 가을부터는 군밤 장사라도 해볼 예산으로, 주인 나리한테 사정사정해서 처자식만 맡겨놓고 인천으로 내려온 것이다.

와서 이틀 만에 이 역사 터를 만났다. 한 보름 동안은 재미나게 벌었다. 처음 사날 동안은 품삯을 받는 대로 먹어 없앴다. 처자식 생각이 났으나 눈에 보이지 않으니 우선 내 입에부터 널름널름 집어넣을 수가 있다. 서울서는 벼르기만 하던 얼음 넣은 냉면도 밤참으로 사 먹어보고, 콩국, 순댓국, 호떡, 아수꾸리까지 사 먹어봤다. 지까다비를 겨우 한 켤레 샀을 때는 인천 온 지 열흘이 지났다. 아차, 이렇게 버는 족족 집어써선 맨날 가야 목돈이 잡힐 것 같지 않다. 정신을 바짝 차려 대엿새째, 오륙십 전씩이라도 남겨나가니 장마가 시작이다. 그 대엿새의 오륙십 전은, 낮잠만 자며 다 까먹은 지가 벌써 오래다. 집주인한테 구걸하듯 해서, 그것도 꾀를 피우지 않고 힘껏 일을 해왔기 때문에 주인 눈에 들었던 덕으로, 이제 날이 들면 일할 셈 치고 선고가로 하루 사십 전씩을 얻어 연명을 하는 판이다.

새벽에 잠만 깨면 귀부터 든다. 부실부실, 빗소리는 어제나 다름없다.

"이거 자빠져두 코가 깨진단 말이 날 두고 헌 말이여!"

"거, 황서방은 그래 화투 하나 칠 줄 모르드람!"

권서방은 또 일어나 앉더니 오간인가 사간인가를 뗀다.

"우리 에펜네허구 같군."

"누가?"

"권서방 말유."

"내가 댁 마누라허구 같긴 뭐 같어?"

"우리 에펜네가 저걸 곤잘 해…… 가끔 날 보구 핀잔이지, 헐 줄 모른다구."

"화툴 다 허구 해깔라생인 게로구랴?"

"허긴 남 행랑 구석에나 처녀두긴 아깝지."

"뻴 빌어먹을 소리 다 듣겠군! 어떤 녀석은 제 에펜네 남 행랑살이 시키기 좋아 시킨답디까?"

"허기야……."

"이눔의 솔학 껍질 하내 어디가 백혔나……."

"젠장 돈두 못 벌구 생홀애비 노릇만 허니 이게 무슨 청승이여!"

"황서방두 마누라 궁둥인 꽤 바치는 게로군."

"궁금헌데…… 내가 편질 부친 게 우리 그저께 밤이지?"

"그렇지 아마."

"어젠 그럼 내 편질 봤겠군! 젠장 돈이나 몇 원 부쳐줬어야 헐 건데……."

"색씨가 젊우?"

"지금 한참이지."

"그럼 황서방보담 아랜 게로구라?"

"열네 해나."

"저런! 그런 삼십 안짝이게?"

"안짝이지."

"거, 황서방 땡이로구려!"

하는데 밖에서 비 맞은 지우산 소리가 난다.

"누구야 저게?"

황서방도 일어났다. 지우산이 접히자 파나마에 금테 안경을 쓴, 시뿌옇게 살진 양복쟁이다. 황서방의 퀭한 눈이 뚱그래서 뛰어나간다. 뭐라는지 허리를 굽신하고 인사를 하는 눈치인데 저쪽에선 인사를 받기는커녕, 우산을 놓기가 바쁘게 절컥 황서방의 뺨을 붙인다. 까닭 모를 뺨을 맞는 황서방보다 양복쟁이는 더 분한 일이 있는 듯 입은 벌룽거리기만 하면서 이번에는 덥석 황서방의 멱살을 잡는다.

"아니, 나리님? 무슨 영문인지나……."

"무…… 뭐시어?"

하더니 또 철썩 귀쌈을 올려붙인다. 권서방이 화닥닥 뛰어내려왔다. 양복쟁이에게 덤비지는 못하나 황서방더러 버럭 소리를 지른다.

"이 자식이 손을 뒀다 뭣에 쓰자는 거냐? 죽을 죌 졌기루서니 말두 듣기 전에 매부터 맞어?"

그제야 양복쟁이는 황서방의 멱살을 놓고 가래를 돋아 뱉더니 마룻널 포개놓은 데로 가 앉는다. 담배부터 내어 피워 물더니,

"인두껍을 썼음 너두 사람 녀석이지…… 네 계집두 사람년이구……."

양복쟁이는 황서방네 주인 나리였다. 다른 게 아니라, 황서방의 처가 달아난 것이다. 아홉 살짜리, 여섯 살짜리, 두 계집애와 백일 겨우 지낸 아들애까지 내버려두고 주인집 은수저 네 벌과 풀먹이라고 내어준 빨래 한 보퉁이까지 가지고 나가선 무소식이란 것이다. 두 큰 계집애가 밤마다 우는 것은 고사하고 질색인 건 젖먹이 때문이었다. 그런데 애비마저 돈 벌러 나간단 녀석이 장마 속에도 돌아오지 않는다.

밥만 주면 처먹는 것만도 아니요, 암죽을 쑤어 먹이든지, 우유를 사다 먹이든지 해야 되고, 똥오줌을 받아내야 하고, 게다가 에미 젖을 못 먹게 되자 설사를 시작한다. 한 열흘 하더니 그 가는 팔다리가 비비 틀린다. 볼 수가 없다. 이게 무슨 팔자에 없는 치닥거리인가? 아씨는 조석으로 화를 내었고 나리님은 집 안에 들어서면 편안할 수가 없다. 잘못하다가는 어린애 송장까지 쳐야 될 모양이다. 경찰서에까지 가서 상의해보았으나 아이들은 그 애비 되는 자가 돌아올 때까지 쥔이 보호해주는 도리밖에 없다는 퉁명스런 부탁만 받고 돌아왔다. 이런 무도한 년놈이 있나? 개돼지만도 못한 것이지 제 새끼를 셋이나, 그것도 겨우 백일 지난 걸

뉘두구 달아나는 년이야 워낙 개만도 못한 년이지만, 애비 되는 녀석까지, 아무리 제 여편네가 달아난 줄은 모른다 쳐도, 밤낮 아이만 끼구 앉아 이마때기에 분칠만 하는 년이 안일을 뭘 그리 칠칠히 해내며 또 시킬 일은 무에 그리 있다고 염치 좋게 네 식구씩이나 그냥 먹여줍쇼 허구 나가선 달포가 되도록 소식이 없는 건가? 이놈이 들어서건 다리 옹두릴 꺾어놔 내쫓아야, 이놈이 사람놈일 수가 있나! 욕밖에 나가는 것이 없다가 황서방의 편지가 온 것이다.

"이눔이 인천 가 자빠졌구나!"

당장에 나리님은 큰 계집애한테 젖먹이를 업히고, 작은 계집애한테는 보퉁이를 들리고, 비 오는 건 아무것도 아니다. 그길로 인천으로 끌고 내려온 것이다.

"그래 애들은 어딨세유?"

"정거장에들 앉혀놨으니 가 인전 맡어. 맨들어만 놈 에미 애빈가! 개 같은 것들……."

나리님은 시계를 꺼내 보더니 일어선다. 일어서더니 엥이! 하고 침을 뱉더니 우산을 펴 든다.

황서방은 무슨 꿈인지 모르겠다. 아무튼 나리님 뒤를 따라 정거장으로 나오는 수밖에 없다. 옷 젖기 좋을 만치 내리는 비를 그냥 맞으며.

정거장에는 두 딸년이 오르르 떨고 바깥을 내다보다가 애비를 보자 으아 소리를 내고 울었다. 젖먹이는 울음소리도 없다. 옆에서 다른 사람들이 무심히 들여다보았다가는 엥이! 하고 안 볼 것을 보았다는 듯이 얼굴을 돌린다.

황서방은 가슴이 섬찍하는 것을 참고 받아 안았다. 빈 포대기처럼 무게가 없다. 비린내만 훅 끼친다. 나리님은 어느새 차표를 샀는지, 마지막 선심을 쓴다기보다 들고 가기가 귀찮다는 듯이, 옛다 이년아, 하고 젖은 지우산을 큰 계집애한테 던져주고는 시원스럽게 차 타러 들어가버리고 만다.

황서방은 아이들을 끌고, 안고, 저 있던 데로 돌아올 수밖에 없다.

"거, 살긴 틀렸나 부!"

한참이나 앓는 아이를 들여다보던 권서방의 말이다.

"님자부구 곤쳐내래게 걱정이여?"

"그렇단 말이지."

"글쎄, 웬 걱정이여?"

황서방은 참고 참던, 누구한테 대들어야 할지 모르던 분통이 터진 것이다.

"그럼 잘못됐구려…… 제에길…….”

"…….”

황서방은 그만 안았던 아이를 털썩 내려놓고 뿌우연 눈을 슴벅거린다.

"무…… 무돈 년…… 제 년이 먼저 급살을 맞지 살 줄 알구…….”

"그래두 거 의원을 좀 봬야지 않어?"

"쥐뿔이나 있어?"

권서방도 침만 찍 뱉고 돌아앉았다. 아이는 입을 딱딱 벌리더니 젖을 찾는 듯 주름 잡힌 턱을 옴직거린다. 아무것도 와 닿는 것이 없어 그러는지, 그 옴직거림조차 힘이 들어 그러는지, 이내 다시 잠잠해진다. 죽었나 해서 코에 손을 대어본다. 애비 손에서 담뱃내를 느낀 듯 캑캑 재채기를 한다. 그러더니 그 서슬에 모기 소리만큼 애앵애앵 보채본다. 그리고는 다시 까부라진다.

"병원에 가두 틀렸어, 이젠."

남의 말에는 성을 내던 애비의 말이다.

"뭐구, 집켠이 옴?"

"……."

월미도 쪽이 더 새까매지더니 바람까지 치며 빗발이 굵어진다. 황서방은 다리를 치켜 걷었다. 앓는 애를 바투 품안에 붙이고 나리님이 주고 간 지우산을 받고 나섰다. 허턱 병원을 찾았다. 의사가 왕진 갔다고 받지 않고, 소아과가 아니라고 받지 않고 하여 네 번째 찾아간 병원에서 겨우 진찰을 받았다. 의사는 애 애비를 보더니, 말은 간호부에게만 무어라 지껄이고는 안으로 들어가버린다.

"안 되겠습죠?"

"아는구려."

하고 간호부는 그냥 안고 나가라고 한다.

"한이나 없게 약을 좀 주쇼."

"왜 진작 안 데리구 오냐 말요? 어린애 죽는 건 에미 애비가 생아일 쥑이는 거요. 오늘 밤 못 넹규."

황서방은 다시는 울 줄도 모르는 아이를 안고 어청어청 다시 돌아오는 수밖에 없었다.

밤이 되었다. 권서방에게 있는 돈을 털어다 호떡을 사왔다. 황서방은 호떡을 질근질근 씹어 침을 모아 앓는 아이 입에 넣어본다. 처음엔 몇 입 받아 삼키는 모양이나 이내 꼴깍꼴깍 게워버린다. 황서방은 아이 입에는 고만두고 자기가 먹어버린다. 종일 굶었다가 호떡이라도 좀 입에 들어가니 우선 정신이 난다. 딸년들에게 아내에 대한 몇 가지를 물어보았으나 달아났다는 사실을 더욱 똑똑하게 알아차릴 것뿐이다.

"병원에서 헌 말이 맞을랴는 게로군!"

"뭐랬게?"

"밤을 못 넹기리라더니……."

캄캄해졌다. 초를 사올 돈도 없다. 아이의 얼굴이 희끄무레할 뿐 눈도 똑똑히 보이지 않는다. 빗소리에 실낱같은 숨소리는 있는지 없는지 분별할 도리가 없다.

"이 사람?"

모기를 때리느라고 연성 종아리를 철썩거리던 권서방이 을리지 않는 점잖은 목소리를 낸다.

"생각허니 말일세…… 집쥔이 여태 알진 못해두……."

"집쥔?"

"그랴…… 아무래두 살릴 순 없잖나?"

"애 말이지?"

"글쎄."

"어쩌란 말야?"

"남 새 집…… 들기두 전에 안됐지 뭐야?"

"흥! 별년의 소리 다 듣겠네! 자네 오지랖두 정치겐 넓네."

"넓잖음 어쩌나?"

"그럼, 죽는 앨 끌구 이 우중에 어디루 나가야 옳아?"

"글쎄 황서방은 노염부터 날 줄두 알어. 그렇지만 사필귀정으로 남의 일두 생각해줘야 허느니……."

"자넨 이눔으 집서 뭐 행랑살이나 얻어 헐까구 그리나?"

"예에끼 사람! 자네믄 그래 방두 꾸미기 전에 길 닦아놓니까 뭐부터 지나가더라구 남의 자식부터 죽어나감 좋겠나? 말은 바른대루……."

"자넴 또 자네 자식임 그래 이 우중에 끌구 나가겠나?"

하고 황서방은 버럭 소리를 질렀다.

"나면 나가네."

"같은 없는 눔끼리 너무허네."

"없는 눔이라구 이면경계야 몰라?"

"난 이면두 경계두 모르는 눔일세, 웬 걱정이여?"

빗소리뿐, 한참이나 잠잠하다가 황서방이 코를 훌쩍거리는 것이 우는 꼴이다. 권서방은 머리만 긁적거렸다. 한참 만에 황서방은 성냥을 긋는다. 어린애를 들여다보다가는 성냥개비가 다 붙기도 전에 던져버린다. 권서방은 그만 누워버리고 말았다.

어느 때나 되었는지 깜박 잠이 들었는데 황서방이 깨운다.

"왜 그려?"

권서방은 벌떡 일어나며 인젠 어린애가 죽었나 보다 하였다.

"자네 말이 옳으이……."

"뭐?"

"아무래두 죽을 자식인데 남헌테 구진 거 헐 것 뭐 있나!"

하고 한숨을 쉰다. 아직 죽지는 않은 모양이다. 권서방은 후다닥
일어났다. 비는 한결같이 내렸다. 권서방은 먼저 다리를 무릎 위
까지 올려 걷었다. 그리고 삽을 찾아 든다.

"그럼, 안구 나가게."

"어딜루?"

"어딘? 아무 데루나 가다가 죽건 묻세그려."

"……."

"아무래두 이 밤 못 넹길 거 날 밝으문 괜히 앙징스런 꼴 자꾸
보게만 되지 무슨 소용 있어? 안게 어서."

황서방은 또 키룩키룩 느끼면서 나뭇잎처럼 거뿐한 아이를 싸
품에 안고 일어선다.

"이런 땐 맘 모질게 먹는 게 수여. 밤이길 잘했지……."

"……."

황서방은 딸년들 자는 것을 들여다보고는 성큼 퇴 아래로 내려
섰다. 지우산을 펴자 쫘르르 소리가 난다. 쫘르르 소리에 큰딸년
이 깨어 일어난다. 황서방은 큰딸년을 미리, 꼼짝 말고 있으라고
윽박지른다.

황서방은 아이를 안고 한 손으로 지우산을 받고 나서고, 그 뒤
로 권서방이 헛간을 가렸던 가마니를 떼어 두르고 삽을 메고 나

섰다.

허턱 주안(朱安) 쪽을 향해 걷는다. 얼마 안 걸어 시가지는 끝나고 길은 차츰 어두워진다. 길만 어두워지는 것이 아니라 바람이 세차진다. 홱 비를 몰아붙이며 우산을 떠받는다. 황서방은 우산을 뒤집히지 않으려 바람을 따라 빙그르 돌아본다. 그러면 비는 아이 얼굴에 흠뻑 쏟아진다. 그래도 아이는 별로 소리가 없다. 권서방더러 성냥을 그어대라고 한다. 그어대면 얼굴은 죽은 것이나 마찬가지로 빗물 흐르는, 비비 틀린 목줄에서는 아직도 발랑거리는 것이 보인다. 바람이 또 친다. 또 빙그르 돌아본다. 바람은 갑자기 반대편에서도 친다. 우산은 그예 뒤집히고 만다. 뒤집힌 지우산은 두 번, 세 번 만에는 갈기갈기 찢어지고 말았다. 또 성냥을 켜보려 한다. 그러나 성냥이 눅어 불이 일지 않는다. 하늘은 그저 먹장이다. 한참 숨을 죽이고 들여다보아야 희끄무레하게 아이 얼굴이 떠오른다.

"이거, 왜 얼른 뒈지지 않어!"

"아마 한 십 리 왔나 보이."

다시 한 오 리 걸었을 때다. 황서방은 살만 남은 지우산을 집어 내던지며 우뚝 섰다.

"왜?"

인젠 죽었느냐 말은 차마 나오지 않는다.

"인전 묻어버려두 되나 볼세."

"그래?"

권서방은 질-질 끌던 삽을 들어 쩔겅 소리가 나게 자갈길을 한

152

번 내려쳐 삽을 집고 좌우를 둘러본다. 한편에 소 등어리처럼 거무스름한 산이 나타난다. 권서방은 그리로 향해 큰길을 내려선다. 도랑물이 털버덩 한다. 삽도 집지 못한 황서방은, 겨우 아이만 물에 잠그지 않았다. 오이밭인지 호박밭인지 서슬 센 덩굴이 종아리를 어인다.

"염병을 헐⋯⋯."

밭은 넓기도 했다. 밭두덩에 올라서자 돌각담이다. 미끄런 고무신 한 짝이 뱀장어처럼 뻐들컹하더니 벗어져 달아난다. 권서방까지 다시 와 암만 찾아도 보이지 않는다.

"이거디 더 걷겠나?"

"여기 팝시다."

"여긴 돌 아니여?"

"파믄 흙 나오겠지."

황서방은 돌각담에 아이 시체를 안고 앉았고, 권서방은 삽으로 구덩이를 판다. 떡떡 돌이 두드러지고, 돌을 뽑으면 우물처럼 물이 철철 고인다.

"이런 빌어먹을 눔의 비⋯⋯."

"물구뎅이지 별수 있어⋯⋯."

황서방은 권서방이 벗어놓은 가마니쪽에 아이 시체를 누이고 자기도 구덩이로 왔다. 이내 서너 자 깊이로 들어갔다. 깊어지는 대로 물은 고인다. 다행히 비탈이라 낮은 데로 물꼬를 따놓았다. 물은 철철철 소리를 내며 이내 빠진다. 황서방은,

"으흐흐⋯⋯."

하고 한 자리 통곡을 한다. 애비 손으로 제 새끼를 이런 물구덩이에 넣을 것이 측은해, 권서방이 아이 시체를 안으러 갔다.

"뭐?"

죽은 줄만 알고 안아올렸던 권서방은 머리칼이 곤두섰다. 분명히 아이의 입에서 무슨 소리가 난다. 꼴깍꼴깍 아이의 입은 무엇을 토하는 것이다. 비리치근한 냄새가 홱 끼친다.

"여보 어디⋯⋯?"

황서방도 분명히 꼴깍 소리를 들었다. 아이는 아직 목숨이 붙었다. 빗물이 입으로 흘러들어간 것을 게운 것이다.

"제에길, 파리 새끼만두 못한 게 찔기긴!"

애비가 받았던 아이를 구덩이 둔덕에 털썩 놓아버린다.

비는 한결같다. 산골짜기에는 물소리뿐 아니라, 개구리, 맹꽁이, 그리고도 무슨 날짐승 소리 같은 것도 난다.

아이는 세 번째 들여다볼 적에는 틀림없이 죽은 것 같았다. 다시 구덩이 바닥에 물을 쳐내었다. 가마니를 한끝을 깔고 아이를 놓고 남은 한끝으로 덮고 흙을 덮었다.

황서방은 아이를 묻고, 고무신 한 짝을 잃어버리고 쩔름거리며 권서방의 뒤를 따라 행길로 내려왔다. 아직 하늘은 트이려 하지 않는다.

"섰음 뭘 허나?"

황서방은 아이 무덤 쪽을 쳐다보고 멍청히 섰다.

"돌아서세, 어서."

"예가 어디쯤이지."

"그까짓 건…… 고무신 한 짝이 아깝네만……."

"……."

"가세 어서."

황서방은 아이 무덤 쪽에서 돌아서기는 했으나 권서방과는 반대 방향으로 걸어가는 것이다. 권서방이 쫓아와 붙든다.

"내 이년을 그예 찾어 한 구뎅이에 처박구 말 테여."

"허! 이럼 뭘 허나?"

"으흐흐…… 이리구 삶 뭘 허는 게여? 목석만두 못한 애비지 뭐여? 저것 원술 누가 갚어…… 이년을, 내 젖통일 썩뚝 짤러다 묻어줄 테다."

"황서방 진정해요."

"놓으래두……."

"아, 딸년들은 또 어떻게 되라구?"

"……."

황서방은 그만 길 가운데 철벅 주저앉아버린다.

하늘은 그저 먹장이요, 빗소리 속에 개구리와 맹꽁이 소리뿐이다.

토끼 이야기

현은 잠이 깨자 눈을 부비기 전에 먼저 머리맡부터 더듬었다. 사기 대접에서 밤샌 숭늉은 얼음에 채운 맥주보다 오히려 차고 단 듯하였다. 문득 전에 서해(曙海)가, 이제 현도 술이 좀 늘어야 물맛을 알지 하던 생각이 난다.

'지금껏 서해가 살았던들, 술맛, 물맛을 같이 한번 즐겨볼 것을! 그가 간 지도 벌써 십 년이 넘는구나!'

현은 사지를 쭈욱 뻗어 기지개를 켜고 파리 나는 천장을 멀거니 쳐다본다.

중외(中外) 때다. 월급날이면, 그것도 어두워서야 영업국에서 긁어오는 돈 백 원 남짓한 것을 겨우 삼 원씩, 오 원씩 나눠 들고 그거나마 인력거를 불러 타고 호로를 내리고 나서기 전에는, 문밖에 진을 치고 선 빵장수, 쌀장수, 양복 점원 들에게 털리고 말던 그 시절이었다. 현은 다행히 독신이던 덕으로 이태나 견디었지만, 어머님을 모시고, 아내와 자식과 더불어 남의 셋방살이를 하던 서해로서는, 다만 우정과 의리를 배불리는 것만으로 가족들의 목숨까지를 지탱시켜나갈 수는 없었다.

"난 매신으로 가겠소. 가끔 원고나 보내우. 현도 아무리 독신이지만 하숙빈 내야 살지 않소."

현은 그 후 '중외'에 있으면서 실상 '매신'의 원고료로 하숙집 마누라의 입을 겨우 틀어막곤 하였다. 그러다 '중외'가 기어이 폐간이 되자 현은, 그까짓 공연히 시간만 빼앗기던 것, 이젠 정말 내 공부나 착실히 하리라 하고, 서해가 쓰라는 대로 잡문을 쓰고 단편도 얽어 하숙비를 마련하는 한편, 학생 때에 맛 모르고 읽은 태서 대가(泰西大家)들의 명작들을 재독하는 것부터 일과를 삼았었다. 그러나 사람은 조금만 틈이 생기어도 더 큰 욕망에 눈이 텄다. 공연히 남까지 데려다 고생을 시켜? 하는 반성이 한두 번 아니었으나 결국 직업도 없이, 집 한 간 없이, 현은 허턱 장가를 들어놓았다. 제 한 몸 이상을 이끌어나간다는 것은 확실히 제 한 몸 전신으로 힘을 써야 할 짐이었다. 공부고 예술이고 모두 제이 제삼이 되어버렸다. 배운 도적질이라 다시 신문사밖에는 떼를 쓸데가 없다. 다행히 첫아이를 낳기 전에 월급은 제대로 나오는 '동아'에 한 자리를 얻어, 또 신문 소설이라도 한옆으로 써내는 기술을 가져, 그때만 해도 한 평에 이삼 원씩이면 살 수가 있었으니 전차에서 내려 이십 분이나 걷기는 하는 데지만 우선은 집 걱정을 면할 오막살이가 묻어오는 이백여 평의 터를 샀고, 그 후 부(府)로 편입이 되고 땅 시세가 오르는 바람에 터진 반을 떼어 팔아 넉넉히 십여 간 기와집 한 채를 짓게까지 되었다.

"인전 집을 쓰고 앉았으니 먹구 입을 걸……."

현의 아내는 살림에 재미가 나는 듯하였다. 재봉틀 월부를 끝내고, 간이 보험을 들고, 유성기도 이웃집에서 샀다는 말을 듣고 그 이튿날로 월부로 맡아 오더니, 이제는 한 걸음 나아가 현이 어쩌다 소리판을 한둘 사들고 와도,

"그건 뭣 허러 삼 원씩 주고 사오, 음악이 밥 주나! 그런 돈 날좀 줘요."

하였고, 여름이면 현은 패스 덕이긴 하지만 혼자만 싸다니는 것이 미안하여 이십 원 만들어다, 아이들 데리고 가까운 인천이라도 하루 다녀오라고 주면, 아침에는 인천까지 갈 채비로 나섰다가도 고작 진고개로 가로새어 백화점 식당에나 들어갔다가는 냄비, 주전자, 찻종, 그런 부엌 세간을 사서 아이들에게까지 들려 가지고 들어오기가 일쑤였다.

이 현의 아내는 바로 이들 집에서 고개 하나 너머 있는 M여전 (女傳) 문과(文科) 출신이다. 오막살이에서나마 처음에는 창마다 유리를 끼고, 꽃무늬의 커튼을 드리우고 벽에는 밀레의 안젤루스를 걸고, 아침저녁으로 화분을 가꾸었다. 때로는 잠든 어린것 옆에서 조슬란의 자장가도 불렀고, 책장에서 비단 뚜껑한 책을 뽑아다 브라우닝을 읊기도 하였다. 아이가 둘이 되면서부터 그리고 그 흔한 건양사 집들이 좌우전후에 즐비하게 들어앉는 것을 보면서부터는 모교가 가까워 동무들이 자주 찾아오는 것을 도리어 싫어하였고, 어서 오막살이를 헐고 뺀듯한 기와집을 지어보려는 설

계에 파묻히게 되었다. 안젤루스에 먼지가 앉거나 말거나, 화초분이 말라 시들거나 말거나 그의 하루는 그것들보다 더 절박한 것으로 프로가 꽉 차지는 것 같았다.

현은 일 년에 하나씩은 신문 소설을 썼다. 현의 야심인즉 신문 소설에 있지 않았다. 단편 하나라도 자기 예술욕을 채울 수 있는 창작에 자기를 기르며 자기를 소모시키고 싶었다. 나아가서는, 아직 지름길에서 방황하는 이곳 신문학을 위해 그 대도(大道)로 들어설바 교량(橋梁)이 될 만한 대작이 그의 은근한 복원이기도 했다. 인물의 좋은 이름 하나가 생각나도 적어두어 아끼었고, 영화에서 성격 좋은 배우 하나를 보아도 그의 사진을 찢어 모아두었다.

그러나 머릿속에서 구상만으로 해를 묵을 뿐, 결국 붓을 들기는 몰아치는 대로 몰아쳐질 수는 있는 신문 소설뿐이었다.

현의 신문 소설이 시작되면 독자보다는 현의 아내가 즐거웠다. 외상값 밀린 것이 풀리고 단행본으로 나와 중판이나 되면 뜻하지 않은 목돈에 가끔 집안이 윤택해지기 때문이다.

'그러나 나도 소위 불혹지년이란 게 낼모레가 아닌가! 밤낮 이 것만 허다 까부러질 건가? 눈 뜨면 사로 가고 사에 가선 통신 번역이나 허고…… 고작 애를 써야 신문 소설이나 되고…….'

현의 비장한 결심이 그렇지 않아도 굳어질 무렵인데 '동아'가 '조선'과 함께 고스란히 폐간이 되는 것이었다.

명랑하라, 건실하라, 시대는 확성기로 외친다. 현은 얼떨떨하여 정신을 수습할 수 없는 데다, 며칠 저녁째 술에 취해 돌아왔던 것이다.

밤 잔 숭늉에 내단(內丹)이 씻긴 듯 속은 시원하였으나 골치는 그저 무겁다.

'술이 좀 늘어야 물맛을 알지…… 흥, 신문사 십 년에 냉수 맛을 알게 된 것밖에 는 게 무언고?'

다시 숭늉 그릇을 이끌어왔으나 찌꺼기뿐이다. 부엌 쪽 벽을 뚝뚝 울리어 아내를 불렀다.

"기껀 주므셌수?"

"물 좀."

아내는 선선히 나가 물을 떠 가지고 와 앉는다. 앉더니 물을 자기가 마시기나 한 것처럼 목을 길게 빼며 선트림을 한다. 아내는 벌써 숨을 가빠하는 것이다. 한 딸, 두 아들이어서 꼭 알맞다고 하던 것이 다시 네 번째의 임신인 것이었다.

"나 당신헌테 헐 말 있어요."

평시에 잔소리가 없는 만치 현의 아내는 가끔 이런 투로 현의 정색을 요구하였다.

"요즘 당신 심경 나두 모르진 않우. 그렇지만 당신 벌써 사흘째 내려 술 아뉴?"

현은 잠자코 이마를 찌푸린 채 터부룩한 머리를 쓸어넘긴다.

"술 먹구 잊어버릴 정도의 거면 애당초에…… 우리 여자들 눈엔 조선 남자들 그런 꼴처럼 메스껍구 불안스런 건 없습디다. 술루 심평이 피우? 또 작게 봐 제 가정으루두 어디 당신들 사내 하나뿐유? 처자식 수두룩허니 두구, 직업두 인전 없구, 신문 소설 쓸 데두 인전 없구…… 왜 정신 바싹 채리지 않구 그류?"

현은, 듣기 싫어 소리를 치고 다시 이불을 뒤집어썼으나, 또 반동적으로 이날도, 그 이튿날도 곤주가 되어 들어왔으나, 사실 아내의 말에 찔리기도 하였거니와 저 혼자 취한다고 세상이 따라 취하는 것도 아니요, 저 혼자나마도 언제까지나 취할 수도 없는 것이었다.

현은 아내의 주장대로 그 송장의 주머니에서 턴 것 같은, 가슴이 섬찍한 퇴직금이지만, 그것을 밑천으로 토끼를 기르기로 한 것이다.

뉘 집에서는 처음 단 두 마리를 사온 것이 일 년이 못 돼 오십 평 마당에 어떻게 주체할 수 없도록 퍼지었고, 뉘 집에서는 이백 원을 들여 시작했는데 이태가 못 되어 매월 평균 칠팔십 원 수입이 있다는 것은 현의 아내가 직접 목격하고 와서 하는 말이었고, 토끼 기르는 책을 얻어다 주어 현은 하룻저녁으로 독파를 하니, 토끼를 기르기에는 날마다 붙잡히는 일이기는 하나 날마다 신문 소설을 써대는 것보다는 마음의 구속은 적을 것 같았고, 신문 소설을 쓰면서는 본격 소설에 손을 댈 새가 없었으나, 토끼를 기르면서는 넉넉히 책도 읽고 십 년에 한 편이 되더라도 저 쓰고 싶은 소설에 착수할 여력도 있을 것 같았다. 이런 것은 시대가 메가폰으로 소리쳐 요구하는 명랑하고, 건실한 생활일 수도 있는 점에 현은 더욱 든든한 마음으로 토끼 치기를 결심하였다. 그리고 우선 아내의 뒤를 따라 아내와 동창이라는, 이백 원을 들여 지금은 매달 칠팔십 원씩을 수입한다는 집부터 견학을 나섰다.

그 집 바깥주인은 몇 해 전에 '동아'에서도 사진을 이단으로 나 낸 적이 있고, 그의 연주회 주최를 다른 사와 맹렬히 다루기까지 하던, 한때 이름 높던 피아니스트였다. 피아니스트답지는 않게 거칠고 풀물이 시퍼런 손으로 현의 부처를 맞아주었다. 마당엔 들어서기가 바쁘게 두엄내보다는 노릿한 내가 더 나는 훗훗한 냄새가 풍겨나왔다. 목욕탕에 옷 벗어 넣는 궤처럼 여러 층 여러 칸으로 된 토끼집이 작은 고층 건물을 이루어 한편 마당을 둘러 있었다. 칸칸이 새하얀 토끼들이 두 귀가 빨쪽하니 앉아 연분홍 눈을 굴리며 입을 오물거린다. 현은 집의 아이들 생각이 났다. 동화의 세계다. 아동 문학을 하는 이에게 더 적당한 부업같이도 생각되었다. 현 부처는 피아니스트 부처에게서 양토 경험담을 두 시간이나 듣고, 보고 더욱 굳어지는 자신으로 돌아왔다. 와서는 곧 광주 가네보 양토부로 제일 기르기 쉽다는 메리켄으로 이십 마리를 주문하였다. 곧 목수를 데려다 토끼장을 짰다. 토끼장이 끝나기도 전에 '오늘 토끼를 부쳤다'는 전보가 왔다. 현은 아이들을 데리고 산으로 가 풀과 아카시아 잎을 뜯어왔다. 두부 장수에게 비지도 마퀴었다. 수분 있는 사료만으로는 병이 나는 법이라 해서 건조 사료(乾燥飼料)도 주문하였다. 사흘 만에 이 작고 귀여운 현의 집 새 식구 이십 명은 천장을 철사로 얽은 궤짝에 담기어 한 명도 탈없이 찾아들었다. 그들은 더위에 할락거리기는 하면서도 그저 궤짝 속이 저희 안도(安堵)인 듯, 밖을 쳐다보는 일이 없이 태연히 주둥이들만 오물거리었다. 자연의 한 동물이라기보다 시

험관 속에서 된 무슨 화학물(化學物) 같았다. 아이들과 아내는 즐
겨 끄르며 덤비었으나, 현은 뒤에 물러서서 그 작은 그 귀여운,
그리고 박꽃처럼 희고 여린 동물에게다 오륙 명의 거센 인생의
생계(生計)를 계획한다는 것을 생각할 때 확실히 죄스럽고 수치
스럽기도 하였다.

아무튼 토끼가 와서부터 현은 잠시도 쉴 새가 없었다. 먹이를
주고 다음 먹이의 준비까지 되어 있으면서도 얼른 손을 씻고 방
으로 들어와지지가 않았다. 토끼장 앞으로 어정어정하는 동안 다
시 다음 먹이 시간이 되고, 다시 그 다음 먹이를 준비해야 되고
장 안을 소제해야 되고, 현은 저녁이나 되어야 자기의 시간으로
돌아올 수가 있었다.

차츰 밤 긴 가을이 깊어졌다. 워낙 구석진 데라 더구나 저녁에
는 찾아오는 친구가 별로 없었다. 현은 저녁만이라도 홀로 조용
히 등을 밝히고 자기의 세계를 호흡하는 것이 즐거웠다. 십 년
전, 독신일 때 하숙집에서 재독하기 시작했던 태서 명작을 다시
금 음미하는 것도 즐거웠고, 등불을 멀찍이 밀어놓고 책장을 살
피며 근대의 파란 중첩한, 인류의, 문화의, 문학의 뭇 사조(思潮)
의 물결을 더듬으며, 한 새 사조가 부딪치고 지나갈 때마다 이 귀
퉁이 저 귀퉁이 부스러뜨리기만 해오던 장편(長篇)의 구상(構想)
을 계속해보는 것도 얼굴이 달도록 즐거움이었다.

많지는 못한 장서(藏書)나마 현은 한가히 책장을 쳐다볼 때마
다 감개무량하기도 하였다. 일목천고(一目千古)의 감을 느끼는
것이다. 새 책은 날마다 나온다. 또 새 책은 날마다 헌 책이 된다.

한때는 인류 사상의 최고봉인 듯이 그 앞에는 불법(佛法)도 성전 (聖典)도 무색하던 것이 이제는 그 책의 뚜껑빛보다도 내용이 앞서 퇴색해버리고 말았다. 그 뒤에 오는 다른 새것, 또 그 뒤를 따른 새것들, 책장 한 층에만도 사조는 두 시대, 세 시대가 가지런히 꽂혀 있는 것이다.

'지나가버린 낡은 사조의 유물들! 희생된 것은 저 책들뿐인가? 저 저자들뿐인가? 저 책들과 저 저자들뿐이라면 인류는 이미 얼마나 복된 백성들이었으랴마는, 인류는 언제나 보다 나은 새 질서를 갈망해 헤매지 않으면 안 되었었다.'

새 사조가 지나갈 때마다 많으나 적으나, 또 그전 것을 위해서나 새것을 위해서나 반드시 희생자는 났다. 그 사조가 거대한 것이면 거대한 그만치 넓은 발자취로 인류의 일부를 짓밟고 지나갔다. 생각하면 물질문명은 사상의 문명이기도 하다. 한 사상의 신속한 선전은 또 한 사상의 신속한 종국을 가져오기도 한다. 예전 사람들은 일생에 한 번이나 겪을지 말지 한 사상의 난리를 현대인은 일생 동안 얼마나 자주 겪어야 하는가. 청(靑)의 시인 이초(二樵)'가 일신수생사(一身數生死)라 했음은, 정히 현대의 우리를 가리킴이라 하고, 현은 몇 번이나 책장을 바라보며 쓴웃음을 지었다.

'일신수생사! 사상은 짧고 인생은 길고……'

토끼는 듣던 바와 같이 빠르게 번식해나갔다. 스무 마리가 아카시아 잎이 단풍 들 무렵엔 사십여 마리가 되어 북적거린다. 토끼장도 다시 한 오십 마리치를 늘리려 재목까지 사들이는 때다. 문제가 일어났다. 먹이의 문제다. 풀과 아카시아 잎의 저장을 충분히 할 수 없어 비지와 건조 사료에 오히려 믿는 바 컸었는데 두부 장수가 가끔 거른다. 오는 날도 비지를, 소위 실적의 반도 못 가져온다. 건조 사료도 선금과 배달비까지 후히 갖다 맡겼는데도 오지 않는다. 콩이 잘 들어오지 않아 두부 생산이 준 것, 그러니 두부 대신 비지 먹는 사람이 느는 것, 그러니 비지는 두부보다도 더 귀해진 셈이다. 건조 사료란 잡곡의 겨〔糠〕인데 무슨 곡식이나 칠 분도(七分搗) 내지 오분도로 찧으니 겨가 나올 리 없다. 알고 보니 최근까지의 건조 사료란 전년의 재고품이었던 것이다. 현의 아내는 동분서주하였으나, 토끼는커녕 닭을 치던 집에서들까지 닭을 팔고, 닭의 우리를 허는 판이었다.

현의 아내는 억울한 일을 당할 때처럼 며칠이나 얼굴이 붉어 있었으나 결국 토끼를 기름으로써의 생계는 단념하는 수밖에 없었다. 토끼를 헐값이라도 치우기 시작하였다. 그러나 가죽이면 얼마든지 일시에 처분할 수가 있으나 산 것채로는 어디서나 먹이가 문제라 길이 막히었다. 사십여 마리를 일시에 죽이자니 집 안이 일대 도살장(屠殺場)이 되어야 한다. 한꺼번에 사십여 마리의 가죽을 쟁을 쳐 말릴 널판도 없거니와 단 한 마리라도 칼을 들고 껍질을 벗길 위인이 없다. 현은 남자면서도 닭의 멱 하나 따본 적이 없고, 현의 아내 역(亦), 한번은 오막살이집 때인데 튀하기는 닭 한 마리를 온군 채 사왔더니 닭의 흘겨뜬 죽은 눈이 무서워 신문지로 덮어놓고야 썰던 솜씨였다. 더 늘리지나 말고 오래는 걸리더라도 산 채로 처분하는 수밖에 없었다. 산 채로 처분하자니 팔리는 날까지는 어떻게 해서나 굶겨 죽이지는 않아야 한다. 부드러운 풀은 벌써 거의 없어진 때다. 부엌에서 나오는 것은 무청뿐이요, 밖에서 얻을 수 있는 것은 클로버뿐이다. 클로버도 며칠 안 있으면 된서리를 맞을 즈음인데 하루는 현의 아내가 그의 모교인 M여전 운동장이 클로버투성인 것을 생각해냈다. 그길로 고개를 넘어 모교에 다녀오더니, 학교에서는 해마다 사람을 사서 뽑는데도 당할 수가 없어 잔디를 버릴까 봐 걱정이니 제발 뜯어라도 가라는 것이라 한다. 현은 입맛을 쩍쩍 다시다가 "당신이 가기 싫음 내가 가리다. 오륙이 멀쩡해 가지구 미물이라두 기르던 걸 굶겨 죽여야 옳우?" 하는 아내의 위협에 아내가 홀몸도 아닌 때라, 또 다른 곳도 아니요 저희 모교 마당에 가서 토끼 밥을 뜯고 앉아 있는 정상이 어째 정도 이상으로 가긍하게 머릿속에 떠올라, 그만 대팻밥 모자를 집어 쓰고 동저고리 바람인 채 고무신을 끌고, 마악 학교에서 돌아오는 큰녀석에게까지 다래끼를 하나 둘러메여 가지고 고개를 넘어 M여전으로 왔다.

운동장에는 과연 잔디와 클로버가 군데군데 반반 정도로 대진이 되어 있었다.

'나야 이렇게 동저고리 바람에 농립을 눌러썼으니 누가 알아볼라구…… 또 알아본들 현 아무개란 하상…….'

하학이 된 듯 운동장에는 과년한 여학생들이 설명하니 다리들을 드러내고 발리볼을 던지기도 하고 자전차를 타고 돌기들도 한다. 현은 남의 집 안마당에 들어서는 것 같은 어색함을 느꼈으나 수굿하고 한편 여가리에 물러앉아 클로버를 뜯기 시작하였다.

"아버지?"

"왜?"

아들애는 우두머니 서서 언덕 위에 장엄하게 솟은 교사와 여학생들이 자전차 타는 것만 바라보고 있었다.

"우리 엄마두 여기 학교 나왔지?"

"그럼…… 어서 이 시퍼런 풀이나 뜯어……."

이 아버지와 아들의 짧은 대화를 학생 두엇이 알아들은 듯,

"얘, 너이 엄마가 누군데?"

하며 가까이 온다. 현의 아들애는 코만 훌쩍하고 돌아선다. 현은 힐끗 아들을 쳐다본다. 그 쳐다보는 눈이, 가끔 집에서 '떠들면 안 돼' 하던 때 같다.

아들애는 잠자코 제 다래끼를 집어다 클로버를 뜯기 시작한다.

"이거 뜯어다 뭘 허니?"

"토끼 메게요."

"토끼! 너이 집서 토끼 치니?"

"네."

학생들은 저희도 뜯어서 현의 아들 다래끼에 담아준다.

"너이들 뭐 허니?"

현의 등 뒤에서 다른 학생들 한 떼가 몰려온다. 현은 자기까지 아울러 '너희들'로 불리는 것같이 화끈해진다.

"우린 요쓰바 찾는다누."

딴은 그들은 토끼 밥을 뜯어주기 위해서가 아니라 저희들 '행복'을 찾기 위해서였다.

"나두, 나두……."

그들은 모이를 본 새떼처럼 클로버에 몰려 앉는다. 현은 수긋하
고 다른 쪽을 향해 뜯어나가며, 자기의 아내도 한때는 브라우닝
의 시집을 끼고 이 운동장 언저리를 거닐다가 저렇게 목마르듯
'행복의 요쓰바'를 찾아보았으려니, 그 '행복의 요쓰바'와 함께
푸른 하늘가에 떠오르던 그의 '영웅'은 오늘 이 마당에 농립을 쓰
고 앉아 토끼 밥을 뜯는 사나이는 결코 아니었으려니, 이런 생각
에 혼자 쓴 침을 삼켜보는데 무엇이 궁둥이를 툭 때린다. 넓은 마
당에 까르르 웃음이 건너간다. 현의 각도로 섰던 발리볼 선수 하
나가 볼을 놓쳐버렸던 것이다.

현은 다음날 오후에도 큰녀석을 데리고 M여전 운동장으로 왔
다. 클로버는 아직도 한 댓새 더 뜯어갈 수가 있었다. 그러나 이
날이 마지막이게 이날 밤에 된서리가 와버린 것이다. 현의 아내
는 마침내 김장 때라 무청과 배추 우거지를 이 집 저 집서 모아들
였다. 그러나 그것도 잠시 한철이었다. 현은 생각다 못해 한두 마
리씩이라도 없애보려 대학병원에 그리 친치도 못한 의사 한 분을
찾아가보았다. 십여 년째 대이는 사람이, 그도 요즘은 한두 마리
씩 더 갖다 맡기어 걱정이라는 것이었다. 현은 대학병원에서 돌
아오는 길에 어느 책사에 들렀다. 양토법에 관한 책에는 토끼의
도살법까지도 씌어 있기 때문이다. 전에 아내가 빌려온 책에서는
그만 기르는 법만 읽고 돌려보낸 것이다.

토끼를 죽이는 법, 목을 졸라 죽이는 법, 심장을 찔러 피를 뽑아

죽이는 법, 물에 담가 죽이는 법, 귀를 잡고 어느 다리를 어떻게 잡아당겨 죽이는 법, 동맥을 짤라 죽이는 법, 그리고 귀와 귀 사이의 골을 망치로 서너 번 때리면 오체를 바르르 떨다가 죽게 하는 법, 이렇게 여섯 가지나 씌어 있었다.

현은 먼지 낀 책을 도로 제자리에 꽂고 주인의 눈치를 엿보며 얼른 책사를 나와 집으로 돌아왔다.

오는 길로, 옷을 갈아입는 길로, 토끼 한 놈을 꺼내었다. 묵직하고, 포근하고, 따뜻하고, 뻐들컹거리고, 눈을 똘망거리고…… 교미기가 지난 놈들이라 새끼 때의 화학물감(化學物感) 박꽃감은 이젠 아니요, 놓기는커녕 웬만큼 서투르게만 붙잡아도 뻐들컹하고 튕겨 산으로 치달을 것만 같은 '짐승'이다.

현은 단단히 앙가슴과 뒷다리를 움켜쥐고 마루로 왔다. 딸년이 방에서 나오다가 소리를 친다.

"애들아, 아버지가 토끼 꺼냈다!"

큰녀석 작은녀석이 마저 뛰어나온다.

"왜 그류, 아버지?"

"병났수?"

"마루에 가둬. 우리 가지구 놀게."

"이뻐서 그류, 아버지?"

딸년은 제 손에 들었던 빵쪽을 토끼의 입에다 갖다 댄다. 토끼는 수염을 쭝긋거리더니 빵쪽을 물어떼려 한다. 현은 잠자코 아까 책사에서 본 여섯 가지 방법을 생각해낸다.

"왜 그류, 아버지?"

"가, 저리들."

현은 그제야 소리를 꽥 질렀다. 아내가 부엌에서 나온다. 현은 아내의 해산달이 멀지 않았음을 깨닫는다. 현은 등솔기에 오싹함을 느끼며 토끼를 다시 안고 뒤꼍으로 왔다. 아내가 따라오며 그역, 왜 그러느냐고 묻는다.

"뭣 허러 아이처럼 따라댕겨?"

아내는 얼른 물러나지 않는다. 현은 도로 토끼를 갖다 넣고 만다. 암만 생각하여도 그 목을 졸라 쥐고, 뻐들적거리는 것을 이기노라고 같이 힘을 쓰며 뒤어쓰는 눈을 내려다보고 숨이 끊어지기를 기다리는 노릇, 현은 그 목을 졸라 죽이는 법에 자신이 생기지 못한다. 심장이 어드메쯤이라고 그 폭신한 가슴을 더듬어 송곳을 들이박기는, 남의 주사침 맞는 것도 제대로 보지 못하는 현으로는 더욱 불가능한 일이요, 쥐처럼 덫 속에 든 것도 아닌 것을 물속에 끌어 넣거나, 귀와 다리를 붙잡고 척추가 끊어지도록 잡아늘이는 것이나, 그 어린아이처럼 따스하고 발랑거리는 목에서 동맥을 싹뚝 짤라놓는 것이나, 자꾸 돌아보는 것을 앞으로 숙여놓고 망치로 뒤통수를 때리는 것이나 현으로는 생각할수록 소름이 끼치고, 지금 아내의 뱃속에 들어 있는, 마치 토끼 형상으로 꼬부리고 있을 태아를 위해 이런 짓은 생각만으로도 죄를 받을 것만 같았다.

김장철이 지나가자 토끼 먹이는 더욱 귀해서 사람도 먹기 힘든 두부와 캐비지로 대는데 하루에 일 원 사오십 전씩 나간다. 이렇게 서너 달만 먹인다면 그 담에는 토끼 오십 마리를 한목 판다 하여도 먹이 값밖에는 나올 게 없다. 서너 달 뒤에 가서는 토끼 문제뿐만 아니다. 토끼 때문에 이럭저럭 사오백 원이 부서졌고, 김장하고 장작 두 마차 들이고, 퇴직금 봉지엔 십 원짜리 서너 장이 남았을 뿐이다

'어떻게 살 건가?'

어느 잡지사에서 단편 하나 써달란 지가 오래다. 독촉이 서너 차례나 왔다. 단돈 십 원 벌이라도 벌이라기보다, 단편 하나라도 마음 편히 앉아 구상해보기는 다시 틀렸으니 종이만 펴놓을 수 있으면 어디서고 돌아앉아 쓰는 게 수다. 하루는 있는 장작이라 우선 사랑에 군불을 뜨뜻이 지피고 '이놈의 토끼 이야기나 써보리라' 하고 들어앉아 서두를 찾노라고 망설이는 때였다.

"여보? 어디 게슈?"

하는 아내의 찾는 소리가 난다. 내다보니 얼굴이 종잇장처럼 해쓱해진 아내는 두 손이 피투성이다.

"응?"

"물 좀 떠줘요."

"웬 피유?"

아내의 표정을 상실한 얼굴은 억지로 찡기여 웃음을 짓는다. 피투성이 두 손은 부들부들 떤다. 현의 아내는 식칼을 가지고 어떻게 잡았는지, 토끼 가죽을 두 마리나 벗겨놓은 것이다. 현은 머리칼이 쭈뼛 솟았다.

"당신더러 누가 지금 이런 짓 허래우?"

"안 험 어떡허우? 태중은 뭐 지냈수? 어서 손 씻게 물 좀 떠놔
요."

하고 아내는 토끼 털과 선지피가 엉킨 두 손을 쩍 벌려 내어민다.
현의 머리 속은 불현듯, 죽은 닭의 눈을 신문지로 가려놓고야 썰
던 아내의 그전 모습이 지나친다. 콧날이 찌르르하며 눈이 어두
워졌다.

　피투성이의 쩍 벌린 열 손가락, 생각하면 그것은 실상 자기에게
물을 요구하는 것이 아니었다. 현은 펄썩 주저앉을 듯이 먼 산마
루를 쳐다보았다. 산마루엔 구름만 허옇게 떠 있었다.

해방 전후

— 한 작가의 수기

호출장(呼出狀)이란 것이 너무 자극적이어서 시달서(示達書)라 이름을 바꾸었다고는 하나, 무슨 이름의 쪽지이든, 그 긴치 않은 심부름이란 듯이 파출소 순사가 거만하게 던지고 간, 본서(本署)에의 출두 명령은 한결같이 불쾌한 것이었다. 현(玄) 자신보다도 먼저 얼굴빛이 달라지는 아내에게는 으레껀으로 심상한 체하면서도 속으로는 정도 이상 불안스러워 오라는 것이 내일 아침이지만 이 길로 가 진작 때우고 싶은 것이, 그래서 이날은 아무 일도 손에 잡히지 않고, 밥맛이 없고, 설치는 밤잠에 꿈자리조차 뒤숭숭한 것이 소심한 편인 현으로는 '호출장' 때나 '시말서' 때나 마찬가지곤 했다.

현은 무슨 사상가도, 주의자도, 무슨 전과자(前科者)도 아니었다. 시골 청년들이 어떤 사건으로 잡히어서 가택 수색을 당할 때, 그의 저서(著書)가 한두 가지 나온다든지, 편지 왕래한 것이 한두

장 불거진다든지, 서울 가서 누구를 만나보았느냐는 심문에 현의 이름이 끌려든다든지 해서, 청년들에게 제법 무슨 사상 지도나 하고 있지 않나 하는 혐의로 가끔 오너라 가너라 하기 시작한 것이 인젠 저들의 수첩에 준요시찰인(準要視察人) 정도로는 오른 모양인데 구금(拘禁)을 할 정도라면 당장 데려갈 것이지 호출장이나 시달서니가 아닐 것은 짐작하면서도 번번이 불안스러웠고 더욱 이번에는 은근히 마음 쓰이는 것이 없지도 않았다. 일반 지원병 제도(一般志願兵制度)와 학생 특별 지원병 제도 때문에 뜻 아닌 죽음이기보다, 뜻 아닌 살인, 살인이라도 내 민족에게 유일한 희망을 주고 있는 중국이나 영미나 소련의 우군(友軍)을 죽여야 하는, 그리고 내 몸이 죽되 원수 일본을 위하는 죽음이 되어야 하는, 이 모순된 번민으로 행여나 무슨 해결을 얻을까 해서 더듬고 더듬다가는 한낱 소설가인 현을 찾아와준 청년도 한둘이 아니었다. 현은 하루 이틀 동안에 극도의 신경 쇠약이 된 청년도 보았고 다녀간 지 한 주일 뒤에 자살하는 유서를 보내온 청년도 있었다. 이런 심각한 민족의 번민을 현은 제 몸만이 학병 자신이 아니라 해서 혼자 뒷날을 사려해가며 같은 불행한 형제로서의 울분을 절제할 수는 없었다. 때로는 전혀 초면들이라 저 사람이 내 속을 떠보려는 밀정이나 아닌가 의심하면서도, 그런 의심부터가 용서될 수 없다는 자책으로 현은 아무리 낯선 청년에게라도 일러주고 싶은 말은 한마디도 굽히거나 남긴 적이 없는 흥분이곤 했다. 그들을 보내고 고요한 서재에서 아직도 상기된 현의 얼굴은 그예 무슨 일을 저지르고 말 불안이었고 이왕 불안일 바엔 이왕 저지르는 바엔 이 한 걸음 절박해오는 민족의 최후에 있어 좀 더 보람 있는 저지름을 하고 싶은 충동도 없지 않았으나 그 자신 아무런 준비도 없었고 너무나 오랫동안 굳어버린 성격의 껍데기는 여간 힘으로는 제 자신이 깨뜨리고 솟아날 수가 없었다. 그의 최근작인 어느 단편 끝에서,

"한 사조(思潮)의 밑에 잠겨 사는 것도 한 물 밑에 사는 넋일 것이다. 상전벽해(桑田碧海)라 일러는 오나 모든 게 따로 대세의 운행이 있을 뿐 처음부터 자갈을 날라 메우듯 할 수는 없을 것이다."

라고 한 구절을 되뇌면서 자기를 헐가로 규정해버리는 쓴웃음을 지을 뿐이었다.

"당신은 메칠 안 남았다고 하지만 특공댄(特攻隊)지 정신댄(挺身隊)지 고 악지 센 것들이 끝까지 일인일함(一人一艦)으로 뻐틴다면 아모리 물자 많은 미국이라도 일본 병정 수효만치야 군함을 만들 수 없을 거요. 일본이 망하기란 하늘에 별 따기 같은 걸 기다리나 보오!"

현의 아내는 이날도 보송보송해 잠들지 못하는 남편더러 집을 팔고 시골로 가자 하였다. 시골 중에도 관청에서 동뜬 두메로 들어가 자농(自農)이라도 하면서 하루라도 마음 편하고 배불리 살다 죽자 하였다. 그런 생각은 아내가 꼬드기기 전에 현도 미리부터 궁리하던 것이나 지금 외국으로는 나갈 수 없고 어디고 일본 하늘 밑인 바에야 그야말로 민불견리(民不見吏) 야불구폐(夜不狗吠)의 요순(堯舜) 때 농촌이 어느 구석에 남아 있을 것인가? 그런

도원경(桃源境)이 없다 해서 언제까지나 서울서 견딜 수 있느냐 하면 그런 것도 아니고 소위 시국물(時局物)이나 일문(日文)에의 전향이라면 차라리 붓을 꺾어버리려는 현으로는 이미 생계(生計)에 꿀리는 지 오래며 앞으로 쳐다볼 것은 집밖에 없는데 집을 건드릴 바에는 곶감꼬치로 없애기보다 시골로 가 다만 몇 마지기라도 땅을 잡아야 한다는 것이 상책이긴 하다. 그러나 성격의 껍데기를 깨치기처럼 생활의 껍데기를 갈아본다는 것도 그리 쉬운 일이 아니었다.

"좀 더 정세를 봅시다."

이것이 가족들에게 무능하다는 공격을 일 년이나 두고 받아오는 현의 태도였다.

동대문서 고등계의 현의 담임인 쓰루다 형사는 과히 인상이 험한 사나이는 아니다. 저의 주임만 없으면 먼저 조선말로 "별일은 없습니다만 또 오시래 미안합니다"쯤 인사도 하곤 하는데 이날은 뒷박 이마에 옴팡눈인 주임이 딱 뻗치고 앉아 있어 쓰루다까지도 현의 한참씩이나 수그리는 인사는 본 체 안 하고 눈짓으로 옆에 놓인 의자만 가리키었다.

현은 모자가 아직 그들과 같은 국방모(國防帽) 아님을 민망히 주무르면서 단정히 앉았다. 형사는 무엇 쓰던 것을 한참 만에야 끝내더니 요즘 무엇을 하느냐 물었다. 별로 하는 일이 없노라 하니 무엇을 할 작정이냐 따진다. 글쎄요 하고 없는 정을 있는 듯이 웃어 보이니 그는 힐끗 저의 주임을 돌려 보았다. 주임은 무엇인

지 서류에 도장 찍기에 골독해 있다. 형사는 그제야 무슨 뚜껑 있
는 서류를 끄집어내어 뚜껑으로 가리고 저만 들여다보면서 이렇
게 물었다.

"시국을 위해 왜 아모것도 안 하십니까?"

"나 같은 사람이 무슨 힘이 있습니까?"

"그러지 말구 뭘 좀 허십시오. 사실인즉 도 경찰부에서 현선생
같으신 몇 분에게, 시국에 협력하는 무슨 일 한 것이 있는가? 또
하면서 있는가? 장차 어떤 방면으로 시국 협력에 가능성이 있는
가? 생활비가 어디서 나오는가? 이런 걸 조사해 올리란 긴급 지
시가 온 겁니다."

"글쎄올시다."

하고 현은 더욱 민망해 쓰루다의 얼굴만 쳐다보는 수밖에 없었
다.

"그래두 뭘 허신다구 보고가 돼야 좋을걸요? 그 허기 쉬운 창씨
(創氏) 왜 안 허시나요?"

수속이 힘들어 못하는 줄로 딱해하는 쓰루다에게 현은 역시 이
것에 관해서도 대답할 말이 없었다.

"우리 따위 하층 경관이야 뭘 알겠습니까만 인전 누구 한 사람
방관적 태도는 용서되지 않을 겁니다."

"잘 보신 말씀입니다."

현은 우선 이번의 호출도 그 강압 관념에서 불안해하던 구금(拘
禁)이 아닌 것만 다행히 알면서 우물쭈물하던 끝에,

"그렇지 않아도 쉬 뭘 한 가지 해보려던 참니다. 좋도록 보고해

주십시오."

하고 물러나왔고, 나오는 길로 그는 어느 출판사로 갔다. 그 출판사의 주문이기보다 그곳 주간(主幹)을 통해 나온 경무국(警務局)의 지시라는, 그뿐만 아니라 문인 시국 강연회 때 혼자 조선말로 했고 그나마 마지못해 「춘향전」 한 구절만 읽은 것이 군(軍)에서 말썽이 되니 이것으로라도 얼른 한 가지 성의를 보여야 좋으리라는 『대동아전기(大東亞戰記)』의 번역을 현은 더 망설이지 못하고 맡은 것이다.

심란한 남편의 심정을 동정해 아내는 어느 날보다도 정성 들여 깨끗이 치운 서재에 일본 신문의 기리누끼(신문 스크랩)를 한 뭉텅이 쏟아놓을 때 현은 일찍 자기 서재에서 이처럼 지저분함을 느껴본 적이 없었다.

'철 알기 시작하면서부터 굴욕만으로 살아온 인생 사십, 사랑의 열락도 청춘의 영광도 예술의 명예도 우리에겐 없었다. 일본의 패전기라면 몰라 일본에 유리한 전기(戰記)를 내 손으로 주무르는 건 무엇 때문인가?'

현은 정말 살고 싶었다. 살고 싶다기보다 살아 견디어내고 싶었다. 조국의 적일 뿐 아니라 인류의 적이요 문화의 적인 나치스의 타도(打倒)를 오직 사회주의에 기대하던 독일의 한 시인은 모로토프가 히틀러와 악수를 하고 독소 중립 조약(獨蘇中立條約)이 성립되는 것을 보고는 그만 단순한 생각에 절망하고 자살하였다 한다.

'그 시인의 판단은 경솔하였던 것이다. 지금 독소는 싸우며 있지 않은가? 미·영·중(美英中)도 일본과 싸우며 있다. 연합군의 승리를 믿자! 정의와 역사의 법칙을 믿자! 정의와 역사의 법칙이 인류를 배반한다면 그때는 절망하여도 늦지 않을 것이다!'

현은 집을 팔지는 않았다. 구라파에서 제이전선이 아직 전개되지 않았고 태평양에서는 일본군이 아직 라바울을 지킨다고는 하나 멀어야 이삼 년이겠지 하는 심산으로 집을 최대한도로 잡혀만 가지고 서울을 떠난 것이다. 그곳 공의(公醫)를 아는 것이 반연으로 강원도 어느 산읍이었다. 철도에서 팔십 리를 버스로 들어오는 곳이요, 예전엔 현감(縣監)이 있던 곳이나 지금은 면소와 주재소뿐의 한적한 구읍이다. 어느 시골서나 공의는 관리들과 무관하니 무엇보다 그 덕으로 징용(徵用)이나 면할까 함이요, 다음으로 잡곡의 소산지니 식량 해결을 위해서요, 그리고는 가까이 임진강 상류가 있어 낚시질로 세월을 기다릴 수 있음도 현이 그곳을 택한 이유의 하나였다.

그러나 와서 실정에 부딪쳐보니 이 세 가지는 하나도 탐탁한 것은 아니었다. 면사무소엔 상장(賞狀)이 십여 개나 걸려 있는 모범 면장으로 나라에선 상을 타나 백성에겐 그만치 원망을 사는 이 시대의 모순을 이 면장이라고 예외일 리 없어 성미가 강직해 바른말을 잘 쏘는 공의와는 사이가 일찍부터 틀린 데다가, 공의는 육 개월이나 장기간 강습으로 이내 서울 가버리고 말았으니 징용 면할 길이 보장되지 못했고 그 외에 아는 사람이라고는 공의의 소개로 처음 지면한 향교 직원(鄕校直員)으로 있는 분인데 일 년에 단 두 번 춘추 제향 때나 고을 사람들의 기억에서 살아나는 '김직원님'으로는 친구네 양식은커녕 자기 식구 때문에도 손이 흰, 현실적으로는 현이나 마찬가지의, 아직도 상투가 있는 구식 노인인 선비였다.

낚시터도 처음 와볼 때는 지척 같더니 자주 다니기엔 거의 십 리나 되는 고달픈 길일 뿐 아니라 하필 주재소 앞을 지나야 나가 게 되었고 부장님이나 순사 나리의 눈을 피하려면 길도 없는 산 등성이 하나를 넘어야 되는데 하루는 우편국 모퉁이에서 넌지시 살펴보니 가네무라라는 조선 순사가 눈에 띄었다. 현은 낚시 도 구부터 질겁을 해 뒤로 감추며 한 걸음 물러서 바라보니 촌사람 들이 무슨 나무껍질 벗겨온 것을 면서기들과 함께 점검하는 모양 이다. 웃통은 속옷 바람이나 다리는 각반을 치고 칼을 차고 회초 리를 들고 이 사람 저 사람에게 거드름을 부리고 있었다. 날래 끝 날 것 같지 않아 현은 이번도 다시 돌아서 뒷산등을 넘기로 하였 다.

길도 없는 가닥숲을 젖히며 비 뒤의 미끄러운 비탈을 한참이나 헤매어서 비로소 펑퍼짐한 중턱에 올라설 때다. 멀지 않은 시야 에 곰처럼 시커먼 것이 우뚝 마주 서는 것은 순사부장이다. 현은 산짐승에게보다 더 놀라 들었던 두 손의 낚시 도구를 이번에는 펄쩍 놓아버렸다.

"당신 어데 가오?"

현의 눈에 부장은 눈까지 부릅뜨는 것으로 보였다.

"네, 바람 좀 쏘이러요."

그제야 현은 대팻밥 모자를 벗으며 인사를 하였으나 부장은 이미 딴 쪽을 바라보는 때였다. 부장이 바라보는 쪽에는 면장도 서 있었고 자세 보니 남향하여 큰 정구(庭球) 코트만치 장방형으로 새끼줄이 치어져 있는데 부장과 면장의 대화로 보아 신사(神社) 터를 잡는 눈치였다. 현은 말뚝처럼 우뚝이 섰을 뿐 어찌해야 좋을지 몰랐다. 놓아버린 낚시 도구를 집어올릴 용기도 없거니와 집어올린댔자 새끼줄을 두 번이나 넘으면서 신사 터를 지나갈 용기는 더욱 없었다. 게다가 부장도 면장도 무어라고 쑤군거리며 가끔 현을 돌아다본다. 꽃이라도 있으면 한 가지 꺾어 드는 체하겠는데 패랭이꽃 한 송이 눈에 띄지 않는다. 얼마 만에야 부장과 면장이 일시에 딴 쪽을 향하는 틈을 타서 수갑에 채였던 것 같던 현의 손은 날쌔게 그 시국에 태만한 증거물들을 집어 들고 허둥지둥 그만 집으로 내려오고 만 것이다.

"아버지 왜 낚시질 안 가구 도루 오슈?"

현은 아이들에게 대답할 말이 미처 생각나지도 않았거니와 그보다 먼저 현의 뒤를 따라온 듯한 이웃집 아이 한 녀석이,

"너이 아버지 부장한테 들켜서 도루 온단다."

하는 것이었다.

낚시질을 못 가는 날은 현은 책을 보거나 그렇지 않으면 김직원을 찾아갔고 김직원도 현이 강에 나가지 않았음직한 날은 으레 찾아왔다. 상종한다기보다 모시어볼수록 깨끗한 노인이요, 이 고을에선 엄연히 존경을 받아야 옳을 유일한 인격자요 지사였다.

현은 가끔 기인여옥(其人如玉)이란 이런 이를 가리킴이라 느끼었
다. 기미년 삼일운동 때 감옥살이로 서울에 끌려왔었을 뿐, 조선
이 망한 이후 한 번도 자의로는 총독부가 생긴 서울엔 오기를 피
한 이다. 창씨를 안 하고 견디는 것은 물론, 감옥에서 나오는 날
부터 다시 상투요 갓이었다. 현과는 워낙 수십 년 연장(年長)인
데다 현이 한문이 부치어 그분이 지은 시를 알지 못하고 그분이
신문학에 무관심하여 현대 문학을 논담하지 못하는 것엔 서로 유
감일 뿐, 불행한 족속으로서 억천 암흑 속에 일루의 광명을 향해
남몰래 더듬는 그 간곡한 심정의 촉수만은 말하지 않아도 서로
굳게 잡히고도 남아 한두 번 만남으로 서로 간담을 비추는 사이
가 되었다.

하루 저녁은 주름 잡히었으나 정채 돋는 두 눈에 눈물이 마르지
않은 채 찾아왔다. 현은 아끼는 촛불을 켜고 맞았다.

"내 오늘 다 큰 조카 자식을 행길에서 매질을 했소."

김직원은 그저 손이 부들부들 떨며 있었다. 조카 하나가 면서기
로 다니는데 그의 매부, 즉 이분의 조카사위 되는 청년이 일본으
로 징용당해 가던 도중에 도망해왔다. 몸을 피해 처가에 온 것을
이곳 면장이 알고 그 처남더러 잡아오라 했다. 이 기미를 안 매부
청년은 산으로 뛰어올라갔다. 처남 청년은 경방단의 응원을 얻어
산을 에워싸고 토끼 잡듯 붙들어다 주재소로 넘기었다는 것이다.

"강박한 처남이로군!"

현도 탄식하였다.

"잡아오지 못하면 네가 대신 가야 한다고 다짐을 받었답디다만

대신 가기루서 제 집으로 피해온 명색이 매부 녀석을 경방단들을 끌구 올라가 돌풀매질을 하면서꺼정 붙들어다 함정에 넣어야 옳소? 지금 젊은 놈들은 쓸개가 없습넨다!"

"그러니 지금 세상에 부모기로니 그걸 어떻게 공공연히 책망하십니까?"

"분해 견딜 수가 있소! 면소서 나오는 놈을 노상이면 어떻소. 잠자코 한참 대설대가 끊어져나가도록 패주었지요. 맞는 제 놈도 까닭을 알 게고 보는 사람들도 아는 놈은 알았겠지만 알면 대사요."

이날은 현도 우울한 일이 있었다. 서울 문인보국회(文人報國會)에서 문인 궐기 대회가 있으니 올라오라는 전보가 온 것이다. 현에게는 엽서 한 장이 와도 먼저 알고 있는 주재소에서 장문 전보가 온 것을 모를 리 없고 일본제국의 흥망이 절박한 이때 문인들의 궐기 대회에 밤낮 낚시질만 다니는 이자가 응하느냐 안 응하느냐는 주재소뿐 아니라 일본인이요 방공 감시 초장인 우편국장까지도 흥미를 가진 듯, 현의 딸아이가 저녁때 편지 부치러 나갔더니, 너의 아버지 내일 서울 가느냐 묻더라는 것이다.

김직원은 처음엔 현더러 문인 궐기 대회에 가지 말라 하였다. 가지 말라는 말을 들으니 현은 가지 않기가 도리어 겁이 났다. 그랬는데 다음날 두 번째 그 다음날 세 번째의 좌우간 답전을 하라는 독촉 전보를 받았다. 이것을 안 김직원은 그날 일찍이 현을 찾아왔다.

"우리 따위 노혼한 것들이야 새 세상을 만난들 무슨 소용이리

까만 현공 같은 젊은이는 어떡하든 부지했다가 그예 한몫 맡아주시오. 그러자면 웬만한 일이건 과히 뻗대지 맙시다. 지용만 면헐 도리를 해요."

그리고 이날은 가네무라 순사가 나타나서, 이틀밖에 안 남았는데 언제 떠나느냐, 떠나면 여행 증명을 해 가지고 가야 하지 않느냐, 만일 안 떠나면 참석 안 하는 이유는 무엇이냐, 나중에는, 서울 가면 자기의 회중시계 수선을 좀 부탁하겠다 하고 갔다. 현은 역시,

'살고 싶다!'

또 한번 비명(悲鳴)을 하고 하루를 앞두고 가네무라 순사의 수선할 시계를 맡아 가지고 궂은비 뿌리는 날 서울 문인보국회로 올라온 것이다.

현에게 전보를 세 번씩이나 친 것은 까닭이 있었다. 얼마 전에 시국 협력을 달갑게 여기지 않는 중견층 칠팔 인을 문인보국회 간부급 몇 사람이 정보과장과 하루 저녁의 합석을 알선한 일이 있었는데 그날 저녁에 현만은 참석되지 못했으므로 이번 대회에 특히 순서 하나를 맡기게 되면 현을 위해서도 생색이려니와 그 간부급 몇 사람의 성의도 드러나는 것이었다. 현더러 소설부를 대표해 무슨 진언(進言)을 하라는 것이었다. 현은 얼마 앙탈해보았으나 나타난 이상 끝까지 뻗대지 못하고 이튿날 대회 회장으로 따라 나왔다. 부민관인 회장의 광경은 어마어마하였다. 모두 국민복에 예장(禮章)을 찼고 총독부 무슨 각하, 조선군 무슨 각하, 예복에, 군복에 서슬이 푸르렀고 일본 작가에 누구, 만주국 작가

에 누구, 조선 문단 생긴 이후 첫 어마어마한 집회였다. 현은 시골서 낚시질 다니던 진흙 묻은 웃저고리에 바지만은 플란넬을 입었으나 국방색도 아니요, 각반도 치지 않아 자기의 복장은 시국 색조에 너무나 무감각했음이 변명할 여지가 없게 되었다. 그러나 갑자기 변장할 도리도 없어 그대로 진행되는 절차를 바라보는 동안 현은 차차 이 대회에 일종 흥미도 없지 않았다. 현이 한동안 시골서 붕어나 보고 꾀꼬리나 듣던 단순해진 눈과 귀가 이 대회에서 다시 한번 선명하게 느낀 것은 파쇼 국가의 문화 행정의 야만성이었다. 어떤 각하짜리는 심지어 히틀러의 말 그대로 문화란 일단 중지했다가도 필요한 때엔 일조일석에 부활시킬 수 있는 것이니 문학이건 예술이건, 전쟁 도구가 못 되는 것은 아낌없이 박멸하여도 좋다 하였고, 문화의 생산자인 시인이며 평론가며 소설가들도 이런 무장 각하(武裝閣下)들의 웅변에 박수갈채할 뿐 아니라 다투어 일어서, 쓰러져가는 문화의 옹호이기보다는 관리와 군인의 저속한 비위를 핥기에만 혓바닥의 침을 말리었다. 그리고 현의 마음을 측은케 한 것은 그 핏기 없고 살 여윈 만주국 작가의 서투른 일본말로의 축사였다. 그 익지 않은 외국어에 부자연하게 움직이는 얼굴은 작고 슬프게만 보였다. 조선 문인들의 일본말은 대개 유창하였다. 서투른 것을 보다 유창한 것을 보니 유쾌해야 할 터인데 도리어 얄미운 것은 무슨 까닭일까? 차라리 제 소리 이외에는 옮길 줄 모르는 개나 도야지가 얼마나 명예스러우랴 싶었다. 약소 민족은 강대 민족의 말을 배우기 시작하는 것부터가 비극의 감수(甘受)였던 것이다. 그렇다고 해서, 그러면 일본 작가들의 축사나 주장은 자연스럽게 보이고 옳게 생각되었느냐 하면 그 것도 아니었다. 현의 생각엔 일본인 작가들의 행동이야말로 이해하기에 곤란하였다. 한때는 유종렬(柳宗悅) 같은 사람은 "동포여 군국주의를 버리자. 약한 자를 학대하는 것은 일본의 명예가 아니다. 끝까지 이 인륜(人倫)을 유린할 때는 세계가 일본의 적이 될 것이니 그때는 망하는 것이 조선이 아니라 일본이 아닐 것인가?" 하고 외치었고, 한때는 히틀러가 조국이 없는 유태인들을 축방하고, 진시황(秦始皇)처럼 번문욕례(繁文縟禮)를 빙자해 철학·문학을 불지를 때 이것에 제법 항의를 결의한 문화인들이 일본에도 있지 않았는가? 그들은 지금 무엇을 하고 찍소리도 없는 것인가? 조선인이나 만주인의 경우보다는 그래도 조국이나 저의 동족에의 진정한 사랑과 의견을 외칠 만한 자유와 의무는 남아 있지 않을 것인가? 진정한 문화인의 양심이 아직 일본에 있다면 조선인과 만주인의 불평을 해결은커녕 위로조차 아니라 불평할 줄 아는 그 본능까지 마비시키려는 사이비(似而非) 종교가만이 쏟아져나오고, 저의 민족 문화의 한 발원지(發源地)라고도 할 수 있는 조선의 문화나 예술을 보호는 못할망정, 야만적 관료의 앞잡이가 되어 조선어의 말살과 긴치 않은 동조론(同祖論)이나 국민극(國民劇)의 앞잡이 따위로나 나와 돌아다니는 꼴들은 반세기의 일본 문화란 너무나 허무한 것이 아닌가? 물론 그네들도 양심 있는 문화인은 상당한 수난(受難)일 줄은 안다. 그러나 너무나 태평무사하지 않는가? 이런 생각에서 펀뜻 박수 소리에 놀라는 현은, 차츰 자기도 등단해야 될, 그 만주국 작가보다 더 비극적으로 얼굴의 근육을 경련시키면서 내용이 더 구린 일본어를 배설해야 될 것을 깨달을 때, 또 여태껏 일본 문화인들을 비난하며 있던 제 속을 들여다볼 때 '네 자신은 무어냐? 네 자신은 무엇 하러 여기 와 앉아 있는 거냐?' 현은 무서운 꿈 속이었다. 뛰어도 뛰어도 그 자리에만 있는 꿈속에서처럼 현은 기를 쓰고 뛰듯 해서 겨우 자리를 일어섰다. 일어서고 보니 걸음은 꿈과는 달리 옮겨지었다. 모자가 남아 있는 것도 의식 못하고 현은 모든 시선이 올가미를 던지는 것 같은 회장을 슬그머니 빠져나오고 말았다.

'어찌 될 것인가? 의장 가야마 선생은 곧 내가 나설 순서를 지적할 것이다. 문인보국회 간부들은 그 어마어마한 고급 관리와 고급 군인들의 앞에서 창씨 안 한 내 이름을 외치면서 찾을 것이다!'

위에서 누가 내려오는 소리가 난다. 우선 현은 변소로 들어섰다. 내려오는 사람은 절거덕절거덕 칼 소리가 났다. 바로 이 부민관 식당에서 언젠가 한번 우리 문인들에게, 너희가 황국 신민으로서 충성하지 않을 때는 이 칼이 너희 목을 용서하지 않을 것이다 하던 그도 우리 동포인 무슨 중좌인가 그자인지도 모르는데 절거덕 소리는 변소로 들어오는 눈치다. 현은 얼른 대변소 속으로 들어섰다. 한참 만에야 소변을 끝낸 칼 소리의 주인공은 나가 버리었다. 그러나 그 뒤를 이어 이내 다른 구두 소리가 들어선다. 누구이든 이 속을 엿볼 리는 없을 것이나, 현은, 그 시골서 낚시 질을 가던 길 산등성이에서 순사부장과 닥뜨리었을 때처럼 꼼짝 못하겠다. 변기(便器)는 씻겨 내려가는 식이나, 상당한 무더위와

독하도록 불결한 내다. 현은 담배를 꺼내 피워 물었다. 아무리 유치장이나 감방 속이기로 이다지 좁고 이다지 더러운 공기는 아니리라 싶어 사람이 드나드는 곳치고 용무(用務) 이외에 머무르기 힘든 곳은 변소 속이라 느낄 때, 현은 쓴웃음도 나왔다. 먼 삼층 위에선 박수 소리가 울려왔다. 그리고는 조용하다. 조용해진 지 얼마 만에야 현은 밖으로 나왔다. 그리고 맨머리 바람인 채, 다시 한번 될 대로 되어라 하고 시내에서 그중 동뜬 성북동에 있는 친구에게로 달려오고 만 것이다.

어찌 되었든 현이 서울 다녀온 보람은 없지 않았다. 깔끔하여 인사도 제대로 받지 않으려던 가네무라 순사가 시계를 고쳐다 준 이후로는 제법 상냥해졌고, 우편국장·순사부장·면장 들이 문인 대회에서 전보를 세 번씩이나 쳐서 불러간 현을 그전보다는 약간 평가를 높이 하는 듯, 저의 편에서도 자진해 인사를 보내게쯤 되어 이제는 그들이 보는데도 낚싯대를 어엿이 들고 지나다니게쯤 되었다.

낚시질은, 현이 사용하는 도구나 방법이 동양 것이어서 그런지는 몰라도 역시 동양적인 소견법(消遣法)의 하나 같았다. 곤드레가 그런 듯이 소식 없기를 오랠 때에는 그대로 강 속에 마음을 둔 채 조을고도 싶었고, 때로는 거친 목소리나마 한 가락 노래도 흥얼거리고 싶은 것인데 이런 때는 신시(新詩)보다는 시조나 한시(漢詩)를 읊는 것이 제격이었다.

小縣依山脚 官樓以鍾懸.

觀書啼鳥裏 聽訴落花前.

俸薄稱貧吏 身閑號散仙.

新參釣魚社 月半在江邊.¹

　현이 이곳에 와서 무엇이고 군소리 내고 싶은 때 즐겨 읊조리는
한시다. 한번은 김직원과 글씨 이야기를 하다가 고비(古碑) 이야
기가 나오고 나중에는 심심하니 동구(洞口)에 늘어선 현감비(縣
監碑)들이나 구경 가자고 나섰다. 거기서 현은 가장 첫머리에 선
대산 강진(對山姜溍)²의 비를 그제야 처음 보았고 이조 말(李朝
末) 사가시(四家詩)의 계승자(繼承者)라고 하는 시인 대산이 한
때 이곳 현감으로 왔던 사적을 반겨 놀라지 않을 수 없었다. 그길
로 김직원 댁으로 가서 두 권으로 된 이『대산집(對山集)』을 빌리
어다 보니 중견작은 거의가 이 산읍에 와서 지은 것이며 현이 가
끔 올라가는 만경산(萬景山)이며 낚시질 오는 용구소(龍九沼)며
여조 유신(麗朝遺臣) 허모(許某)가 은둔해 있던 곳이라는 두문동
(杜門洞)이며 진작 이 시인 현감의 시제(詩題)에 오르지 않은 구
석이 별로 없다. 그는 일찍부터 출재산수향(出宰山水鄉) 독서송
계림(讀書松桂林)³의 한퇴지(韓退之)의 유풍을 사모하여 이런 산
수향에 수령 되어 왔음을 만족해한 듯하다. 새 우짖는 소리 속에
책을 읽고 꽃 흩는 나무 앞에서 백성의 시비를 가리는 것이라든
지, 녹은 적으나 몸 한가한 것만 신선이어서 새로 낚시꾼들에게
끼여 한 달이면 반은 강변에서 지내는 것을 스스로 호강스러워

예찬한 노래다. 벼슬살이가 이러할진댄 도연명(陶淵明)인들 굳이 팽택령(彭澤令)을 버렸을 리 없을 것이다. 몸이야 관직에 매였더라도 음풍영월(吟風咏月)만 할 수 있으면 문학이었고 굳이 관대를 끄르고 전원(田園)에 돌아갔으되 역시 음풍영월만이 문학이긴 마찬가지였다.

'관서제조리, 청소낙화전! 이런 운치의 정치를 못 가져봄은 현대 정치인의 불행이라 할 수 있을 것이다. 그러나 다시 이런 운치 정치로 살 수 있는 세상이 올 수 있을 것인가? 음풍영월만으로 소견 못하는 것이 현대 문인의 불행이기도 할 것이다. 그러나 마찬가지로 음풍영월이 문학일 수 있는 세상이 다시 올 수 있을 것인가? 아니 그런 세상이 올 필요나 있으며 또 그런 것이 현대 정치가나 예술가의 과연 흠모하는 생활이며 명예일 수 있을 것인가?'

현은 무시로 대산의 시를 입버릇처럼 읊조리면서도 그것은 한낱 왕조 시대(王朝時代)의 고완품(古翫品)을 애무하는 것 같은 취미요 그것이 곧 오늘 자기 문학 생활에 관련성을 가진 것이라고는 생각되지 않는다.

'그렇다고 나 자신이 걸어온 문학의 길은 어떠하였는가? 봉건 시대의 소견 문학과 얼마만한 차이를 가졌는가?'

현은 이것을 붓을 멈추고 자기를 전망할 수 있는 이 피난처에 와서야, 또는 강대산 같은 전 세대(前世代) 시인의 작품을 읽고야 비로소 반성하는 것은 아니었다. 현의 아직까지의 작품 세계는 대개 신변적인 것이 많았다. 신변적인 것에 즐기어 한계를 둔 것은 아니나 계급보다 민족의 비애에 더 솔직했던 그는 계급에 편

향했던 좌익엔 차라리 반감이었고 그렇다고 일제(日帝)의 조선 민족 정책에 정면 충돌로 나서기에는 현만이 아니라 조선 문학의 진용 전체가 너무나 미약했고 너무나 국제적으로 고립해 있었다. 가끔 품속에 서린 현실자로서의 고민이 불끈거리지 않았음은 아니나 가혹한 검열 제도 밑에서는 오직 인종(忍從)하지 않을 수 없었고 따라 체관(諦觀)의 세계로밖에는 열릴 길이 없었던 것이다.

'자, 이젠 무엇을 어떻게 쓸 것인가? 일본이 망할 것은 정한 이치다. 미리 준비를 하자! 만일 일본이 망하지 않는다면? 조선은 문학이니 문화니가 문제가 아니다. 조선말은 그예 우리 민족에게서 떠나고 말 것이니 그때는 말만이 아니라 민족 자체가 성격적으로 완전히 파산되고 마는 최후인 것이다. 이런 끔찍한 일본 군국주의의 음모를 역사는 과연 일본에게 허락할 것인가?'

현은 아내에게나 김직원에게는 멀어야 이제부터 일 년이란 것을 누누이 역설하면서도 정작 저 혼자 따져 생각할 때는 너무나 정보(情報)에 어두워 있으므로 막연하고 불안하였다. 그러나 파시즘의 국가들이 이기기나 하면 어쩌나 하는 불안은 이내 사라졌다. 무솔리니의 실각, 제이전선의 전개, 사이판의 함락, 일본 신문이 전하는 것만으로도 전쟁의 대세는 이미 결정되어 있었다.

그렇다고 현은 붓을 들 수는 없었다. 자기가 쓰기는커녕 남의 것을 읽는 것조차 마음은 여유를 주지 않았다. 강가에 앉아 '관서제조리 청소낙화전'은 읊조릴망정, 태서 대가들의 역작·명편은 도무지 머릿속에 들어오지 않아, 다시 읽는『전쟁과 평화』를 일년이 걸리어도 하권은 그예 못다 읽고 말았다. 집엔 들어서기만 하면 쌀 걱정, 나무 걱정, 방바닥 뚫어진 것, 부엌 불편한 것, 신발 없는 것, 옷감 없는 것, 약 없는 것, 나중엔 삼 년은 견딜 줄 예산한 집 잡힌 돈이 일 년이 못다 되어 바닥이 났다. 징용도 아직 보장이 되지 못하였는데 남자 육십 세까지의 국민의용대 법령이 나왔다. 하루는 주재소에서 불렀다. 여기는 시달서도 없이 소사가 와서 이르는 것이나 불안하고 불쾌하긴 마찬가지다. 다만 그 불안을 서울서처럼 궁금한 채 내일까지 기다리는 것이 아니라 그 길로 달려가 즉시 결과를 알 수 있는 것만 다행이었다.

주재소에는 들어설 수 없게 문간에까지 촌사람들로 가득하였다. 현은 자기를 부른 일과 무슨 관계가 있나 해서 가만히 눈치부터 살피었다. 농사진 밀·보리는 종자도 남기지 않고 모조리 걷어들여오고 이름만 농가라고 배급은 주지 않으니 무얼 먹고 살라느냐, 밤낮 증산이니, 무슨 공출이니 하지만 먹어야 농사도 짓고 먹어야 머루 덤불도, 관솔도, 참나무 껍질도 해다 바치지 않느냐, 면에다 양식 배급을 주도록 말해달라고 진정하려들 온 것이었다. 실실 웃기만 하고 앉았던 부장이 현을 보더니 갑자기 얼굴에 위엄을 갖추며 밖으로 나왔다.

"오늘은 낚시질 안 갔소?"

"안 갔습니다."

"당신을 경방단에도, 방공 감시에도 뽑지 않은 것은 나라를 위해서 글을 쓰라고 그냥 둔 것인데 자꾸 낚시질만 다니니까 소문이 나쁘게 나는 것이오. 내가 어제 본서에 들어갔더니, 거긴, 어떤 한가한 사람이 있어 버스에서 보면 늘 낚시질을 하니, 그게 누구냐고 단단히 말을 합디다. 인전 우리 일본제국이 완전히 이길 때까지 낚시질은 그만둡시다."

현은,

"그렇습니까? 미안합니다."

하는 수밖에 없었다.

"그리고 당신은, 출정 군인이 있을 때마다 여기서 장행회가 있는데 한 번도 나오지 않지 않았소?"

"미안합니다. 앞으론 나오겠습니다."

현은 몹시 우울했다.

첫 장마 지난 후, 고기들이 살도 올랐고 떼지어 활발히 이동하는 것도 이제부터다. 일 년 중 강물과 제일 즐길 수 있는 당절에 그만 금족을 당하는 것이었다. 낚시 도구는 꾸려 선반에 얹어두고, 자연 김직원과나 자주 만나는 것이 일이 되었다. 만나면 자연 시국 이야기요, 시국 이야기면 이미 독일도 결딴났고 일본도 벌써 적을 오끼나와까지 맞아들인 때라 자연히 낙관적 관찰로서 조선 독립의 날을 꿈꾸는 것이었다.

"국호(國號)가 고려국이라고 그러셨나?"

현이 서울서 듣고 온 것을 한번 김직원에게 이야기한 적이 있다.

"고려민국이랍디다."

"어째 고려라고 했으리까?"

"외국에는 조선이나 대한보다는 고려로 더 알려졌기 때문인가 봅니다. 직원님께서 무어라 했으면 좋겠습니까?"

"그까짓 국호야 뭐래든 얼른 독립이나 됐으면 좋겠소. 그래도 이왕이면 우리넨 대한이랬으면 좋을 것 같어."

"대한! 그것도 이조 말에 와서 망할 무렵에 잠시 정했던 이름 아닙니까?"

"그렇지요. 신라나 고려나처럼 한때 그 조정이 정했던 이름이 죠."

"그렇다면 지금 다시 이왕 시대(李王時代)가 아닐 바엔 대한이란 거야 무의미허지 않습니까? 잠시 생겼다 망했다 한 나라 이름들을 말씀대로 그때그때 조정이나 임금 마음대로 갈었지만 애초부터 우리 민족의 이름은 조선이 아닙니까?"

"참, 그러리다. 『사기』에도 고조선이니 위만조선(衛滿朝鮮)이니 허구 조선이란 이름이야 흠뻑 오라죠. 그런데 나는 말이야……."

하고 김직원은 누워서 피우던 담뱃대를 놓고 일어나며,

"난 그전대로 국호도 대한, 임금도 영친왕을 모셔내다 장가나 조선 부인으루 다시 듭시게 해서 전주 이씨 왕조를 다시 한번 모셔보구 싶어."

하였다.

"전조(前朝)가 그다지 그리우십니까?"

"그립다뿐이겠소. 우리 따위 필부가 무슨 불사이군(不事二君) 이래서보다도 왜놈들 보는 데 대한 그대로 광복(光復)을 해 가지고 이번엔 고놈들을 한번 앙갚음을 해야 허지 않겠소?"

"김직원께서 이제 일본으로 총독 노릇을 한번 가보시렵니까?"

하고 둘이는 유쾌히 웃었다.

"고려민국이건 무어건 그래 군대도 있구 연합국 간엔 승인도 받었으리까?"

"진가는 몰라도 일본에 선전 포고꺼정 허구 군대가 김일성 부하, 김원봉 부하, 이청천 부하 모다 삼십만은 넘는다는 말이 있습니다."

"삼십만! 제법 대군이로구려! 옛날엔 십만이라두 대병인데! 거 인제 독립이 돼 가지구 우리 정부가 환국할 땐 참 장관이겠소! 오래 산 보람 있으려나 보!"

하고 김직원은 다시 담배를 피워 물었다. 그리고 그 피어오르는 연기 속에서 사십만 대병으로 호위된 우리 정부의 복식 찬란한 헌헌장부들의 환상(幻像)을 그려보는 것이었다. 나중에는 감격에 가슴이 벅찬 듯 후 한숨을 쉬는 김직원의 눈은 눈물까지 글썽해 있었다.

그 후 얼마 안 있어서다. 하루는 김직원이 주재소에 불려갔다. 별일은 아니라 읍에서 군수가 경비 전화를 통해 김직원을 군청으로 들어오라는 기별이었다. 김직원은 이튿날 버스로 칠십 리나 들어가는 군청으로 갔다. 군수는 반가이 맞아 자기 관사에서 저녁을 차리고, 김직원에게 이런 말을 하였다.

"왜 지난달 춘천(春川)서 열린 도 유생 대회(道儒生大會)엔 참석하지 않었습니까?"

"그것 때문에 부르셨소?"

"아니올시다. 더 드릴 말씀이 있습니다."

"다 허시지요."

"이왕 지나간 대회 이야기보다도…… 인전 시국이 정말 국민에게 한 사람에게도 방관할 여율 안 준다는 건 나쁜 아니라 김직원께서도 잘 아실 겁니다. 노인께 이런 말씀 드리는 건 미안합니다만 너무 고루하신 것 같은데 성인도 시속을 따르랬다고 대세가 그렇지 않습니다."

"그래서요?"

"이번에 전국 유도 대회(全國儒道大會)를 앞두고 군(郡)에서 미리 국어(國語)와 황국 정신(皇國精神)에 대한 강습이 있습니다. 그러니 강습에 오시는데 미안합니다만 머리를 인전 깎으시고 대회에 가실 때도 필요할 게니 국민복도 한 벌 장만하십시오."

"그 말씀뿐이오?"

"그렇습니다."

"나 유생인 건 사또께서 잘 아시리다. 신체발부(身體髮膚)는 수지부모(受之父母)란 성현의 말씀을 지키지 않구 유생은 무슨 유생이며 유도 대회는 무슨 유도 대회겠소. 나 향교 직원 명예로 허는 것 아니오. 제향 절차 하나 제대로 살필 위인이 없으니까 그곳 사는 후학(後學)으로서 성현께 대한 도리로 맡어온 것이오. 이제 머리를 깎어라, 낙치(落齒)가 다 된 것더러 일본말을 배워라, 복색을 갈어라, 나 직원 내노란 말씀이니까 잘 알아들었소이다."

하고 나와버린 것인데, 사흘이 못 되어 다시 주재소에서 불렀다. 또 읍에서 나온 전화 때문인데, 이번에는 경찰서에서 들어오라는 것이다. 김직원은 그길로 현을 찾아왔다.

"현공? 저놈들이 필시 나한테 강압 수단을 쓸랴나 보."

"글쎄올시다. 아모튼 메칠 안 남은 발악이니 충돌은 마시고 잘 모면만 하십시오."

"불러도 안 들어가면 어떠리까?"

"그건 안 됩니다. 지금 핑계가 없어서 구속을 못하는데 관명 거역이라고 유치나 시켜놓고 머리를 깎이면 그건 기미년 때처럼 꼼짝 못허구 당허십니다."

"옳소. 현공 말이 옳소."

하고 김직원은 그 이튿날 또 읍으로 갔는데 사흘이 되어도 나오지 않았고 나흘째 되던 날이 바로 '팔월 십오일'인 것이었다.

그러나 현은 라디오는커녕 신문도 이삼 일이나 늦는 이곳에서라 이 역사적 '팔월 십오일'을 아무것도 모르는 채 지나버리었고, 그 이튿날 아침에야 서울 친구의 다만 '급히 상경하라'는 전보로 비로소 제 육감이 없지는 않았으나 그러나 여행 증명도 얻을 겸 눈치를 보러 주재소로 갔으되, 순사도 부장도 아무런 이상이 없었을 뿐 아니라 가네무라 순사에게 넌지시, 김직원이 어찌 되어 나오지 못하느냐 물었더니,

"그런 고집불통 영감은 한참 그런 데서 땀 좀 내야죠!"

한다.

"그럼 구금이 되셨단 말이오?"

"뭐 잘은 모릅니다. 괜히 소문내지 마슈."

하고 말을 끊는데, 모두가 변한 것이 조금도 없다.

'급히 상경하라. 무슨 때문인가?'

현은 궁금한 채 버스를 기다리는데, 이날은 버스가 정각 전에 일찍 나왔다. 이 차에도 김직원이 나타나는 것을 보지 못하고 현은 떠나고 말았다.

버스 속엔 아는 사람도 하나 없다. 대부분이 국민복들인데 한 사람도 그럴듯한 기색은 보이지 않는다. 한 사십 리 나와 저쪽에서 들어오는 버스와 마주치게 되었다. 이쪽 운전수가 팔을 내밀어 저쪽 차를 같이 세운다.

"어떻게 된 거야?"

"무에 어떻게 돼?"

"철원은 신문이 왔겠지?"

"어제 방송대루지 뭐."

"잡음 때문에 자세들 못 들었어. 그런데 무조건 정전이라지?"

두 운전수의 문답이 이에 이를 때, 누구보다도 현은 좁은 틈에서 벌떡 일어섰다.

"그게 무슨 소리들이오?"

"전쟁이 끝났답니다."

"뭐요? 전쟁이?"

"인전 끝이 났어요."

"글쎄 그걸 잘 몰라 묻습니다."

하는데 저쪽 운전대에서,

"결국 일본이 지구 만 거죠. 철원 가면 신문을 보십니다."

하고 차를 달려버린다. 이쪽 차도 갑자기 구르는 바람에 현은 펄썩 주저앉았다.

'옳구나! 올 것이 왔구나! 그 지리하던 것이……'

현은 코허리가 찌르르해 눈을 슴벅거리며 좌우를 둘러보았다. 확실히 일본 사람은 아닌 얼굴들인데 하나같이 무심들 하다.

"여러분은 인제 운전수들의 대활 못 들었습니까?"

서로 두리번거릴 뿐, 한 사람도 응하지 않는다.

"일본이 지고 말았다면 우리 조선이 어떻게 될 걸 짐작들 허시겠지요?"

그제야 그것도 조선 옷 입은 영감 한 분이,

"어떻게든 되는 거야 어디 가겠소? 어떤 세상이라고 똑똑히 모르는 걸 입을 놀리겠소?"

한다. 아까는 다소 흥미를 가지고 지껄이던 운전수까지,

"그렇지요. 정말인지 물어보기만도 무시무시헌걸요."

하고 그 피곤한 주름살, 그 움푹 들어간 눈으로 버스를 운전하는 표정뿐이다.

현은 꼬개를 푹 수그렸다. 조선이 독립된다는 감격보다도 이 불행한 동포들의 얼빠진 꼴이 우선 울고 싶게 슬펐다.

'이게 나 혼자 꿈이나 아닌가?'

현은 철원에 와서야 꿈 아닌 경성일보를 보았고, 찾을 만한 사람들을 만나 굳은 악수와 소리나는 울음을 울었다. 하늘은 맑아 박꽃 같은 구름송이, 땅에는 무럭무럭 자라는 곡식들, 우거진 녹음들, 어느 것이고 우러러 절하고 소리지르고 날뛰고 싶었다.

현은 십칠일날 새벽, 뚜껑 없는 모래차에 모래 실리듯 한 사람

틈에 끼여 대통령에 누구, 육군 대신에 누구, 그러다가 한 정거장을 지날 때마다 목이 터지게 독립 만세를 부르며 이날 아침 열시에 열린다는 건국 대회에 미치지 못할까 보아 초조하면서 태극기가 휘날리는 열광의 정거장들을 지나 서울로 올라왔다.

청량리 정거장을 나서니 웬일일까. 기대와는 달리 서울은 사람들도 냉정하고 태극기조차 보기 드물다. 시내에 들어서니 독 오른 일본 군인들이 일촉즉발(一觸卽發)의 예리한 무장으로 거리마다 목을 지키고 경성일보가 의연히 태연자약한 논조다.

현은 전보 쳐준 친구에게로 달려왔다. 손을 잡기가 바쁘게 건국 대회가 어디서 열리느냐 하니, 모른다 한다. 정부 요인들이 비행기로 들어왔는데 어디들 계시냐 하니, 그것도 모른다 한다. 현은 대체 일본 항복이 사실이긴 하냐 하니, 그것만은 사실이라 한다. 현은 전신에 피곤을 느끼며 걸상에 주저앉아 그제야 여러 시간 만에 처음 정신을 가다듬었다. 그리고 이 친구로부터 팔월 십오일 이후 이틀 동안의 서울 정황을 대강 들었다.

현은 서울 정황에 불쾌하였다. 총독부와 일본 군대가 여전히 조선 민족을 명령하고 앉았는 것과 해외에서 임시정부가 오늘 아침에 들어왔다, 혹은 오늘 저녁에 들어온다 하는 이때 그새를 못 참아 건국(建國)에 독단적인 계획들을 발전시키며 있는 것과, 문화 면에 있어서도, 현 자신은 그저 꿈인가 생시인가도 구별되지 않는 이 현혹한 찰나에, 또 문화인들의 대부분이 아직 지방으로부터 모이기도 전에, 무슨 이권이나처럼 재빨리 간판부터 내걸고 서두르는 것들이 도시 불순하고 경망해 보였던 것이다. 현이 더욱 걱정되는 것은 벌써부터 기치를 올리고 부서를 짜고 덤비는 축들이, 전날 좌익 작가들의 대부분임을 알게 될 때, 문단 그 사회보다도, 나라 전체에 좌익이 발호할 수 있는 때요, 좌익이 제멋대로 발호하는 날은, 민족 상쟁 자멸의 파탄을 일으키지 않을까 하는 위험성이었다. 현은 저 자신의 이런 걱정이 진정일진댄, 이러고만 앉았을 때가 아니라 생각되어 그 '조선문화건설중앙협의회'란 데를 찾아갔다. 전날 구인회(九人會) 시대, 문장(文章) 시대에 자별하게 지내던 친구도 몇 있었으나 아닌 게 아니라 전날 좌익이었던 작가와 평론가가 중심이었다. 마침 기초된 선언문(宣言文)을 수정하면서들 있었다. 현은 마음속으로 든든히 그들을 경계하면서 그들이 초안한 선언문을 읽어보았다. 두 번 세 번 읽어 보았다. 그리고 그들의 표정과 행동에 혹시라도 위선적(僞善的)인 데나 없나 엿보기를 게을리 하지 않으며 저윽이 속으로 이상하게 생각하지 않을 수 없었다.

'이들에게 이만큼 조선 사정에 진실한 정신적 준비가 있었던가?'

현은 그들의 태도와 주장에 알고 보니 한군데도 이의(異意)를 품을 데가 없었다. "장래 성립할 우리 정부의 문화·예술 정책이 서고, 그 기관이 탄생되어 이 모든 임무를 수행할 때까지, 우선, 현단계의 문화 영역의 통일적 연락과 각 부문의 질서화를 위하여"였고, "조선 문화의 해방, 조선 문화의 건설, 문화 전선의 통일" 이것이 전진 구호(前進口號)였던 것이다. 좌우를 막론하고 민족이 나아갈 노선에서 행동 통일부터 원칙을 삼아야 할 것을 현

은 무엇보다 긴급으로 생각한 것이요, 좌익 작가들이 이것을 교
란할까 보아 걱정한 것이며 미리부터 일종의 증오를 품었던 것인
데 사실인즉 알아볼수록 그것은 현 자신의 기우(杞憂)였었다. 아
직 이 이상 구체안이 있을 수도 없는 때이나 이들로서 계급 혁명
의 선수를 걸지 않는 것만은 이들로는 주저나 자중이 아니라, 상
당한 자기비판과 국제 노선과 조선 민족의 관계를 심사숙고한 연
후가 아니고는, 이처럼 일견 단순해 보이는 태도나 원칙만에 만
족할 리가 없을 것이었다. 현은 다행한 일이라 생각하고 즐겨 그
선언에 서명을 같이하였다.

　그러나 도시 마음이 놓이지는 않았다. '모든 권력은 인민에게
로' 이런 깃발과 노래만 이들의 회관에서 거리를 향해 나부끼고
울려나왔다. 그것이 진리이긴 하나 아직 민중의 귀에만은 이른
것이었다. 바다 위로 신기루(蜃氣樓)같이 황홀하게 떠들어올 나
라나, 대한이나, 정부나, 영웅들을 고대하는 민중들은, 저희 차례
에 갈 권리도 거부하면서까지 화려한 환성과 감격에 더 사무쳐
있는 때이기 때문이다. 현 자신까지도 '모든 권력은 인민에게로'
가 이들이 민주주의자로서가 아니라 그전 공산주의자로서의 습성
에서 외침으로만 보일 때가 한두 번 아니었고, 위고 같은 이는 이
미 전 세대(前世代)에 있어 '국민보다 인민에게'를 부르짖은 것을
생각할 때, 오늘 우리의 이 시대, 이 처지에서 '인민에게'란 말이
그다지 새롭거나 위험스럽게 들릴 것도 아무것도 아닌 줄 알면서
도, 현은 역시 조심스러웠고, 또 현을 진실로 아끼는 친구나 선배
의 대부분이, 현이 이들의 진영 속에 섞인 것을 은근히 염려하는

202

것이었다. 그런 데다 객관적 정세는 날로 복잡다단해졌다. 임시정부는 민중이 꿈꾸는 것 같은 위용(偉容)은커녕 개인들로라도 쉽사리 나타나주지 않았고, 북쪽에서는 소련군이 일본군을 여지없이 무찌르며 조선인의 골수에 사무친 원한을 충분히 이해해서 왜적에 대한 철저한 소탕을 개시한 듯 들리나, 미국군은 조선 민중의 기대는 모른 척하고 일본인들에게 관대한 삐라부터를 뿌리어, 아직도 총독부와 일본 군대가 조선 민중에게 "보아라 미국은 아직 일본과 상대이지 너희 따위 민족은 문제가 아니다" 하는 자세를 부리기 좋게 하였고, 우리 민족 자체에서는 '인민공화국'이란, 장래 해외 세력과 대립의 예감을 주는 조직이 나타났고, '조선문화건설중앙협의회'와 선명히 대립하여 '프롤레타리아예술연맹'이란, 좌익 문학인들만으로 문화 운동 단체가 기어이 일어나고 말았다.

이 '프로예맹'이 대두함에 있어, 현은 물론, '문협'에서들은, 겉으로는 "역사나 시대는 그네들의 존재 이유를 따로 허락치 않을 것이다" 하고 비웃어버리려 하나 속으로는 '문화 전선 통일'에 성실하면 성실한 만큼 무엇보다 먼저 해결하지 않으면 안 될 당면과제의 하나였다. 현이 더욱 불쾌한 것은 '프로예맹' 선언 강령이 '문협' 것과 별로 다를 것이 없는 점이요, 그렇다면 과거에 좌익 작가들이, 과거에 자기들과 대립 존재였던 현을 책임자로 한 '문학건설본부'에 들어 있기 싫다는 표시로도 생각할 수 있는 점이다. 하루는 우익 측 몇 친구가 '프로예맹'의 출현을 기다리었다는 듯이 곧 현을 조용한 자리에 이끌었다.

"당신의 진의는 우리도 모르지 않소. 그러나 급기야 당신이 거기서 못 배겨나리다. 수포에 돌아가리다. 결국 모모(某某)들은 당신 편이기보단 프로예맹 편인 것이오. 나중에 당신만 지붕 쳐다보는 꼴이 될 것이니 진작 나와 우리끼리 따로 모입시다. 뭣 허러 서로 어성버성한 속에서 챙피만 보고 계시오?"

현은 그들에게 이 기회에 신중히 생각할 여지가 있다는 것만은 수긍하고 헤어졌다. 바로 그 다음날이다. 좌익 대중 단체 주최의 데모가 종로를 지나게 되었다. 연합국기 중에도 맨 붉은 기뿐이요, 행렬에서 부르는 노래도 적기가(赤旗歌)다. 거리에 섰는 군중들은 모두 이 데모에 냉정하다. 그런데 '문협' 회관에서만은 열광적 박수와 환호로 이 데모에 응할 뿐 아니라, 이제 연합군 입성 환영 때 쓸 연합국기들을 다량으로 준비해두었는데, '문협'의 상당한 책임자의 하나가 묶어놓은 연합국기 중에서 소련 것만을 끄르더니 한 아름 안고 가 사층 위로부터 행렬 위에 뿌리는 것이다. 거리가 온통 시뻘개진다. 현은 대뜸 뛰어가 그것을 막았다. 다시 집으러 가는 것을 또 막았다.

"침착합시다."

"침착할 여유가 어디 있소?"

양편이 다 같이 예리한 시선의 충돌이었다. 뿐만 아니라 옆에 섰던 젊은 작가들은 하나같이 현에게 모멸의 시선을 던지며 적기를 못 뿌리는 대신, 발까지 구르며 박수와 환호로 좌익 데모를 응원하였다. 데모가 지나간 후, 현의 주위에는 한 사람도 가까이 오지 않았다. 현은 회관을 나설 때 몹시 외로웠다. 이들과 헤어지더라도 이들 수효만 못지않은, 문학 단체건, 문화 단체건 만들 수 있다는 자신도 솟았다.

　'그러나……

　그러나…….'

　현은 밤새도록 궁리했다. 그 이튿날은 회관에 나오지 않았다.

　'마음이 맞는 친구끼리만? 그런 구심적(求心的)인 행동이 이 거대한 새 현실에서 어떤 결과를 가져올 것인가? 새 조선의 자유와 독립은 대중의 자유와 독립이라야 한다. 그들이 대중 운동에 그처럼 열성인 것을 나는 몰이해는커녕 도리어 그것을 배우고 그것을 추진시키는 데 티끌만치라도 이바지하려는 것이 내 양심이다. 다만 적기만 뿌리는 것이 이 순간 조선의 대중 운동이 아니며 적기 편에 선 것만이 대중의 전부가 아니란, 그것을 나는 지적하려는 것이다. 이런 내 심정을 몰라준다면, 이걸 단순히 반동으로밖에 해석할 줄 몰라준다면 어떻게 그들과 함께 일할 수 있는 것인가?'

　다음날도 현은 회관으로 나가고 싶지 않아 방에서 혼자 어정거리고 있을 때다. 그날 창밖에 데모를 향해 적기를 뿌리던 그 친구가 찾아왔다.

　"현형, 그저껜 불쾌했지요?"

　"불쾌했소."

　"현형? 내 솔직한 고백이오. 적색 데모란 우리가 얼마나 두고 몽매간에 그리던 환상이리까? 그걸 현실로 볼 때, 나는 이성을 잃고 광분했던 거요. 부끄럽소. 내 열 번 경솔이었소. 그날 현형이 아니었드면 우리 경솔은 훨씬 범위가 커졌을 거요. 우리에겐 열 사람의 우리와 똑같은 사람보다 한 사람의 현형이 절대로 필요한 거요."

그는 확실히 말끝을 떨었다. 둘이는 묵묵히 담배 한 대씩을 피우고 묵묵히 일어나 다시 회관으로 나왔다.

그 적색 데모가 있은 후로 민중은, 학생이거나 시민이거나 지식층이거나 확실히 좌우 양파로 갈리는 것 같았다. 저녁이면 현을 또 조용한 자리에 이끄는 친구들이 있었다. 현은 '문협'에서 탈퇴하기를 결단하라는 간곡한 충고를 재삼 받았으나, '문협'의 성격이 결코 그대들이 생각하는 것처럼 어느 한쪽에 편향한 것이 아니란 것을 극구 변명하였는데, 그 이튿날 회관으로 나오니, 어제 이 친구들로부터 전화가 걸려왔다.

"자네가 말한 건 자네 거짓말이거나, 그렇지 않으면 우리가 본대로 자네는 저들에게 이용당하고 있는 걸세. 그 증거는, 그 회관에 오늘 아침 새로 내걸은 대서 특서한 드림을 보면 알걸세."
하고 이쪽 말은 듣지도 않고 불쾌히 전화를 끊어버리는 것이었다. 현은 옆엣사람들에게 묻지도 않았다. 쭈르르 밑엣층으로 내려가 행길에서 사층인 회관의 전면을 처다보았다. 놀라지 않을 수 없었다. 아까 현은 미처 보지 못하고 들어왔는데 옥상에서부터 이 이층까지 드리운, 광목 전폭에다가 '조선인민공화국 절대 지지'란, 아직까지 어떤 표어나 구호보다 그야말로 대서특필한 것이었다. 안전 지대에 그득한 사람들, 화신 앞에 들끓는 군중들, 모두 목을 젖히고 처다보는 것이다. 모두가 의아하고 불안한 표정들이다. 현은 회관 사층을 십 분이나 걸려 올라왔다. 현은 다시 한번 배신(背信)을 당하는 심각한 우울이었다. 회관에서는 '문협'의 의장도 서기장도 아직 나타나지 않았다. '문학건설본부'의 서기장만이 뒤를 따라 들어서기에 현은 그의 손을 이끌고 옥상으로 올라왔다.

"이건 누가 써 내걸었소?"

"뭔데?"

부슬비가 내리는 때라 그도 쳐다보지 않고 들어왔고, 또 그런 것을 내어걸 계획에도 참례하지 못한 눈치였다.

"당신도 정말 몰랐소?"

"정말 몰랐는데! 이게 대체 누구 짓일까?"

"나도 몰라, 당신도 몰라, 한 회관에 있는 우리가 몰랐을 땐, 나오지 않는 의원(議員)들은 더 많이 몰랐을 것이오. 이건 독재요. 이러고 문화 전선의 통일 운운은 거짓말이오. 나는 그 사람들 말 더 믿구 싶지 않소. 인전 물러가니 그리 아시오."

하고 돌아서는 현을, 서기장은 당황해 앞을 막았다.

"진상을 알구 봅시다."

"알아보나마나요."

"그건 속단이오."

"속단해버려도 좋을 사람들이오. 이들이 대중 운동을 이처럼 경솔히 하는 줄은 정말 뜻밖이오."

"그래도 가만있소. 우리가 오늘 갈리는 건 우리 문화인의 자살이오!"

"왜 자살 행동을 하시오?"

하고 현은 자연 언성이 높아졌다.

"정말이오. 나도 몰랐소. 그렇지만 이런 걸 밝히고 잘못 쏠리는 걸 바로잡는 것도 우리가 할 일 아니고 누가 할 일이란 말이오?"

하고 서기장은 눈물이 핑 도는 것이다. 그리고 그 드림 드리운 데로 달려가 광목 한 통이 비까지 맞아 무겁게 늘어진 것을 한 걸음 끌어올리고 반 걸음 끌려내려가면서 닻줄을 감듯 전력을 들여 끌어올리고 있는 것이었다. 현도 이내 눈물을 머금었다.

'그렇다! 나 하나 등신이라거나 이용을 당한다거나 그런 조소를 받는 것이 문제가 아니다. 그런 것에나 신경을 쓰는 건 나 자신 불성실한 표다!'

현은 뛰어가 서기장과 힘을 합치어 그 무거운 드림을 끌어올리었다.

나중에 알고 보니 '문협'의 의장도 서기장도 다 모르는 일이었다. 다만 서기국원 하나가, 조선이 어떤 이름이 되든 인민의 공화국이어야 한다는 여론이 이 회관 내에 있어옴을 알던 차, '인민공화국'이 발표되었고, 마침 미술부 선전대에서 또 무엇 그릴 것이 없느냐 주문이 있기에, 그런 드림이 으레 필요하려니 지레짐작하고 제 마음대로 원고를 써보낸 것이요, 선전대에서는 문구는 간단하나 내용이 중요한 것이라 광목 전폭에다 내려 썼고, 쓴 것이 마르면 으레 선전대에서 가지고 와 달아까지 주는 것이 그들의 책임이라 식전 일찍이 와서 달아놓고 간 것이었다. 아침 여덟시부터 열한시까지 세 시간 동안 걸린 이 간단한 드림은 석 달 이상을 두고 변명해오는 것이며, 그것 때문에 '문협' 조직체가 적지 않은 타격을 받은 것도 사실인 것이다.

그러나 이것을 계기로 전원은 아직도 여지가 있는 자기비판과 정세 판단과 '프로예맹'과 합동 운동을 더 진실한 태도로 착수하기 시작한 것이다.

이미 미국 군대가 들어와 일본 군대의 총부리는 우리에게서 물러섰으나 삐라가 주던 예감과 마찬가지로 미국은 그들의 군정(軍政)을 포고하였다. 정당(政黨)은 누구든지 나타나란 바람에 하룻밤 사이에 오륙십의 정당이 꾸미어졌고, 이승만 박사가 민족의 미칠 듯한 환호 속에 나타나 무엇보다 조선 민족이기만 하면 우선 한데 뭉치고 보자는 주장에 그 속에 틈이 있음을 엿본 민족 반역자들과 모리배들이 다시 활동을 일으키어 뭉치는 것은 박사의 진의와는 반대의 효과로 일제 시대 비행기 회사 사장이 새로 된 것이라는 국립항공회사에도 부사장으로 나타나는 것 같은 일례로, 민심은 집중이 아니라 이산이요, 신념이기보다 회의(懷疑)의 편이 되고 말았다. 민중은 애초부터 자기 자신들의 모든 권익을 내어던지면서까지 사모하고 환상하던 임시정부라 이제야 비록 자격은 개인으로 들어왔더라도 그 후의 기대와 신망은 그리로 쏠릴 길밖에 없었다. 그러나 개인이나 단체나 습관이란 이처럼 숙명적인 것일까? 해외에서 다년간 민중을 가져보지 못한 임시정부는 해내에 들어와서도, 화신 앞 같은 데서 석유 상자를 놓고 올라서 민중과 이야기할 필요는 조금도 느끼지 않고 있었다. 인공(人共)

과 대립만이 예각화(銳角化)되고, 삼팔선(三八線)은 날로 조선의 허리를 졸라만 가고, 느는 건 강도요, 올라가는 건 물가요, 민족의 장기간 흥분하였던 신경은 쇠약할 대로 쇠약해만 가는 차에 탁치(託治) 문제가 터진 것이다.

누구나 할 것 없이 그만 냉정을 잃고 말았다. 여기저기서 탁치 반대의 아우성이 일어났다. 현도 몇 친구와 함께 반탁 강연에 나갔고 그의 강연 원고는 어느 신문에 게재도 되었다.

그러나 현은, 아니 현만이 아니라 적어도 그날 현과 함께 반탁 강연에 나갔던 친구들은 하나같이 어정쩡했고, 이내 후회하지 않을 수 없었다. 탁치 문제란 그렇게 간단히 규정할 것이 아님을 차츰 깨닫게 되었는데, 이것을 제일 먼저 지적한 것이 조선공산당으로, 그들의 치밀한 관찰과 정확한 정세 판단에는 감사하나, 삼상회담 지지가 공산당에서 나왔기 때문에 일부의 오해를 더 사고 나아가선 정권 싸움의 재료로까지 악용당하는 것은 불행 중 거듭 불행이었다.

"탁치 문제에 우린 너머 경솔했소!"

"적지 않은 과오야!"

"과오? 그러나 지금 조선 민족의 심리론 그닥 큰 과오라군 헐 수 없지. 또 민족적 자존심을 이만침은 표현하는 것도 좋고."

"글쎄, 내용을 알고 자존심만 표현하는 것과 내용을 모르고 허턱 날뛰는 것관 방법이 다를 거 아니냐 말이야."

"그렇지! 조선 민족에게 단기만 있고 정치적 통찰력이 부족하다는 게 드러나니 자존심인들 무슨 자존심이냐 말이지."

"과오 없이 어떻게 일하오? 레닌 같은 사람도 과오 없인 일 못한다고 했고 과오가 전혀 없는 사람은 일 안 하는 사람이라 한 거요. 우리 자신이 깨달은 이상 이 미묘한 국제 노선을 가장 효과적이게 계몽에 힘쓸 것뿐이오."

현서껀 회관에서 이런 이야기들을 하고 앉았을 때다. 이런 데는 을리지 않는 웬 갓 쓴 노인이 들어선 것이다.

"오!"

현은 뛰어 마주 나갔다. 해방 이후, 현의 뜻 속에 있어 무시로 생각나던 김직원의 상경이었다.

"직원님!"

"현선생!"

"근력 좋으셨습니까?"

"좋아서 이렇게 서울 구경 왔소이다."

그러나 삼팔 이북에서라 보행과 화물 자동차에 시달리어 그런지 몹시 피로하고 쇠약해 보였다.

"언제 오셨습니까?"

"어제 왔지요."

"어디서 유허셨습니까?"

"참, 오는 길에 철원 들러, 댁에서들 무고허신 것 뵈왔지요. 매우 오시구 싶어들 합디다."

현의 가족들은 그간 철원으로 나왔을 뿐, 아직 서울엔 돌아오지 못하고 있는 것이었다.

"잘들 있으면 그만이죠."

"현공이 그저 객지시게 다른 데 유헐 곳부터 정하고 오늘 찾어 왔지요. 그래 얼마나들 수고허시오?"

"저희야 무슨 수고랄 게 있습니까? 이번에 누구보다도 직원님께서 얼마나 기쁘실까 허구 늘 한번 뵙구 싶었습니다. 그리구 그때 읍에 가서선 과히 욕보시지나 않으셨습니까?"

"하마트면 상투가 잘릴 뻔했는데 다행히 모면했소이다."

"참 반갑습니다."

마침 점심때도 되고 조용히 서로 술회(述懷)도 하고 싶어, 현은 김직원을 모시고 어느 구석진 음식점으로 나왔다.

"현공, 그간 많이 변허셨다구요?"

"제가요?"

"소문이 매우 변허셨다구들."

"글쎄요……."

현은 약간 우울했다. 현은 벌써 이런 경험이 한두 번째 아니기 때문이다. 해방 이전에는 막역한 지기(知己)여서 일조 유사한 때는 물을 것도 없이 동지일 것 같던 사람들이 해방 후, 특히 정치적 동향이 보수적인 것과 진보적인 것이 뚜렷이 갈리면서부터는, 말 한두 마디에 벌써 딴사람처럼 서로 경원(敬遠)이 생기고 그것이 대뜸 우정에까지 거리감(距離感)을 자아내는 것을 이미 누차 맛보는 것이었다.

"현공?"

"네?"

"조선 민족이 대한 독립을 얼마나 갈망했소? 임시정부 들어서

길 얼마나 연연절절히 고대했소?"

"잘 압니다."

"그런데 어쩌자구 우리 현공은 공산당으로 가셨소?"

"제가 공산당으로 갔다고들 그럽니까?"

"자자합디다. 현공이 아모래도 이용당허는 거라구."

"직원님께서도 절 그렇게 생각허십니까?"

"현공이 자진해 변했을는진 몰라, 그래두 남헌테 넘어갈 양반
아닌 건 난 알지요."

"감사헙니다. 또 변했단 것도 그렇습니다. 지금 내가 변했느니,
안 변했느니 하리만치 해방 전에 내가 제법 무슨 뚜렷한 태도를
가졌던 것도 아니구요. 원인은 해방 전엔 내 친구가 대부분이 소
극적인 처세가들인 때문입니다. 나는 해방 후에도 의연히 처세만
하고 일하지 않는 덴 반댑니다."

"해방 후라고 사람의 도리야 어디 가겠소? 군자는 불처혐의간
(不處嫌疑間)입넨다."

"전 그렇지 않습니다. 지금 이 시대에선 이하(李下)에서라고 비
뚤어진 갓(冠)을 바로잡지 못하는 것은 현명이기보단 어리석음입
니다. 처세주의는 저 하나만 생각하는 태돕니다. 혐의는커녕 위
험이라도 무릅쓰고 일해야 될 민족의 가장 긴박한 시기라고 생각
합니다."

"아모튼 사람이란 명분(名分)을 지켜야 헙니다. 우리가 무슨 공
뢰 있소. 해외에서 일생을 우리 민족 위해 혈투해온 그분들께 그
냥 순종해 틀릴 게 조곰도 없습넨다."

"직원님 의향 잘 알겠습니다. 그리고 저도 그분들께 감사하고 감격하는 건 누구헌테 지지 않습니다. 그러나 지금 조선 형편은 대외·대내가 다 그렇게 단순치가 않답니다. 명분을 말씀허시니 말이지, 광해조(光海朝) 때 일을 생각해보십시오. 임진란(壬辰亂) 때 명(明)의 구원을 받았지만, 명이 청태조(淸太祖)에게 시달리게 될 때, 이번엔 명이 조선에 구원군을 요구허지 않았습니까?"

"그게 바루 우리 조선서 대의명분론(大義名分論)이 일어난 시초요구려."

"임진란 직후라 조선은 명을 도와 참전할 실력은 전혀 없는데 신하들은 대의명분상, 조선이 명과 함께 망해버리는 한이라도 그냥 있을 순 없다는 것이 명분파요, 나라는 망하고, 임군 노릇은 그만두드라도 여지껏 왜적에게 시달린 백성을 숨도 돌릴 새 없이 되짚어 도탄에 빠뜨릴 순 없다는 것이 택민파(澤民派)요, 택민론의 주창으로 몸소 폐위(廢位)까지 한 것이 광해군(光海君) 아닙니까? 나라들과 임군들 놀음에 불쌍한 백성들만 시달려선 안 된다고 자기가 왕위를 폐리같이 버리면서까지 택민론을 주장한 광해군이, 나는, 백성들은 어찌 됐든지 지배자들의 명분만 찾던 그 신하들보다 몇 배 훌륭했고, 정말 옳은 지도자였다고 생각합니다. 그리고 또 의리와 명분이라 하드라도 꼭 해외에서 온 이들에게만 편향하는 이유는 어디 있습니까?"

"거야 멀리 해외에서 다년간 조국 광복을 위해 싸웠고 이십칠팔 년이나 지켜온 고절(孤節)이 있지 않소?"

"저는 그분들의 풍상을 굳이 헐하게 알려는 것도 결코 아닙니다. 지역은 해외든 해내든, 진심으로 우리를 위해 꾸준히 싸워온 이면 모두가 다 같이 우리 민족의 공경을 받어 옳을 것이고, 풍상이라 혈투라 하나, 제 생각엔 실상 악형에 피가 흐르고, 추위에 손발이 얼어빠지고 한 것은 오히려 해내에서 유치장으로 감방으로 끌려다니며 싸워온 분들이 몇 배 더했으리라고 생각합니다. 육체적 고초뿐이 아니었습니다. 정신적으로 매수하는 가지가지 유인과 협박도 한두 번이 아니어서, 해내에서 열 번을 찍히어도 넘어가지 않고 싸워낸 투사라면 나는 그런 어른이 제일 용타고 생각합니다."

"현공은 그저 공산파만 두둔하시는군!"

"해내엔 어디 공산파만 있었습니까? 그리고 이번에 공산당이 무산 계급 혁명으로가 아니라 민족의 자본주의적 민주 혁명으로 이내 노선(路線)을 밝혀논 것은 무엇보다 현명했고, 그랬기 때문에 좌우익의 극단적 대립이 원칙상 용허되지 않어서 동포의 분열과 상쟁을 최소한으로 제지할 수 있은 것은 조선 민족을 위해 무엇보다 다행한 일이라고 저는 생각합니다."

"난 그게 무슨 말씀인지 잘 못 알아듣겠소만 그저 공산당 잘못입넨다."

"어서 약주나 드십시다."

"우리야 늙은 게 뭘 아오만……."

김직원은 술이 약한 편이었다. 이내 얼굴이 취기가 돌며,

"어째 우리 같은 늙은 거기로 꿈이 없었겠소? 공산파만 가만있

어주면 곧 독립이 될 거구, 임시정부 요인들이 다 고생허신 보람 있게 제자리에 턱턱 앉아 좀 잘 다스려주겠소? 공연히 서로 싸우는 바람에 신탁 통치 문제가 생긴 것이오. 안 그렇고 무어요?"

하고 저윽이 노기를 띤다. 김직원은, 밖에서는 소련(蘇聯)이, 안에서는 공산당이 조선 독립을 방해하는 것이라 하였다. 이렇게 역사적 또는 국제적인 견해가 없이 단순하게, 독립전쟁을 해 얻은 해방으로 착각하는 사람에겐 여간 기술로는 계몽이 불가능하고, 현 자신에겐 그런 기술이 없음을 깨닫자 그저 웃는 낯으로 음식을 권했을 뿐이다.

　김직원은 그 이튿날도 현을 찾아왔고 현도 그 다음날은 그의 숙소로 찾아갔다. 현이 찾아간 날은,

　"어째 당신넨 탁치받기를 즐기시오?"

하였다.

　"즐기는 게 아닙니다."

　"그러면 즐겁지 않은 것도 임정(臨政)에서 반탁을 허니 임정에서 허는 건 덮어놓고 반대하기 위해서 나중엔 탁치꺼지를 지지헌단 말이지요?"

　"직원님께서도 상당히 과격허십니다그려."

　"아니, 다 산 목숨이 그러면 삼국 외상한테 매수돼서 탁치 지지에 잠자코 끌려가야 옳소?"

　"건 좀 과허신 말씀이구! 저는 그럼, 장래가 많어서 무엇에 팔려서 삼상회담을 지지허는 걸로 보십니까?"

　그 말에는 대답이 없으나 김직원은 현의 태도에 그저 못마땅한

눈치만은 노골화하면서 있었다. 현은 되도록 흥분을 피하며, 우리 민족의 해방은 우리 힘으로가 아니라 국제 사정의 영향으로 되는 것이니까 조선 독립은 국제성(國際性)의 지배를 벗어날 수 없는 것, 삼상회담의 지지는 탁치 자청이나 만족이 아니라 하나는 자본주의 국가요 하나는 사회주의 국가인 미국과 소련이 그 세력의 선봉들을 맞댄 데가 조선이라 국제 간에 공개적(公開的)으로 조선의 독립과 중립성이 보장되어야지, 급히 이름만 좋은 독립을 주어놓고 소련은 소련대로 미국은 미국대로 중국은 중국대로 정치 · 경제 모두가 미약한 조선에 지하 외교를 시작하는 날은, 아마 이조 말(李朝末)의 아관파천(俄館播遷)식의 골육상쟁과 멸망의 길밖에 없다는 것, 그러니까 모처럼 얻은 자유를 완전 독립에까지 국제적으로 보장되는 길을 택할 수밖에 없다는 것, 이왕조(李王朝)의 대한(大韓)이 독립전쟁을 해서 이긴 것이 아닌 이상, '대한' '대한' 하고 전제 제국(專制帝國) 시대의 회고감(懷古感)으로 민중을 현혹시키는 것은 조선 민족을 현실적으로 행복되게 지도하는 태도가 아니라는 것, 지금 조선을 남북으로 갈라 진주해 있는 미국과 소련은 무엇으로 보나 세계에서 가장 실제적인 국가들인 만치 조선 민족은 비실제적인 환상이나 감상(感傷)으로가 아니라 가장 과학적이요 세계사적(世界史的)인 확실한 견해와 준비가 없이는 그들에게 적정한 응수(應酬)를 할 수 없다는 것, 현은 재주껏 역설해보았으나 해방 이전에는, 현 자신이 기인여옥(其人如玉)이라 예찬한 김직원은, 지금에 와서는 돌과 같은 완강한 머리로 조금도 현의 말을 이해하려 하지 않고, 다만 같은 조선 사람인데 '대한'을 비판하는 것만 탐탁치 않았고, 그것은 반드시 공산주의의 농간이라 자가류(自家流)의 해석을 고집할 뿐이었다.

　그 후 한동안 김직원은 현에게 나타나지 않았다. 현도 바쁘기도했지만 더 김직원에게 성의도 나지 않아 다시는 찾아가지도 못하였다.
　탁치 문제는 조선 민족에게 정치적 시련으로 너무 심각한 것이었다. 오늘 '반탁' 시위가 있으면 내일 '삼상회담 지지' 시위가 일어났다. 그만 군중은 충돌하고, 지도자들 가운데는 이것을 미끼로 정권 싸움이 악랄해갔다. 결국, 해방 전에 있어 민족 수난의십자가를 졌던 학병(學兵)들이, 요행 죽지 않고 살아온 그들 속에서, 이번에도 이 불행한 민족 시련의 십자가를 지고 말았다.
　이런 우울한 하루였다. 현의 회관으로 김직원이 나타났다. 오늘시골로 떠난다는 것이었다. 점심이나 같이 자시러 나가자 하니그는 전과 달리 굳게 사양하였고, 아래층까지 따라 내려오는 것도 굳게 막았다. 전날 정리로 보아 작별만은 하러 들렀을 뿐, 현의 대접이나 인사는 긴치 않게 여기는 듯하였다.
　"언제 서울 또 오시렵니까?"
　"이런 서울 오고 싶지 않소이다. 시굴 가서도 그 두문동 구석으로나 들어가겠소."
하고 뒤도 돌아다보지 않고 분연히 층계를 내려가고 마는 것이었다. 현은 잠깐 멍청히 섰다가 바람도 쏘일 겸 옥상(屋上)으로 올라왔다. 미국군의 찝이 물매미 떼처럼 서물거리는 사이에 김직원의 흰 두루마기와 검은 갓은 그 영자 너무나 표표함이 있었다. 현은 문득 청조 말(淸朝末)의 학자 왕국유(王國維)의 생각이 났다. 그가 일본에 와서 명곡(名曲)⁵에 대한 강연이 있을 때, 현도 들으러 간 일이 있는데, 그는 청나라식으로 도야지 꼬리 같은 편발(辮髮)을 그냥 드리우고 있었다. 일본 학생들은 킬킬 웃었으나, 그의 전조(前朝)에 대한 충의를 생각하고 나라 없는 현은 눈물이 날 지경으로 왕국유의 인격을 우러러보았다. 그 뒤에 들으니, 왕국유는 상해로 갔다가 북경으로 갔다가, 아무리 헤매어도 자기가 그리는 청조(淸朝)의 그림자는 스러만 갈 뿐이므로, "綠水靑山不曾改, 雨洗蒼笞石獸間"⁶을 읊조리고는 편발 그대로 곤명호(昆明湖)에 빠져 죽었다는 것이었다. 이제 생각하면, 청나라를 깨뜨린 것은 외적(外敵)이 아니라 저희 민족 저희 인민의 행복과 진리를 위한 혁명으로였다. 한 사람 군주(君主)에게 연연히 바치는 뜻갈도 갸륵한 바 없지 않으나 왕국유가 그 정성, 그 목숨을 혁명을 위해 돌리었던들, 그것은 더 큰 인생의 뜻이요, 더 큰 진리의 존엄한 목숨일 수 있었을 것 아닌가? 일제 시대에 그처럼 구박과 멸시를 받으면서도 끝내 부지해온 상투 그대로, '대한'을 찾아 삼팔선을 모험해 한양성(漢陽城)에 올라왔다가 오늘, 이 세계사(世界史)의 대사조(大思潮) 속에 한 조각 티끌처럼 아득히 가라앉아가는 김직원의 표표한 뒷모양을 바라볼 때, 현은 왕국유의 애틋한 최후를 연상하지 않을 수 없었다.

바람이 아직 차나 어딘지 부드러운 벌써 봄바람이다. 현은 담배

를 한 대 피우고 회관으로 내려왔다. 친구들은 '프로예맹'과 합동
도 끝나고 이번엔 '전국문학자대회' 준비로 바쁘고들 있었다.

복덕방

1 발표지와 『복덕방』본에는 서참의(徐參議)로, 『가마귀』『이태준단편선』에는 서참위(徐參尉)로 되어 있다. 내용상 참위(參尉)가 맞는다.

2 『복덕방』본을 제외한 다른 판본에는 "사백팔십 원요."로 되어 있다.

농군

1 발표지인 『문장』에는 유창권(柳昌權)으로 나온다.

밤길

1 이 작품은 북에서 간행된 『첫전투』본에서는 대폭 개고되었다.

토끼 이야기

1 이초(二樵) 중국 청대 시인이며 화가인 여간(黎簡, 1747~1799)의 호. 광동(廣東)에서 태어났으며, 벼슬길에 나서지 않고 일생을 그림이나 글을 팔고 학생을 가르치며 살았다. 이태준의 수필 「두 청시인 고사」(『무서록』 중에서)에 보면, 추사 김정희가 여간의 시를 높이 평가했으며 이를 통해 여간을 알게 되었다고 쓰고 있다.

해방 전후

1 이 시의 원제는 '협현(峽縣 : 산골짝 고을)'으로, 『대산시집초』 권2의 제43장에
수록되어 있다. 한시를 풀이하면 다음과 같다. 조그만 고을 산자락에 기대 있으
니/관청이라고 경쇠를 매단 듯/새 지저귀는 속에서 책을 읽고/꽃 지는 앞에서 송
사를 듣는다./봉급이 얄팍하여 빈리(貧吏)라 일컫겠으나/몸은 한가로우니 신선
이라 하겠구려./새로 낚시 모임에 참여하니/한 달에 반이나 강가에 나가 있다네.

2 대산 강진(對山姜溍) 조선 후기 순조~철종 때 사람(1807~1858)으로 자는 진여
(進汝), 본관은 진주이며, 대산은 그의 호다. 화가로 이름 높은 표암 강세황(豹菴
姜世晃)의 증손으로 헌종 때 규장각 검서(檢書)를 지냈고 철종 때 안협 현감으로
나간 바 있다. 장지연이 엮은 『일사유사(逸士遺事)』에서는 "자기 증조 표암의 끼
친 법을 본받아 시·서·화 삼절(三絶)로 일컬어졌으나 지체가 한미한 때문에 펼
길을 얻지 못하였다. 그래서 세인이 이를 애석히 여긴다"고 하였다. 정조 때 서자
의 신분으로 문학적인 역량이 탁월했던 이덕무·유득공·박제가 등이 규장각 검
서로 기용된 일이 있었는데, 강진이 검서로 뽑힌 것도 이와 같은 경우가 아닌가
한다. 작품에서 사가시(四家詩)를 계승했다 한 것도 그가 규장각 검서를 역임한
때문이다. 『대산집』은 원제는 '대산시집초(對山詩集鈔)'로 4권 2책인데 고종 5년
(1868)에 간행된 것이다. 작중에 언급된 내용이 실제로 이 시집에 수록되어 있다.

3 출재산수향(出宰山水鄕) 이 시는 중국 당(唐)의 문학가 한유(韓愈)가 지방의 수령
으로 나가는 사람에게 지어준 것이다. 出宰山水鄕 讀書松桂林—산수 좋은 고장
에 고을살이 나가니, 송·계(松桂)의 숲에서 책을 읽으리.

4 원고에는 '사십만'으로 되어 있으나, 오식으로 여겨 '삼십만'으로 고쳤다.

5 명곡 명대의 희곡을 가리키는 듯하며, 왕국유에겐 『송원희곡사(宋元戱曲史)』라는
명저가 있다.

6 녹수청산~ "푸른 산 푸른 물은 옛 그대로 변하지 않고/비는 석수상의 이끼를 씻
는구나"라는 뜻인데, 세상은 변했으되 불변하는 것이 있다는 의미.

인공적 글쓰기와 현실적 글쓰기
─ 이태준의 경우

김윤식

1. 성좌(星座)로서의 이태준 문학

우리 근대 문학의 애호가라면 상허 이태준(1904~1960?)의 단편 「복덕방」(1937)이나 「달밤」(1933)쯤은 기억하고 있을 것이며 좀 더 적극적인 독자라면 「불우 선생」(1932), 「패강랭」(1938), 「농군」(1939)을 떠올릴 법하며, 문학사적 안목을 갖추고자 애쓴 사람이라면, 「까마귀」(1936, 발표 당시 「가마귀」)와 더불어 글쓰기의 전범을 보이고자 한 『문장강화』(1940)에 매료되었을지도 모른다. 그러나 만일 근대 문학의 성립이, 국민 국가를 전제로 한 언어 곧 국어(국가어)에서 출발된다는 점을 알아차리고, 근대 문학이 그러기에 근대 국가와 분리 불가능함을 공부해본 사람이라면, 조선문학가동맹 제정 1946년도 제1회 해방기념조선문학상 수상작인 「해방 전후」(1946)나 「첫전투」(1948)에 주목했을 터이다. 이런 네 가지 층위가 유기적으로 얽혀 있겠지만 그렇다고 해서 분리시켜 음미할 수 없다고는 할 수 없다. 분리시켜 음미함에서 얻어지는 이점이 있다면 아마도 제시된 논점의 부각이 용이하다는 데 있지 않을까 싶다. 이 방법은, 이효석과 더불어 이 나라 단편의 전범을 보인 작가로 평가되는 이태준이 일찍이 사용했던 것이기도 하다.

"단편이란 소설 형태 중에서 인물 표현을 가장 경제적이게, 단편적(斷片的)이게 하는 자라 생각하면 고만이다. 인물, 행동, 배경이 전체적으로 균등하게 취급하는 것이 아니라 인물이면 인물에만 치중하고, 행동이면 행동, 배경이면 배경에 강조해서 단일적인 효과를 거두는 것이 단편의 약속이다.

단일적이게 어느 한 가지가 강조되도록만 구상을 한쪽으로 치우치게 해가지고 시간과 공간을 되도록 절약하는 것이다."(『무서록』, 박문서관, 1941, pp. 92~93)

인물 표현이 소설 문학의 겨냥한 목표라면 그것의 세부 항목엔 인물·행동·배경이 들 것이며, 이들을 균등하게 취급하는 것이 아니라 어느 한쪽을 강조함에서 마침내 단일 효과가 획득된다는 것. 이태준 문학은 이 기틀 위에서 이루어졌다고 범박하게 말해질 수 있다. 이러한 규정은 물을 것도 없이 이태준 문학 이해의 실천적 장(場)이겠거니와, 이 실천적 장을 다루기 위해서는, 그것에 앞서는 위치 확정이랄까 서 있는 자리랄까, 좌우간 선험적이라 말해도 좋을 대전제의 확인이 요망되기 마련이다. 한마디로 요약될 수 있을 만큼 그 대전제는 뚜렷한바, 일제 식민지 통치 밑에서의 조선 문학이라는 인식이 그것이다.

일제의 통치 아래서 전개된 조선 문학이란 과연 어떻게 규정될 수 있을까를 이 대전제가 새삼 묻고 있다고 한다면 그것은 과연 어떤 형편일까. 조선어로 하는 문학인 만큼 당연히도 그것은 식민지 문학이 아니라 조선의 국민 국가를 전제로 한 조선 문학이 아닐 수 없다. 말을 바꾸면 조선의 근대 문학은 조선어학회 사건 (1942. 10) 이전까지는, 엄연히 독립국(국민 국가)의 문학이었다. 일제 통치부는, 당초부터 조선 문학을 식민지 체제에서 제외시켰기 때문에, 이때까지 조선 문학은 식민지화된 바 없었다. 일제가 조선 문학까지 식민지 체제 밑에 편입시키고자 한 것은 조선어학회 사건에서 8·15까지 약 세 해에 지나지 않는다는 사실이야말로 이 시대의 우리 문학 이해의 대전제가 아닐 수 없다.(졸저, 『일제말기 한국작가의 일본어 글쓰기론』, 서울대출판부, 2003)

『무정』(1917)의 필자도 『삼대』(1931)의 작가도 카프 작가들도 그러했고, 이태준으로 대표되는 소위 구인회(1933~1936) 문학도 그러했다. 행정·금융·토지·교육 등등의 각종 제도들이 식민지 밑에 편입된 조선이지만 그중 문학만은 독립성을 갖고 있었던 시대에서 작가 이태준은 다음 두 가지 점에 유의하고 있었음이 잘 드러나 있다.

(1) "민족과 운명을 같이하는 우리 민족의 최초요 최후의 문화인 조선어의 명맥을 끝까지 사수하기에 적당한 사람은 적든 많든 민중을 가졌고 기록을 남기는 우리 문학가들이었던 것이다."(『상허문학독본』, 백양당, 1946, pp. 75~76)

(2) "현재 조선에서도 단편은 모든 작가들의 예술을 대표하고 따라서 조선 문학을 대표하는 자라 하여도 과언이 아닐 정도다." (『무서록』 p. 94)

문학가야말로, 민족(국민 국가)의 운명을 같이하는, 따라서 국민 국가의 대변자라는 자의식에서 출발한다는 것의 인식이 (1)이라면 (2)는 그 중심에 단편이 놓인다는 것. 시라든가 희곡, 장편, 수필 등등도 그런 범주에 응당 들 수 있겠지만, 그 '예술성'의 밀도랄까, 성취도랄까 전개 과정의 실상에 있어서라면, 단연 단편 형식이어야 한다는 것이 작가 이태준의 생각이었던 것이다. 이러한 이태준식 인식이 과연 타당하냐의 여부는, 별개의 논의를 가능케 하는 것이겠지만, 이것이 이태준 문학의 이해에 대한 한 가지 지표임엔 틀림없다고 할 것이다.

한국 근대문학사를 문제 삼을진댄 이태준 외에도 많은 성좌들이 있다. 그중 이태준 문학도 하나의 성좌임엔 틀림없고, 더구나 대형 종합 문예지 『문장』(1939~1941)의 주재자, 또 구인회의 좌장 격, 또 조선문학가동맹(집행부)의 부위원장의 위치에 놓인 이태준임을 염두에 둘 뿐만 아니라, 글쓰기의 당대적 전범을 보인 『문장강화』의 저자임을 고려에 넣는다면, 위에서 보인 (1)과 (2)는 가장 문제적인 항목이 아닐 수 없게 된다. 소설이어야 한다는 것, 그 예술성의 깃든 곳이 단편이라는 사실이 그것. 따라서 이태준의 단편이 어쩌면 한국 소설이 도달한 예술성의 최초 경지의 하나라는 것, 그러기에 이태준 단편집 모음이란, 다른 어느 성좌와도 변별되는 그 특유의 빛을 뿜어내고 있다는 것, 적어도 이러한 인식을 물리치기 어렵게 되어 있다. 이 글이 겨냥한 데는 이태준의 단편의 특질과 그것이 어째서 국민 국가의 언어로 씌어진 한국 근대 문학의 형성 과정에 관여되었는가를 거칠게나마 밝혀보고자 함에 놓여 있다.

2. 예술성·인공성·세련성의 근거

연보에 따르면, 개화파를 아버지로 한 이태준은 1904년 강원도 철원에서 태어나 일찍 고아로 자랐고 가람 이병기가 스승으로 있고 정지용·박종화 등이 상급생으로 있는 휘문고보에 들고, 학예부장으로 활동했고, 동맹 휴학에 관련, 4학년 적에 퇴학당했고 (1924) 도일하여 가톨릭계 조치 대학(上智大學) 예과에 들었으나 중퇴했고, 귀국한 것은 1927년으로 되어 있다.(민충환씨의 고증에 따름. 기타 고증도 민씨의 선구적 업적에 따름.) 일본에 있을 때 단편 「오몽녀」(1925)로 문단에 이름을 올렸으며 개벽사, 중외일보, 조선중앙일보 학예부 기자로 활동하면서 창작에 몰두했다. 이 기간 동안을 이태준의 문학적 활동의 제1기라 할 수 있다면 그 특징적인 것은 어디에 놓여 있을까. 이 물음에 맨 먼저 연상되는 것은 일본 유학 체험(1924~1927)일 것이다. 감수성 민감한 20대 초반의 조선 청년이 종주국의 수도 도쿄(東京)에서 공부한 것이 다름 아닌 근대 문학이고 보면 또 그것은 일본의 근대 문학이 아니면 안 되었을 터이다. 그가 일본의 근대 문학을 어떻게 수용했고 또

이로써 어떻게 자기 창작의 자양분을 삼았는가를 알아볼 수 있는 제일등 자료는, 언제나 그가 쓴 글(작품)일 수밖에 없다.

그의 글 중, 도쿄 시절의 생활 단면을 보여준 것을 먼저 검토해보기로 한다.

"작년. 때는 어느 이른 봄날이었다. 일모리역(日暮里驛) 건너편 동산에는 이우러지는 춘(椿)나무꽃이 바람에 휘날리어 길을 붉게 덮혔다. 도향은 걸음을 멈추고 앞서 가던 나를 불렀다. 그 하얗게 질린 얼굴은 지금도 기억한다. 그는 자기 앞에 떨어진 꽃잎보다도 더 붉은 핏덩어리 하나를 굽어보고 섰던 것이다. 기침 한번을 다시 지어 하더니 또 하나를 배앗터놓았다.

'언제부터?'

'이게 첨이야.'

우리는 말없이 다시 걸었다.

그로부터 전차를 탔을 때나 박의 집까지 가는 동안 나는 의식적으로 그와 간격을 지은 것이 지금 생각하면 미안하고 후회나는 일이다."(이태준, 「도향 생각 몇 가지」, 『현대평론』, 1927. 8, p. 24)

나도향, 김지원과 더불어 한 방에 머물며 적빈 속에서 문학을 공부하던 이태준의 내면 풍경을 위 기록에서 조금은 읽어낼 수 있다. 폐결핵의 도향과 문학이란 무엇일까. 또 그 폐결핵을 피하고자 한 이태준의 '미안하고 후회되는 마음'은 무엇일까. 이 두 가지 물음은 만일 단편 「까마귀」를 그의 중요 작품으로 본다면 그것의 해명에 한 가지 지표라 할 수 있다. 단편집 『까마귀』의 머리말에서 작가는 이렇게 적었음에 먼저 주목하기로 한다.

"그간 장편도 몇 쓴 것이 있다. 그러나 나는 이 적은 작품들에게 더 애정을 느낀다. 저널리즘과의 타협이 없이, 비교적 순수한 나대로 쓴 것이 이 단편들이기 때문이다. 내가 쓰고 싶은 것을 내가 쓰고 싶은 때에, 내가 쓰고 싶은 투로 쓰는 것은 나의 생활에서 가장 즐겁고, 가장 안전하고 가장 신성한 일이기도 하다."

가장 즐겁고 안전하고, 또 가장 신성한 일이 단편 쓰기라는 것, 이 고백만큼 결정적인 것은 적어도 이 무렵까지의 이태준에 있어서는 거의 없다 해도 결코 지나친 지적일 수 없다. 단편이란, 가장 즐겁고도 안전할 뿐 아니라 '신성한 일'이라 함은 따져보면 문학을 하나의 예술로 보고 그중에서도 단편이 거의 종교의 범주에까지 올려져 있기 때문이다. 이러한 현상은 단지 이태준 개인의 취향이었을까 혹은 당대의 어떤 정신적 분위기의 일종이었을까. 만일 전자라면 이태준론의 한 부분에 멈출 성질의 것이겠으나 만일 그것이 후자에 관련된 사항이라면 이태준론은 이 시대를 재는 한 가지 문학사적 사건성에 속하게 될 터이다. 이 점을 알아보기 위해서는 일본이 감행한 근대화의 지향성에 눈을 던져볼 필요가 있다.

후진국 일본이 근대화의 이념을 서양 중에서는 후진국에 속하는 독일(신칸트 철학)의 정신계에 두었다는 것, 또 교육의 목표를 입신출세주의에 놓았다는 점이 먼저 음미될 수 있다.(사쿠라이 테츠오〔櫻井哲夫〕, 『근대의 의미』, NHK BOOK, 1984, pp. 178~179) 신칸트 철학에서 고려된 사항은, 정신적·문화적·예술적 가치 지향성이었으며, 따라서 문학이나 예술의 중요성이 크게 강조된 것이었다. 교육에 있어서도 서양의 예술이 다른 어느 영역 못지 않게 작용되었다. 이른바 『시라카바(白樺)』지의 군림이 이를 잘 말해준다. 근대 국가 형성에 참여한 지식인들이 관료로 되었고, 따라서 정치적 실세였다면, 이에 참여하지 못한 또 다른 지식인 부류들이 나아갈 길은 어떠했던가. 그들은 대부분 비판적 세력인 저널리즘 주변에 둥지를 틀고 자기 세계를 모색함으로써 [……] 정치적 세력과 맞서고자 했다.(이토 히토시〔伊藤整〕, 『소설의 인식』, 신초오분고〔新潮文庫〕, 1958, pp. 180~181) 식민지 청년들에 있어 이러한 일본 근대의 정신적 분위기만큼 매력적인 것은 많지 않았다. 더욱이 고아와 다름없는 이광수나 이태준에 있어서는, 매달릴 곳이 가장 손쉬운 붓 한 자루로 가능한 문학 쪽이었고, 따라서 문학이란 입신출세주의의 목표가 아니면 안 되었다. '신성함'의 근거가 여기에서 온다.

이러한 '신성함'은 이 지상적인 것이 아님에 주목할 것이다. 그것이 죽음과 맞물려 있기에 지상적일 수 없으며, 동시에 에로스와 맞물려 있기에 또한 지상적일 수밖에 없는 것이기도 하다. 에로스eros와 타나토스tanatos의 양가성에 신성함의 근거가 가로놓여 있었다. 이를 당대적으로 대표하는 표상이 이른바 폐병(TB)이다.

"폐병! 그는 온전한 남의 일 같지 않게 마음에 쓰였다. 그렇게 예모 있고 상냥스러운 대화를 지껄일 수 있는 아름다운 입술이 악마 같은 병균을 발산하리라는 사실은 상상만 하기에도 우울하였다."(「까마귀」)

늘 괴벽한 문체를 고집하는 독신의 청년 작가의 시골 집필실에 모던한 미녀가 나타났고, 두 사람의 만남과 대화를 통해 죽음과 미의 존재 방식의 어떠함을 그린 작품 「까마귀」가 보여주는 것은 다음 세 가지로 분석된다.

첫째, 결핵이란 이 지상적인 것이 아니라는 것. "머리는 틀어올리었고 저고리는 노르스름한 명주빛인데 고동색 스웨터를 아이 업듯 두 소매는 앞으로 늘어뜨리고 등에만 걸치었을 뿐, 꽤 날씬한 허리 아래엔 옥색 치맛자락이 부드러운 물결처럼 가벼운 주름살을 일으키"는 그런 여인과 폐결핵은 등가인 것이다.

둘째, 그것이 지상적일 수 없는 것은 죽음에 직결된다는 것. 여인의 각혈을 반 컵이나 들이켠 애인을 가졌지만 죽음 앞에서는 속수무책이었다. 신성함의 근거가 여기에서 온다.

셋째, 이 점이 중요한데, 글쓰기의 기원이 현실에 있지 않고 '책' 속에 있다는 것. 「까마귀」의 기원은 E. A. 포의 걸작 「까마귀」에서 왔다. 지라르의 논법을 빌리면, 먼저 포의 책(작품)이 있고 그것이 이태준으로 하여금 한 가지 공상을 만들어 전화시킨 것이다.(R. 지라르, 「낭만적 허위와 소설적 진실」, 졸역, 『소설의 이론』, 삼영사) 『돈키호테』의 진짜 제자는 세르반테스가 아니고 중세 기사 아미다스라 함과 같은 이치이다.

작품 「까마귀」로 이태준 문학을 대표시킬 때 표상되는 것은 '문학＝단편＝신성한 것'으로 정리될 수 있다. 이 도식의 또 다른 표현이 '폐병'이다. 이 경우 폐병이란 육체의 병이라든가 실제의 현상이 아니라 일종의 은유에 지나지 않는다. 결핵이 거의 어쩔 수 없는 죽음의 원인으로 인식된 시대를 18, 19세기로 본다면 이는 대략 낭만주의적 문인들의 융성기에 겹쳐진다. 그들은 새로운 각도에서 죽음의 품성을 높임에 결핵을 사용했다. 곧 저급한 육체를 해체하여 인격을 정신화시키기 위해 결핵을 이용했다. 결핵을 둘러싼 공상을 통해 죽음을 미화한 것이다.(수전 손탁, 『은유로서의 병』, 미즈스 서방, p. 28)「까마귀」가 지닌 이러한 성격들이 이른바 이태준 문학의 인공적 측면이다. 그것이 문체의 세련성을 동반했기에 마침내 세련성을 얻어낼 수 있었다. 이러한 문체상의 세련성을 주변에서는 '미의식'으로 파악했다면 작가 자신은 망설임도 없이 '신성한 일'로 인식했다. 미의식＝세련성＝단편예술성의 도식이 성좌모양 식민지 창공을 빛내고 있었다.

3. '생활'에서 한없이 벗어나기

단편 「장마」(1936)를 문인 단체 구인회와 분리시켜 논의한다면 그 작품성에서 다소 멀어지기 쉽다. 일본식 사소설의 글쓰기 방식과 여러모에서 닮아 있기에 특히 그러하다. 일본 근대 소설의 수준을 염두에 둘 때 이태준의 이러한 사소설적 글쓰기의 방식은 아직도 거칠고 직설적인 쪽으로 기울어진 당대 조선적 글쓰기와 비교해질 때 그 의의가 한층 뚜렷해질 수 있다.

구인회란, 문학사적으로는 정지용 · 김기림 · 이태준 · 이효석 · 박태원 · 이상 · 박팔양 · 김유정 · 김환태 등 9인의 모임이며 친목 단체라 불리기도 했으며 겉으로 내건 명분은 계급주의의 공리주의적 문학관에 반대하여 순수 문학관을 표명하는 것으로 되어 있다.

동인지 『시와 소설』(1936) 한 권이 있을 뿐이지만 이들이 당대 저널리즘의 대부분을 쥐고 있었던 만큼 문단의 제일 중심적 세력권을 형성했던 것이어서, 이 무렵의 문학 논의란 이들을 떠나서는 공허해지기 쉽다. 카프 문학이 물러난 마당이기에 이른바 문단 실세인 까닭이다. 그렇다면 이 구인회의 어떤 성격이 이 시대의 문학적 흐름을 가늠케 했을까. 이 물음이야말로 결정적인바, 그 해답은 「소설가 구보씨의 일일」(1934)의 구보 박태원, 「날개」(1936)의 이상, 그리고 「장마」(1936)의 이태준 속에 고스란히 들어 있다. 특히 구인회의 좌장 격인 이태준인지라 구인회의 성격 규명은 문학사적 과제라 할 것이다.(조용만, 『구인회 만들 무렵』, 정음사, 1984)

(A) "오래간만에 넥타이를 매느라고 거울을 들여다보았더니 수염이 마당에 잡초와 같이 무성하다. 〔……〕 링컨과 같은 구레나룻을 가진 이상(李箱)의 생각이 난다. 사내 얼굴에는 수염이 좀 거칠어서 야성미를 띠어보는 것도 좋은 화장일지 모른다. 그러나 내 수염은 좀 빈약하다. 사진을 보면 우리 아버지는 꽤 긴 구레나룻이셨는데 아버지는 나에게 그것을 물리지 않으셨다.

아직 열한 점, 그러나 낙랑(樂浪)이나 명치제과(明治製菓)쯤 가면, 사무적 소속을 갖지 않은 이상이나 구보(仇甫) 같은 이는 혹 나보다 더 무성한 수염으로 커피잔을 앞에 놓고, 무료히 앉았을는지도 모른다. 그러다가 내가 들어서면 마치 나를 기다리기나 하고 있었던 것처럼 반가이 맞아주는지도 모른다. 그리고 요즘 자기들이 읽은 작품 중에서 어느 하나를 나에게 읽기를 권하는 것을 비롯하여 나의 곰팡이 슨 창작욕을 자극해주는 이야기까지 해줄는지도 모른다." (「장마」)

(B) "오늘은 그러나 구보는 그의 귀를 기울이지 않으면 안 된다. 벗은, 요사이 구보가 발표하고 있는 작품을 가리켜 작자가 그의 나이 분수보다 엄청나게 늙었음을 말했다. 그러나 그뿐이면 좋았다. 벗은 또 작자가 정말 늙지는 않았고 오직 늙음을 가장하였을 따름이라고 단정하였다. 혹은 그럴지도 모른다. 구보에게는 그러한 경향이 있었을지도 모른다. 그리고 다시 돌이켜 생각하면, 그것이 오직 가장에 그치고 그리고 작자가 정말 늙지 않았음은 오히려 구보가 기대하여 마땅할 일일께다." (박태원, 「소설가 구보씨의 일일」)

(C) "커피. 좋다. 그러나 경성역 홀에 한 걸음을 들여놓았을 때 나는 내 주머니에는 돈이 한푼도 없는 것을 그것을 깜빡 잊었던 것을 깨달았다. 나는 어디선가 그저 맥없이 머뭇머뭇 하면서 어쩔 줄을 모를 뿐이었다. 얼빠진 사람처럼 이리 갔다 저리 갔다 하면서 [……] 나는 어디로 어디로 디립다 쏘다녔는지 하나도 모른다. 다만 몇 시간 후에 내가 미쓰꼬시 옥상에 있는 것을 깨달았을 때는 거의 대낮이었다." (이상, 「날개」)

구인회로 표상되는, 이른바 예술파의 문학적 행위가 어떤 성격을 갖는가를 (A)(B)(C)에서 확연히 엿볼 수 있다. 이태준도 박태원도 이상도 무엇보다 '생활'을 갖고 있지 않다. '생활'을 갖고 있지 않음이란 일상적 삶과 무관하거나 분리되었음을 가리킴이다. 작품이란, 그러니까 예술이란 '생활'에서 유리되었을 때 비로소 탄생한다는 사실을 아주 노골적으로 보여준 것이 「소설가 구보씨의 일일」이라면 이를 극단적인 형식으로 보여준 것이 「날개」이며 그 중간 형태에 속한 것이 「장마」라 할 것이다. 당대의 비평가 최재서가 리얼리즘(글쓰기)의 확대에 「소설가 구보씨의 일일」을, 그 심화에 「날개」를 놓고 논했음은 이 점을 가리킴이라 할 것이다.(「리얼리즘의 확대와 심화」, 1936) '생활'이 없다 함은 새삼 무엇인가. 직장이나 가정이 없을 뿐만 아니라 있더라도 오직 글쓰기 위해서만 있어야 하는 상황에 자기를 놓지 않으면 글쓰기란 당초 불가능하다는 생각에서 나온 글쓰기를 일러 '사소설'이라 한다. 심경 소설이라든가 자기를 소재로 한 글쓰기와 사소설은 이 점에 크게 구분된다. '사소설'이란, 인공적인 글쓰기라는 것, 그러니까 '놀이'의 일종이라는 것, 생활=현실과 무관하면 할수록 투명·순수해진다는 것, 적어도 이런 원칙 위에서 씌어지는 것이기에 거기에는 당연히도 독자적인 법칙이 있게 마련이다. '생활'이 지닌 가치관과는 별개의 가치관을 가져야 함이 그것이다. 이를 일러 구도 정신으로서의 예술성이라 할 것이다.(『현대일본문학사전』, 메이지 서원〔明治書院〕, 1968, p. 1297)

이 예(藝)의 정신을 문제 삼음에서 주목되는 구인회적 성격이 모더니즘적 감각이다. 도시 중심의 자본주의적 온갖 현상들이 식민지 수도인 서울(경성)에도 어김없이 들이닥쳤다. 카페, 다방,

극장, 화신백화점, 미쓰꼬시 백화점 등과 전차, 버스가 등장했고, 30년대 초의 경제 공황과 더불어 실직자의 사태를 가져온 현실에서 '생활'을 갖지 못한 한 묶음의 지식층이 있었다. 이들이 글쓰기에 나아감이란 거리의 '산책자'(보들레르, 벤야민의 용어) 묘사이거나, 백화점 옥상에서 내려다보며 일으키는 현기 증세의 보여줌에 있었다. 이러한 새로운 글쓰기란, 종래의 현실(생활)에 바탕을 둔 이념적 리얼리즘적 글쓰기와 견줄 때, 백화점 진열장만큼 난해하지 않을 수 없었다. 이 난해성의 근거는 당연히도 인공적 글쓰기의 고도한 기교에서 왔다. 원래 모더니즘 예술이란, 선진국에서는 그들 사회의 현실적 반영이었을 터이다. 일본서 공부한 식민지 작가 이태준·박태원 등이 일본을 통해 획득한 기교 및 문체란 현란한 고도의 것이지만, 식민지 서울의 시골이 지닌 현실의 빈곤성(촌스러움)에 절망하지 않으면 안 되었을 터이다. 이 난관을 돌파하는 유일한 방도란 무엇이었을까. 현실(생활)과 동떨어진 문체의 독자적 현란함의 창출이었다. 인공적 문체의 밀도로써 식민지 현실의 초라함과 균형을 맞출 수가 있었다. 식민지 더블린의 빈궁상을 고도의 문체로 그린 조이스의 『율리시스』(1923)도 이글턴의 지적대로 이런 범주에 들 것이다.(졸고 「날개의 생성과정론」, 『한국현대문학비평사론』, 서울대출판부, 2000) 이러한 글쓰기의 한중간에 작가 이태준의 위치가 놓여 있었다. 말을 바꾸면 이태준은 「날개」 쪽으로도, 「소설가 구보씨의 일일」 쪽으로도 마음만 먹으면 이동해갈 수 있음을 가리킨다.

4. 인물 내려다보기, 나란히 보기, 함께 되기

구인회가 인공적 문체로써 현실에 대응되는 미학을 이룩하고자 했다면, 이 방법론의 양극단을 보여준 것이 「소설가 구보씨의 일일」「천변풍경」(1936)과 「날개」이다. 이 점을 지적하고 그 이유를 논의한 것이 최재서의 고명한 평론 「리얼리즘의 확대와 심화」임을 앞에서도 잠시 보였거니와, 이 평론 속에서는 「장마」가 놓일 자리는 비어 있을 수밖에 없다. 양극단이 아니라 그 한중간에 「장마」가 놓여 있다는 사실은, 다르게 말해, 작가 이태준의 또 다른 가능성을 지시함이라 할 것이다. 구인회의 좌장 격이었고, 그 명칭 발안자이기도 한 이태준은 구인회를 떠나서도 따로 자기 자리가 마련되어 있을 만큼 민첩하고도 강력한 작가였다. 그 민첩성은 "冊만은 '책'보다 冊으로 쓰고 싶다"에서 제일 잘 드러났으며 그 강력성은 단편 「복덕방」(1937)에서 뚜렷이 드러났다. 이 민첩성과 강력성의 당대적 현실 속에서 작동된 최고의 형식이 이른바 이태준식 세련성이라 할 것이다.

먼저 강력성부터 보기로 한다. 「복덕방」에는 세 인물이 등장한다. 구한국 군인 참위 벼슬까지 한 서참위가 복덕방을 경영하고 있고, 여기에 모여드는 두 인물이 있는바, 신식 댄서인 딸을 가진 안초시, 대서업을 하기 위해 일본어를 독습하는 박씨가 그들. 우선 이 작품의 등장인물이 몰락한 노인들임에 주목할 것이다. 급변하는 시대에 대응하지 못한 이들 인물에게도, 세속적 원칙은 있는 법이다. 곧 '세상은 먹고살기 마련'이라는 것. 이 3인행 중 '세상은 먹고살기 마련'의 법칙에서 벗어난 인물이 안초시이다.

안초시의 죽음을 통해 이 법칙이 틀림없이 지켜질 수 있다는 데 「복덕방」의 강력성이 있다. 이 법칙의 이태준식 드러냄의 방식에서 그 강력성은 온다. 곧, '죽음'을 통해서 비로소 '세상은 먹고살기 마련'의 법칙에 해당되는 사람이 안초시라면, 서참위와, '개가 죽을 쓰고' 고물상으로 탈바꿈한 김참위나 또 박영감 들은 '죽음'에까지 이르지 않은 채 그 법칙에 살아가고 있을 따름이다. 어째서 안초시는 '죽음'을 담보로 해서야 비로소 세상의 먹고살기 법칙에 나아갈 수 있었던가.

서참위·박참위·박희완 등은 죽음을 담보로 하지 않고도 그 법칙에 따를 수 있었는데, 어째서 안초시는 그렇지 못했던가. 여기에 안초시의 비극성이 있으며 또 「복덕방」을 통해 보여주는 작가의 유다른 강력성이 자리하고 있다.

그렇다면 민첩성의 방식은 어떠했던가. 두 가지 부류로 갈라볼 수 있겠는데, 작가가 우위에 서서 인물들을 내려다보는 경우가 그 하나. 이 범주에 드는 작품으로는 「달밤」(1933), 「손거부」(1935) 등을 들 것이다.

신문 배달의 보조인 조금 모자라는 사내를 관찰함으로써 인물의 성격을 그려내고자 한 「달밤」에서 중요한 소설적 방식은 작중화자인 '나'의 높고 고상한 스승적 위치에서 찾아진다. 곧 '생활'을 확고히 갖고 있는 '나'의 처지에서 볼 때, '생활'이 없거나 거의 빈약한 인물의 어떠함을 드러낸 것이다.

그는 아무것도 아닌 것을 가지고 열심스럽게 이야기하는 것이 좋았고, 그와는 아무리 오래 지껄이어도 힘이 들지 않고, 또 아무리 오래 지껄이고 나도 웃음밖에는 남는 것이 없어 기분이 거뜬해지는 것도 좋았다. 그래서 나는 무슨 일을 하는 중만 아니면 한참씩 그의 말을 받아주었다.

어떤 날은 서로 말이 막히기도 했다. 대답이 막히는 것이 아니라 무슨 말을 해야 할까 막히었다. 그러나 그는 늘 나보다 빠르게 이야깃거리를 잘 찾아냈다. 오뉴월인데도 "꿩고기를 잘 먹느냐?"고도 묻고, "양복은 저고리를 먼저 입느냐, 바지를 먼저 입느냐?"고도 묻고 "소와 말과 싸움을 붙이면 어느 것이 이기겠느냐?"는 등, 아무튼 그가 얘깃거리를 취재하는 방면은 기상천외로 여간 범위가 넓지 않은 데는 도저히 당할 수가 없었다. 하루는 나는 "평생 소원이 무엇이냐?"고 그에게 물어보았다. 그는 "그까짓 것쯤 얼른 대답하기는 누워서 떡 먹기"라고 하면서 평생 소원은 자기도 원배달이 한번 되었으면 좋겠다는 것이었다.(「달밤」)

신문 배달 보조인 이 반편이란, 실상 '생활'을 갖지 못한 「날개」의 작가 이상이고, 박태원 바로 그이기도 하다. '생활'의 진부함(낯익음)을 생활 아닌 '놀이'를 통해 새롭게 함이야말로 저 러시아 형식주의자 슈클로프스키의 고명한 모더니즘계 예술론이 아니었던가. 「손거부」도 이와 꼭 같은 방법론에 의해 씌어진 작품이어서 거듭 말할 이유란 없다.

작가가 인물들을 내려다보기보다는, 나란히 서서 바라보는 경우로「불우 선생」(1932)이나「패강랭」(1938)을 들 것이다. 구한말의 지사였던 불우노인이 파락호로 전락, 걸식하는 모습을 옆에서 지켜보는 '나'는 무직자이다. '생활'을 갖지 못한 처지에서 불우 선생을 옆에서 보면 딱하게 느껴지긴 해도 뭔가 기품이랄까 범하기 어려운 그 무엇이 감지되는 것은 웬 까닭일까.

이 물음은 중요한데, '나'에게 결여된 그 무엇을 그쪽이 갖고 있어 보이기 때문이다. '그 무엇'이란 그가 '글'을 아는 사람이라는 것. 굴원의「어부사」를 읊조릴 수 있는 인물이란 또 무엇인가. 괴테나 체호프, 톨스토이를 꿈꾸는 '나'의 처지에서 보면 그는 구시대의 '나'에 다름 아닌 것. 이 점에 그는 '나'와 동격이 아닐 수 없다.「패강랭」에서도 이 작가의 시선 위치는 그대로이나 모종의 조급성이랄까 강렬성의 꿈틀거림을 볼 수 있다. 그것은 작가 특유의 직접성에서 온 것이어서 일종의 사소설적 성격이라 할 것이다.

이 사소설적 성격 또는 조급성으로서의 직접성을 드러내는 방식의 하나로 작가는 주인공 인물을 제한해놓았음에 주목할 것이다. '현'이 그것이다. 현을 주인공으로 삼은 것으로는 이「패강랭」을 필두로,「토끼 이야기」(1941)가 다음에 오며, 마침내「해방 전후」(1946)에서 대폭발을 일으키기에 이른다. 이러한 주인공의 제한은, '매헌'이란 이름으로 등장하는「석양」(1942)과도 일정한 거리를 갖는다. 현이 주인공일 때, 그 작품은 이른바 시대정신을 반영하는 기호의 몫을 하고 있기 때문이다. 이 점에서「패강랭」은 하나의 전형이라 할 것이다. 무엇보다 주인공 현은 소설가이다. 10여 년 만에 평양을 방문하는바, 그 동기는 다음처럼 시국적임에 주목할 것이다.

"정거장에 나온 박은 수염도 깎은 지 오래여 터부룩한 데다 버릇처럼 자주 찡그려지는 비웃는 웃음은 전에 못 보던 표정이었다. 그 다니는 학교에서만 찌싯찌싯 붙어 있는 것이 아니라 이 시대 전체에서 긴치 않게 여기는, 찌싯찌싯 붙어 있는 존재 같았다. 현은 박의 그런 찌싯찌싯함에서 선뜻 자기를 느끼고 또 자기의 작품을 느끼고 그만 더 울고 싶게 괴로워졌다."(「패강랭」)

친구 박은 조선어 선생인바, 시간이 반으로 줄었다는 것. 조만간 전임을 그만두고 시간 강사로 될 신세이며, 어쩌면 밥줄이 아주 떨어질 판이었다. 아직은 그래도 '찌싯찌싯' 붙어 있는 박의 신세란, 따지고 보면 작가 현의 처지와 진배없다.

조선어 과목을 정과(正科)에서 수의과(隨意科)로 조선교육령이 개정된 것은 1938년 3월 3일이고, 잇달아 조선어 과목을 수학·실업으로 대체시킨 것은 동 4월 19일이었다. 동아·조선 등 민간 신문의 폐간(1940. 8. 10)에 이어, 마침내 저 3·1운동에 준하는 조선어학회 사건(1942. 10. 1)에 이르게 된다. 이러한 진행 과정은 이 작품의 참 주제인 『주역』곤괘(坤卦)에 나오는 이상견빙지(履霜堅氷至)에 다름 아니다. 서리를 밟게 되면 머지않아 겨울이 닥친다는 것. 조선어의 운명이 이렇게 예견된다는 것은, 그 조선어에 기반을 둔 조선 문학의 운명의 예견에 다름 아닌 것. 조선어, 조선 문학이란, 한갓 골동품이며 분묘와 같으며 기껏해야 구식 기생의 잔존 현상에 지나지 않는다는 것. 그것은 시대의 흐름에 '찌싯찌싯' 붙어 있는 것에 지나지 않는다는 것. 그렇다면, 그래서 어쩌겠다는 것인가, 하는 물음이 나오지 않을 수 없다. 대동강의 옛 이름 패강이 '시체와 같이 차고 고요하다'에서 보듯 원죄적으로는 속수무책일 뿐이다. 그렇다고 해서 붓을 꺾을 수도 죽어버릴 수도 없다. 어떤 경우에도 사람은 살아가야 하듯 작가라면 글쓰기에 나아가야 한다. 먹고살기 위해서도 글을 써야 하지만, 작가이기 위해서는 필연적일 수밖에 없다. 그렇다면 죽지도 않고, 붓을 꺾지도 않는 방도를 모색함이 최선의 길이라 하지 않을 수 없다. 적어도 근대적 글쓰기를 전업으로 삼은 현의 처지에서 보면 글쓰기란 '생활'이 아닐 수 없다. '생활'을 경멸하고, 어떻게 하면 그 '생활'이 없는 자리에 놓인 인간상을 표나게 그려냄으로써 그것이 독특한 예술이라 생각하여 창작해온 이태준이지만, 이제부터는 그 '생활'과 '비생활'을 동시에 수용하지 않으면 안 될 국면에 닿은 것이다. 요컨대 타협이 불가피해진 것이다. 한갓 지나간 것에 대한 영탄에 지나지 않는 「석양」이나, 무모하게도 금광에 매달려 죽는 「영월영감」(1939)이나 궁지에 몰린 황서방이 엉뚱한 데를 향해 헛되이 분노하다 저절로 길 가운데 주저앉아버리고 마는 「달밤」(1940)도 아무런 타개책이 될 수 없다. 일종의 몸부림에 지나지 않는다. 이런 점을 숙고케 함에 「패강랭」이 지닌 중요성이 있다. 곧 「패강랭」은 작가 이태준에게도 하나의 원점이지만 한국문학사에서도 역시 그러하다.

　'서리를 밟거든 그 뒤에 얼음이 올 것을 각오하기'란, 말을 바꾸면 '생활'과 예술(비생활)을 동시에 수용하기에 다름 아니다. 「달밤」의 사내나 「손거부」의 생활 없는 인간 군상을 한편으로는 여전히 고치에 서서 조종하며 내려다보고 즐기면서도 다른 한편에서는 그들과 나란히 한자리에서 생활을 강인하게 모색함이 그것이다.

5. 「농군」에서 『문장강화』에 이른 거리

'생활'을 모색하기, 그것도 강인하게 모색하기란 무엇인가. 이 물음 맨 머리에 오는 작품이 「농군」(1939)이다. 보다 나은 삶을 위해 만주국 장쟈워푸로 간 윤창권 일가와 그들이 논농사를 일구어내는 고난 과정을 그린 「농군」은, 만보산 사건(1931. 7)을 소재로 한 것이지만, 범주상으로 보면 만주 개척 소재의 소설이다. 개척 조선인과 '토민' 사이의 갈등이 아무리 문제적이더라도 큰 범주상으로 보면 일제의 만주국 정책의 사정권 내의 일이 아닐 수 없다. 왕도낙토(王道樂土) 사상의 물결을 타고 많은 조선 작가들과 마찬가지로 이태준 역시 만주 시찰을 했고, 「이민부락견문기」(조선일보, 1938. 4. 8~21)를 썼다. 「농군」을 국책 문학(일제의 정책)의 일환으로 평가하는 것은 이런 곡절에서이다. 그러나 설사 소재상은 그러하더라도 그것을 새로운 모색으로 보는 견해도 있을 수 있다. 뿐만 아니라 제3의 해석도 가능하다.(김철, 「몰락하는 신생」, 『상허학보』, 2002; 손정수, 「이태준 '농군'의 텍스트 해석 문

제」, 2004. 7. 16~17, 옌볜대 주최 국제 학술 대회)

어느 쪽의 해석을 택하든, 이태준에겐 '생활'의 도입의 일환이 아닐 수 없다. 이러한 적극성은 일종의 시간 속의 과제인 만큼 점점 그 강도가 식민지 경사의 가파로워짐에 비례할 것이다. 그러한 사례로 「第一號船の挿話」(『국민총력』 1944. 9. 1)를 들 수 있다. 목포 앞 K섬에 세워진 조선소에서 시국에 부응하기 위해 제일호 선박 제조의 기술적 책임자인 구니모토(國本) 청년(부하들에게 그가 조선어로 설명한다는 점으로 보아 일본인인지 창씨한 조선인인지 불명)이 자만심으로 잠시 실패하지만 노련한 감독의 조언을 받아들여 마침내 국책 사업을 성공시킨다는 내용으로 된 이 작품은 일본어로 쓴 소설이라는 점에서 또 국책에 순응하는 내용이란 점에서 매우 적극적인 '생활'의 도입이라 할 것이다. 만일 그 다음 단계를 또 생각한다면 더욱 철저한 시국적인 '생활' 도입이 불가피했을 것이다. 「토끼 이야기」에서도 이러한 '생활' 수용의 곤란함과 그 불가피성이 잘 드러난다.

그렇다면 '비생활'의 측면은 어떠했을까. '예술=비생활'의 도식에서 볼 때 그것은 일종의 폐허이고 골동품에 다름 아니다. 이러한 '비생활'을 확보, 보존함에 있어 이태준이 취한 방식은 창작쪽이 아니라 수필 쪽이었다. 수필이라 했거니와 또 이를 좁혀 말해 골동품적 미의식이었다.

"비인 접시요, 비인 瓶이다. 담긴 것은 떡이나 물이 아니라 靜寂과 虛無다. 그것은 이미 그릇이라기보다 한 天地요 宇宙다. 남 보기에는 한낱 破器片皿에 不過하나 그 主人에게 있어서는 無窮한

山河요 莊嚴한 伽藍일 수 있다. 古翫의 究極境地도 여기겠지만, 主人 그 自身을 非實用的 人間으로 捕虜하는 것도 이 境地인 줄 알지 않으면 않된다."(「古翫品과 生活」, 『무서록』, 박문서관, 1941, p. 246)

「날개」(1936)의 작가 이상이 "이조 항아리 나부랭이를 가지고 어쩌니 저쩌니 하는 것들을 보면 알 수 없는 심사"('골동벽', 「조춘점묘」 중에서)라 한 것과 비교해보면 이태준의 수필적 지향성이 새삼 뚜렷해진다. 수필적 글쓰기의 영역이 바로 '비생활=예술'의 도식을 가능케 했던 것이다. 또 그것들, 지나간 것, 역사적인 것, 골동품적인 것이란, 물을 것도 없이 사라져간 '조선적인 것'에 대한 애착이자 허무에 대한 그리움이다. 골동품 그것은 빈 접시나 병이 아니라 정적과 허무, 하나의 천지와 우주인 까닭에 현실과는 무관하다. 소설로는 이미 수습될 수 없는 영역이기에 수필로 튕겨나온 것이었다.

이태준의 이러한 양면 작전이 지닌 의의는 그것이 자각적이었음에서 온다. '생활'과 '비생활'의 균형을 잡고자 했음이 그 증거이다. 그 방법론의 드러냄이 "册만은 '책'보다 册으로 쓰고 싶다. '책'보다 册이 더 아름답고 더 册답다"(「册」, 『무서록』, p. 149)에서 선연하다. 이러한 자각성이 체계적으로 드러난 것이 고명한 저서인 『문장강화』(1940)이며, 종합 문예 월간지 『문장』(1939~1941)이 그 실천의 장소였다. 그가 '생활'과 '비생활' 사이에 절묘한 균형 감각을 올려놓고 이를 저울질한 방법론적 저울 눈금이란 새삼 무엇인가.

말을 그대로 적은 것, 말하듯 쓴 것, 그것은 언어의 錄音이다. 文章은 文章이기 때문에 따로 필요한 것이다. 言語形態가 아니라 文章自體의 形態가 文章自體로 必要한 것이다. 言語美는 사람의 입에서요, 글에서는 文章美가 要求될 것은 自然이다. 말을 뽑으면 아무것도 남는 것이 없다면 그것은 文章의 虛無다. 말을 뽑아내어도 文章이기 때문에 맛있는, 아름다운, 魅力이 있는 무슨 요소가 남아야 文章으로서의 본질, 문장으로서의 생명, 문장으로서의 발달이 아닐까? 〔……〕

言文一致는 實用精神이다. 일상의 생활이다. 〔……〕 예술가의 문장은 일상의 생활기구는 아니다. 창조하는 도구다. 언어가 미치지 못하는 대상의 핵심을 찝어내고야 말려는 항시 矯矯不群하는 야심자다. 어찌 언어의 附屬物로 生活의 器具로 自安할 것인가!(『문장강화』, 박문서관, 1949년판, p. 336)

도도한 귀족 취향, 반민중적이라 할 수도 있는 철저한 일상어 배격이 그의 방법론임을 한눈에 볼 수 있는 대목이거니와,『무정』(1917) 이래 언문일치를 목표해온 근대 문학이 이 장면에 와서 그 명맥이 끊긴 셈이다. 일상어에서 벗어나 '인공어'라야 한다는 것이라면 모더니스트 이상과 구별될 수 없지만, 이상에 있어 그 인공어가 근대적인 삶에 기초가 되는 기능어(機能語)였음에 대해 이태준식 인공어는 미학이었음에서 결정적으로 구분된다.

이태준이 과연 일본의 사소설에 얼마나 깊은 영향을 받았는가를 간단히 살피기는 어렵다 해도, 그가 알게 모르게 다음과 같은 문맥에 이어져 있다고 말해질 수 있을 터이다.

"근대의 산문은 아마도 '말하듯이'의 길을 밟아왔으리라. 〔……〕 물론 나는 '말하듯이 쓰고 싶은' 소망도 가지고 있지 않은 것은 아니다. 하지만 그와 동시에 다른 한 면으로는 '보는 듯이 말하고 싶다'고도 생각하는 것이다. 그러나 내가 말하고 싶은 것은 '말하는' 일보다도 '쓰는' 일이다."(아쿠타가와 류노스케〔芥川龍之介〕, 「문예적인 너무나 문예적인」, 1927, 스즈키 토미, 「이야기된 자기」, 한일문학연구회 역, 생각의나무, p. 287에서 따옴)

'생활'을 위한 글쓰기라면 일상어여야 할 것이며 '비생활'을 위한 글쓰기라면 인공적인 글쓰기일 것이다. 1920년 무렵 일본 문단에서의 글쓰기란, 이미 이 둘의 균형 감각이 모색되었던 것이다. 이로부터 10년쯤 뒤의 조선 문학에서 이 둘의 균형 감각 모색이 『문장』지를 중심으로 전면에 부상한 것은 문학사적 사건성이 아닐 수 없다. '생활'에로 향하기의 글쓰기, 곧 일상어로서의 글쓰기란, 국책에 순응하는 글쓰기이며 그것 속에는 일본어(일상어)도 응당 포함되기에 이를 수밖에 없다. 이 함정에 빠지지 않기 위한 가능한 최대한의 방법론이 '비생활'의 글쓰기, 곧 일상어와 무관한 인공어의 글쓰기인 것이다. 『문장강화』가 지닌 문학사적 의의가 여기에서 나온다. 인공어 강조란 이처럼 시대적 억압에서 온 산물이었다.

이 이중성의 균형이 해방 공간에서 여지없이 깨져 '생활'의 전면적 전개에로 치닫는 것은 너무도 당연한 일이다.

6. 「해방 전후」가 기념비적인 까닭

'한 작가의 수기'라는 부제를 단 「해방 전후」(1946)는 기념비적인 작품이다. 이태준론에서도 피해갈 수 없는 병목 현상의 대목이지만 해방 공간 문학사에서 특히 그러하다. 사상가도 주의자도 전과자도 아닌 작가 현(玄)이 주인공으로 등장하는 이 작품에서 제일 먼저 주목되는 것은 '현=이태준'의 도식이다. 일제 말기 고등계 형사 앞에 출두한 주요 시찰 인물인 현이 그길로 어느 출판사를 찾아간 장면을 보이면 이러하다.

"그 출판사의 주문이기보다 그곳 주간(主幹)을 통해 나온 경무국(警務局)의 지시라는, 그뿐만 아니라 문인 시국 강연회 때 혼자 조선말로 했고 그나마 마지못해 「춘향전」 한 구절만 읽은 것이 군(軍)에서 말썽이 되니 이것으로라도 얼른 한 가지 성의를 보여야 좋으리라는 『대동아전기(大東亞戰記)』의 번역을 현은 더 망설이지 못하고 맡은 것이다.

심란한 남편의 심정을 동정해 아내는 어느 날보다도 정성 들여 깨끗이 치운 서재에 일본 신문의 기리누끼(신문 스크랩)를 한 뭉텅이 쏟아놓을 때 현은 일찍 자기 서재에서 이처럼 지저분함을 느껴본 적이 없었다.

'철 알기 시작하면서부터 굴욕만으로 살아온 인생 사십. 사랑의 열락도 청춘의 영광도 예술의 명예도 우리에겐 없었다. 일본의 패전기라면 몰라 일본에 유리한 전기(戰記)를 내 손으로 주무

르는 건 무엇 때문인가?'

현은 정말 살고 싶었다. 살고 싶다기보다 살아 견디어내고 싶었다."(「해방 전후」)

'현＝이태준'의 도식에 수천 볼트의 고압 전류가 관통하고 있기에 이 작품은 작품이자 단연 작품 이상의 것이다. 『문장』지의 주재자요, 『문장강화』의 저자이기에 그는 당대의 평론가 유진오나 최재서와 맞설 수 있었고, 최고의 산문 작가이기에 최고의 시인 정지용과 맞설 수 있었다. 그의 행보 하나하나가 출구 막힌 당대의 문학 지망생의 표적이었다. 그러기에 그는 조선문인협회 주최 시국 강연에서 「소설과 시국」을 강연해야 했고, 임화·최재서와 더불어 황군위문작가단 결성에 협력해야 했고, 『대동아전기』의 번역에까지 나아갔다.(『대동아전기』는 전쟁 보도 기관에서 만든 기사를 중심으로 한 것으로 1943년 인문사에서 나왔고 이태준·이무영 공저로 되어 있음.) 이 작품에는 언급되어 있지 않지만, 앞에서 지적한 일어 창작 「제일호선의 삽화」에까지도 현은 나아갔다. 「패강랭」에서 예견된 이상견빙지(履霜堅氷至)에 이른 상황. '정말 살고 싶었다'에로 이 상황이 요약된다. 살아감이란, 타협과 저항의 관계항에 다름 아님을 명민한 중견 작가 이태준이 몰랐을 이치가 없다. 도시에서 소개(疏開)하라는 시국의 종용에 따라 그는 고향인 철원으로 갔음을 작품에서는 현이 일본 패망을 예견하여 강원도 어느 산읍으로 갔다고 썼다. 해방을 맞을 때까지 현은 낚시질로 소일하며 옛 전통에 사로잡혀 있는 향교 직원인 김노인과 교류한다. 이 기품 있는 옛 선비와 현의 교유란 현에겐 유일한 즐거움이라 마음의 평화를 가져다주었다. 그 즐거움이나 평화란, 시국의 강압이 심해질수록 증대되어 마지않는다. 김직원이란 존재는 살아 있는 조선적 골동품인 까닭이다. '비생활'이기에 현실인 '생활'과 멀어질수록 빛나는 법이다. 이것은 이태준의 균형 감각에 다름 아니었다. 조선적인 것, 골동품적인 것을 기림으로써 그는 '생활'이 지닌 현실과 균형 감각을 얻고자 했던 것이다. 인공적인 글쓰기의 근거란 여기에서 왔다. 이러한 균형 감각이 송두리째 붕괴된 것이 8·15해방이었다.

현이 해방을 안 것은 8월 16일이었다. 그것도 급히 상경하라는 친구의 전보를 통해서였다. 그가 청량리역에 내린 것은 8월 17일 새벽. 찾아간 곳은 '조선문화건설중앙협회'였다. 조선공산당 간부 최용달의 조직 아래 있던 임화가 중심이 되어 만든 단체였다. 이 단체가 어떤 곡절을 겪어 구카프 정통파인 한효 중심의 예맹파와 싸워 마침내 문학가동맹의 단일 노선(남로당)으로 결집되었는가는 이미 학문적 수준에서 밝혀져 있다.(졸저, 『해방공간의 문학사론』, 서울대출판부, 1989) 「해방 전후」는 이 점에서 볼 때, 작품이자 동시에 하나의 문건적(文件的) 성격을 갖는다. 문단 단체의 추이와 그 곡절이 체험적 수준에서 포착되어 있음은 이 작품이 거의 유일한 것인 까닭이다. 바로 여기에 이 작품의 문학사적 의미의 기념비적인 성격이 있다.

그렇다면 「해방 전후」가 작가 이태준 개인에 있어서도 기념비적인 까닭은 무엇인가. 다음 대목에서 그 점이 제일 잘 드러난다.

"지금 이 시대에선 이하(李下)에서라고 비뚤어진 갓(冠)을 바로 잡지 못하는 것은 현명이기보단 어리석음입니다. 처세주의는 저하나만 생각하는 태돕니다. 혐의는커녕 위험이라도 무릅쓰고 일해야 될 민족의 가장 긴박한 시기라고 생각합니다."(「해방전후」)

공산당으로 갔다고 현을 비난하는 상경한 김직원의 비판에 대한 현의 이러한 답변이 의미하는 것은 너무도 자명하다. 적극적으로 '생활'에 뛰어들어야 한다는 것. 말을 바꾸면 지금까지 견지해온 균형 감각을 여지없이 깨뜨린다는 것의 선언인 까닭이다. '비생활'인 조선적인 것, 골동품적인 것으로써 '생활'과 균형 감각을 취할 수 있었고, 그렇게 함으로써 저 『문장강화』의 세계, 곧 이태준적 글쓰기의 세련성이 가능했었지만, 그리고 그 방법론이 인공적 글쓰기였지만 이제부터는 그따위 위장된 인공적 균형 감각을 여지없이 버리겠다는 것. 바로 이 순간, 조선문학가동맹 중앙집행위원회 부위원장, 민권 문화부장, 그리고 북조선문학예술총동맹 부위원장이자 『소련기행』(1947)의 저자이고, 「첫전투」(1948), 『농토』(1947)의 작가 이태준의 제2기 문학이 전개되기에 이른다. 해방 공간(해방 전) 전편을 통해 인공적 글쓰기의 형식(묘사체)이 깡그리 제거된 것도 이와 무관하지 않다.

7. 『문장강화』와 『농토』 틈에 낀 작가

이태준 문학을 총체적으로 바라볼 때 기념비적인 현상 두 가지가 쉽사리 지적될 수 있다. 앞에서 살핀 「해방 전후」가 그 하나라면『문장강화』가 그 다른 하나이다. "冊만은 '책'보다 '冊'으로 쓰고 싶다"로 정리되는 인공적 글쓰기가『문장강화』라 할 때 이는 시대적 산물이라는 일정한 한계 속에 속한다고 할 것이다. "만약 상허에게 고완이나 낚시질도 없었던들 그는 원고지 우에 각혈을 했을는지도 모를 것"(이원조,『상허문학독본』, 1946, 발문)이라 지적되기도 함은 이를 가리킴인 것. 이러한 인공적 글쓰기의 미학이 지닌 의의는 어디까지나 자각적임에서 찾아진다. 원고지에 각혈을 하지 않고 글을 쓸 수 있기 위한 자각적 방편이었지만, 또 이러한 인공적인 글쓰기가 예술이란 범주에 닿게 했다는 점도 승인될 수 있을 터이다. 오늘날에 저『문장강화』의 숨결이 우리 곁에 살아 있는 곡절도 이에서 말미암는다.

이에 비해 전면적인 현실(생활)의 글쓰기인「해방 전후」와 그 이후는 어떠할까. 빨치산 소설의 계보를 이루는「첫전투」와 토지 개혁을 다룬『농토』속에 그 해답이 들어 있다. 특히『농토』에 관한 여러 논의들에서 부각되는 문제점은 과연 이 작품의 밀도가 예술적 수준에 이르렀는가에 놓여 있었다. 이기영의「땅」(1949)과 비교할 때『농토』는 그 질적 수준이 현저히 떨어짐도 쉽사리 발견된다.(신형기,『해방기 소설연구』, 태학사, 1992, p. 103) 그렇다면 '현실' 한가운데서의 글쓰기에 전면적으로 나아가는 일은 이처럼 예술적 밀도의 저하를 가져오고 마는 것일까. 이 물음 속에 이태준 문학의 개별성과 그 비극성이 잠복해 있다고 할 것이다. 인공적 글쓰기의 균형 감각을 여지없이 깨뜨리고 '생활' 속으로 뛰어든 글쓰기 방식이 어쩌면 글쓰기의 원론적 자리인지 모를 일이다. 이 점에서 「해방 전후」는 기념비적이었다. 그렇지만 이 원론적 글쓰기의 자리에 나아갔으면서도 『농토』의 밀도는 어째서 그렇게 떨어지는 것일까. 이 물음은 결정적이다. 그에겐 당연히도 인공적 글쓰기와 생활적 글쓰기의 또 다른 균형 감각 모색이 요망되었을 터이다. 토지 개혁이란, 평생 그것에 익숙한 「땅」의 작가라야 제일 확실한 '생활'이며, 골동품에나 익숙해온 이태준에겐 아무리 굉장한 토지 개혁의 생활(현실)도 창작에는 육화될 수는 없는 노릇. 『농토』란 그러므로 이태준의 조급성의 소산에 지나지 못한다. 해방 공간의 생활들 중에서 그가 제일 잘 알고 또 익숙한 것에서 출발하여 서서히 그 생활의 중심 무대로 나아가야 했을 터이다. 그 생활의 중심부에 그가 나아갔을 때 비로소 그는 그 생활로써 창작에 임할 수 있을 것이다. 그러한 생활 중심 무대로 나아가는 길 한복판에 놓인 것이 『소련기행』(1946. 8~11)이었다. 그가 4개월간 체험한 소련 생활과 그가 택한 북한의 생활의 비교에서 그는 생활적인 자신의 좌표를 성정해야 했을 터이다. 만일 그가 두 생활(현실)을 비교할 힘이 모자랐다면 그의 창작의 밀도는 밑돌 것이며 그 비교할 힘이 출중했다면 그의 창작도 밀도를 더해갔을 터이다. 매우 불행하게도 그가 택한 북한 체제는 이러한 비교를 당초부터 봉쇄해놓고 있었다. 체제(제도)의 우월성에 대한 종교적 신념이 그것이다. 『문장강화』가 새삼 빛나는 것은 이 신학적(神學的) 신념관에 비추어볼 때이다.

1904년(1세) 11월 4일 강원도 철원군 묘장면 산명리에서 부(父) 장기 이씨 창하(昌夏)와 모(母) 순홍 안씨 사이의 1남 2녀 중 장남 으로 출생. 본명은 규태(奎泰). 부 이창하의 정실은 한양 조씨 이고 적자로 규덕(奎悳)이 있음. 호는 상허(尙虛), 상허당주인 (尙虛堂主人).

부(父) 이창하(1876~1909): 자(字)는 문규(文奎), 호는 매헌 (梅軒). 철원공립보통학교 교원, 덕원감리서 주임을 역임한 개화파.

1909년(6세) 개화파였던 아버지를 따라 러시아 블라디보스토크로 이 주. 그해 8월 아버지의 죽음으로 귀국 중 함북 배기미[梨津]에 정착. 서당에 다니며 한문을 수학.

1912년(9세) 어머니의 죽음으로 외할머니를 따라 철원 용담으로 귀 향, 친척 집을 전전함.

1915년(12세) 안협의 오촌 집에 입양. 다시 용담으로 돌아와 오촌 이용하(李龍夏)의 집에 기거함. 사립봉명학교에 입학.

1918년(15세) 3월에 사립봉명학교 졸업. 철원 읍내 간이농업학교에 입학하나 한 달 후 가출. 여러 곳을 방황하다 원산에 객줏집 사환으로 정착. 외조모가 찾아와 보살핌. 이때 문학 서적 탐독. 이후 중국 안동현까지 인척 아저씨를 찾아갔다가 뜻을 이루지 못하고 경성(서울)까지 옴.

1920년(17세) 4월 배재학당 보결생 모집에 응시하여 합격하나 등록하지 못함. 낮에는 상점 점원으로 일하며 밤에는 야학에 나가 공부함.

1921년(18세) 4월 휘문고등보통학교에 입학. 고학생으로 비교적 우수한 성적을 받음. 스승으로 가람 이병기, 같은 학예부원으로 상급반에 정지용, 김영랑, 박종화 등이, 하급반에 박노갑이 있었음.

1924년(21세) 휘문고등보통학교 학예부장으로 활동. 『휘문』 제2호에 동화 「물고기 이약이」 등 6편을 발표. 6월 동맹 휴교 주모자로 4학년 1학기에 퇴학. 이어 휘문고보 친구인 김연만의 도움으로 일본으로 건너감.

1925년(22세) 일본에서 단편 「오몽녀」를 『조선문단』에 투고하여 입선(이 작품은 시대일보에 7월 13일 발표됨), 문단에 나옴.

1926년(23세) 4월 도쿄 조치 대학(上智大學) 예과에 입학. 신문, 우유 배달 등을 하며 매우 궁핍한 생활 속에 나도향 등과 교우.

1927년(24세) 11월 조치 대학을 중퇴하고 귀국함. 각 신문사와 모교를 방문, 일자리를 구하나 취업난에 허덕임.

1929년(26세) 개벽사에 입사. 『학생』 『신생』 등의 편집에 관여함. 이
　　　　때 소년물과 콩트를 다수 발표.

1930년(27세) 이화여전 음악과 출신인 이순옥(李順玉)과 결혼.

1931년(28세) 중외일보 기자로 근무. 신문의 폐간으로 조선중앙일보
　　　　학예부 기자가 됨. 장녀 소명(小明) 태어남. 경성부 서대문정
　　　　2정목 7의 3 다호에 거주.

1932년(29세) 이전(梨專), 이보(梨保), 경보(京保) 등의 학교에 출강
　　　　함. 장남 유백(有白) 태어남.

1933년(30세) 박태원, 이효석 등과 '구인회(九人會)'를 조직. 경성부
　　　　성북정 248번지로 이사. 이후 월북 전까지 이곳에 거주.

1934년(31세) 차녀 소남(小楠) 태어남.

1935년(32세) 조선중앙일보 퇴사, 창작에 몰두함.

1936년(33세) 차남 유진(有進) 태어남.

1938년(35세) 만주 지역을 여행함.

1939년(36세) 『문장』의 편집자 겸 소설 추천 심사위원으로 활동(임옥
　　　　인, 곽하신, 최태웅 등이 추천됨). 이후 황군위문작가단, 조선문
　　　　인협회 등의 단체에서 활동.

1940년(37세) 3녀 소현(小賢) 태어남.

1941년(38세) 제2회 조선예술상 수상.

1943년(40세) 강원도 철원 안협으로 낙향. 해방 전까지 이곳에서 칩
　　　　거함.

1945년(42세) 해방 후 문화건설중앙협의회, 문학가동맹, 남조선민전

등의 조직에 참여하여 문학가동맹 부위원장, 민전 문화부장을 맡음. 현대일보 주간에 취임.

1946년(43세) 7~8월경 월북. 「해방 전후」로 제1회 해방문학상 수상. 10월 방소문화사절단의 일원으로 소련 여행.

1947년(44세) 5월 소련 여행기인 『소련기행』이 남한에서 출간됨.

1948년(45세) 8·15 북조선최고인민회의 표창장 받음. 북조선문학예술총동맹 부위원장, 국가학위수여위원회 문학분과 심사위원.

1952년(49세) 남로당과 함께 숙청될 위기에서 소련파 기석복의 후원으로 살아남으나 문단 활동은 미약함.

1954년(51세) 3개월간의 사상 검토 작업 중 과거를 추궁당함.

1955년(52세) 이광수, 박창옥 등과 함께 비판당함.

1956년(53세) 소련파의 몰락과 함께 '구인회' 활동과 사상성을 이유로 1월 조선 노동당 중앙위원회 상무위의 결의로 임화, 김남천과 함께 비판받음. 2월 '평양시당 관할 문학예술부 열성자 대회'에서 한설야에 의해 비판, 숙청당함.

1957년(54세) 함흥 노동신문사 교정원으로 배치됨.

1958년(55세) 함흥 콘크리트 블록 고장의 파고철 수집 노동자로 배치됨.

1964년(61세) 중앙당 문화부 창작 제1실 전속 작가로 복귀함.

1969년(66세) 강원도 장동탄광 노동자 지구에서 사회 보장으로 부부가 함께 살았으며, 그 후 언제인지는 모르나 사망한 것으로 알려짐.

* 한편 강상호의 증언에 의하면,

1953년(50세) 남로당파의 숙청 후 가을 자강도 산간 협동농장에서 막
　　　노동.

1960년대 초 산간 협동농장에서 병사한 것으로 되어 있음.

작품 목록

1. 소설(신문, 잡지 발표)

* '→'은 단행본으로 엮으면서 바뀐 작품명을 말함.

작품명	발표지	발표 연월일	분류
오몽녀(五夢女)	시대일보	1925. 7. 13	단편
모던껄의 만찬(晩餐) → 만찬	조선일보	1929. 3. 19	콩트
행복(幸福)	학생	1929. 3	단편
그림자	근우	1929. 5	단편
온실화초(溫室花草)	조선일보	1929. 5. 10~12	단편
누이	문예공론	1929. 6	단편
백과전서의 신의의 → 백과전서	신소설	1930. 1	콩트
기생 산월(山月)이	별건곤(別乾坤)	1930. 1	단편
은희 부처(恩姬夫妻)	신소설	1930. 5	콩트
어떤 날 새벽	신소설	1930. 9	단편
구원(久遠)의 여상(女像)	신여성	1931. 3~8월	장편
결혼의 악마성(惡魔性) → 결혼	혜성(彗星)	1931. 4, 6월(2회)	단편
고향(故鄕)	동아일보	1931. 4. 21~29	단편

작품명	발표지	발표 연월일	분류
불도 나지 안엇소, 도적도 나지 안엇소, 아무 일도 업소 →아무 일도 없소	동광(東光)	1931. 7	단편
봄	동방평론(東方評論)	1932. 4	단편
불우 선생(不遇先生)	삼천리(三千里)	1932. 4	단편
천사의 분노	신동아	1932. 5	콩트
실락원(失樂園) 이야기	동방평론	1932. 7	단편
서글픈 이야기	신동아	1932. 9	단편
코스모스 이야기	이화(이대 교지)	1932. 10	단편
슬픈 승리자	신가정	1933. 1	단편
꽃나무는 심어놓고	신동아	1933. 3	단편
법(法)은 그러치만	신여성	1933. 4~1934. 4	중편
미어기	동아일보	1933. 7. 23	콩트
제2의 운명	조선중앙일보	1933. 8. 25~ 1934. 2. 23	장편
아담의 후예	신동아	1933. 9	단편
어떤 젊은 어미	신가정	1933. 10	단편
코가 복숭아처럼 붉은 여자 →어떤 화제(畵題)	조선문학	1933. 10	콩트
마부(馬夫)와 교수(敎授)	학등(學燈)	1933. 10	콩트
달밤	중앙	1933. 11	단편
어머니	중앙	1934. 1	희곡
박물장사 늙은이	신가정	1934. 2~7월	중편
빙점하(氷點下)의 우울	학등	1934. 3	콩트
촌띄기	농민순보(農民旬報)	1934. 3	단편
불멸(不滅)의 함성	조선중앙일보	1934. 5. 15~ 1935. 3. 30	장편
점경(點景)	중앙	1934. 9	단편
어둠→우암노인(愚菴老人)	개벽	1934. 11	단편
애욕의 금렵구	중앙	1935. 3	단편

작품명	발표지	발표 연월일	분류
성모(聖母)	조선중앙일보	1935. 5. 26~ 1936. 1. 20	장편
색시	조광	1935. 11	단편
손거부(孫巨富)	신동아	1935. 11	단편
순정(純情)	사해공론	1935. 11	단편
삼월(三月)	사해공론	1936. 1	단편
가마귀	조광	1936. 1	단편
산(山) 사람들	중앙	1936. 2	희곡
황진이(黃眞伊)	조선중앙일보	1936. 6. 2~30 (연재 중단)	장편
바다	사해공론	1936. 7	단편
장마	조광	1936. 10	단편
철로(鐵路)	여성	1936. 10	단편
복덕방(福德房)	조광	1937. 3	단편
코스모스 피는 정원	여성	1937. 3~7월	중편
사막(沙漠)의 화원(花園)	조선일보	1937. 7. 2	단편
화관(花冠)	조선일보	1937. 7. 29~12. 22	장편
패강랭(浿江冷)	삼천리	1938. 1	단편
영월영감(寧越令監)	문장(文章)	1939. 2~3월	단편
딸 삼형제	동아일보	1939. 2. 5~7. 17	장편
아련(阿蓮)	문장	1939. 6	단편
농군(農軍)	문장	1939. 7	단편
청춘무성(靑春茂盛)	조선일보	1940. 3. 12~8. 10	장편
밤길	문장	1940. 5~6·7 합병호(2회)	단편
토끼 이야기	문장	1941. 2	단편
사상(思想)의 월야(月夜)	매일신보	1941. 3. 4~7. 5	장편
별은 창마다	신시대	1942. 1~1943. 6	장편
행복에의 흰 손들→신혼일기	조광	1942. 1~1943. 1	장편
사냥	춘추(春秋)	1942. 2	단편

작품명	발표지	발표 연월일	분류
무연(無緣)	춘추	1942. 6	단편
석양(夕陽)	국민문학(國民文學)	1942. 2	단편
왕자 호동(王子好童)	매일신보	1942. 12. 22~ 1943. 6. 16	장편
석교(石橋)→돌다리	국민문학	1943. 1	단편
뒷방마님	『돌다리』에 수록	1943. 12	단편
제일호선의 삽화	국민총력	1944. 9	단편
즐거운 기억	한성일보	1945. 10(미확인)	단편
너	시대일보	1946. 2(미확인)	단편
해방 전후(解放前後)	문학	1946. 8	단편
불사조(不死鳥)	현대일보	1946. 3. 27~7. 19 (연재 중단)	장편
첫전투	문학예술(4권)	1948. 12	중편
아버지의 모시옷	『첫전투』에 수록	1949	단편
호랑이 할머니	『첫전투』에 수록	1949	단편
삼팔선 어느 지구에서	『첫전투』에 수록	1949	단편
백배천배로	『고향길』에 수록	1952	단편
누가 굴복하는가 보자	『고향길』에 수록	1952	단편
미국 대사관	『고향길』에 수록	1952	단편
고귀한 사람들	『고향길』에 수록	1952	단편
네거리에 선 전신주	『고향길』에 수록	1952	단편
고향길	『고향길』에 수록	1952	단편

2. 단행본

책명	발행처	발행 연도	분류
달밤	한성도서	1934. 7	단편집
제2의 운명	한성도서	1937. 2	장편
구원의 여상	한성도서	1937. 6	장편
가마귀	한성도서	1937. 8	단편집
황진이	동광당서점	1938. 2	장편
화관	삼문사	1938. 9	장편
딸 삼형제	문장사	1939. 11	장편
이태준단편선(選)	박문서관	1939. 12	단편집
문장강화	문장사	1940. 4	문장론
청춘무성	박문서관	1940. 11	장편
복덕방(일어판)	일본사	1941. 8	단편집
이태준단편집	학예사	1941. 2	단편집
무서록(無序錄)	박문서관	1941. 9	수필집
대동아전기(大東亞戰記) (이무영 공역)	인문사	1943. 2	번역서
서간문강화	박문서관	1943. 7	문장론
왕자 호동	남창서관	1943. 11	장편
돌다리	박문서관	1943. 12	단편집
별은 창마다	박문서관	1945. 3	장편
행복에의 흰 손들(→세 동무)	박문서관	1945	장편
상허문학독본	백양사	1946	문학론
세 동무(→신혼일기)	범문사	1946. 5	장편
사상의 월야	을유문화사	1946. 11	장편
해방전후	조선문학사	1947. 1	단편집
소련기행	백양당	1947. 5	기행문
돌다리	을유문화사	1947	단편집
복덕방	을유문화사	1947	단편집
증정 문장강화	박문서관	1948	문장론

책명	발행처	발행 연도	분류
농토	삼성문화사	1948. 8	장편
신혼일기 (『행복에의 흰 손들』의 개제)	광문서림	1949. 2	장편
첫전투	문화전선사	1949. 11	단편집
고향길	재일본조선인교육자동맹	1952. 12	단편집
신문장강화	재일본조선인교육자동맹	1952	문장론

* 작가 연보, 작품 목록 작성은 『이태준문학전집』(깊은샘, 1995), 민충환씨의 『이태준 연구』(깊은샘, 1988), 장영우씨의 『이태준 소설 연구』(태학사, 1996) 등을 따랐음—편자.

참고 문헌

이태준 소설은 그가 구인회에 적극적으로 참여하면서 활발하게 작품을 발표하던 1930년대부터 동시대 비평가들에게 주목받기 시작했다. 그중 가장 주요한 논의로 최재서의 경우를 들 수 있다. 최재서는 이태준 단편의 특징을 개성적인 인물 묘사에서 찾을 수 있다고 지적한다. "낙백(落魄)한 유자(儒者), 누항(陋巷)에 침전하는 퇴기(退妓), 불우한 소학교원이나 혹은 유랑하는 농민, 어리석은 신문 배달부, 생에 희망을 잃은 노인 등" 그 자체로 보면 하잘것없는 존재들이지만 읽고 난 뒤에 독자의 인상에서 사라지지 않는 인물들의 매력을 이태준 단편의 미적 특질로 평가한 것인데, 이러한 평가의 이면에는 당대 현실에 대한 사회적 관심이나 사상적 고민이 결여되어 있다는 비판이 공존한다.(최재서, 「단편 작가로서의 이태준」, 『문학과 지성』, 인문사, 1938)

1930년대는 만주사변(1931), 중일전쟁(1939) 등 잇단 전쟁을 수행하기 위해 식민지 조선에 대한 일제의 정치적 · 경제적 억압이 증대되는 시기였으며, 이러한 시대 상황과 연결하여 이태준 소설을 평가하려는 논의가 등장하기도 했다. 이태준을 1930년대 비경향 문학(非傾向文學)이 낳은 가장 큰 작가라고 인정하면서도 근대적 의미의 개성이 확립되지 못한 조선의 현실에서 비롯한 구조나 성격의 한계를 드러내고 있다는 임화의 평가나 이태준이 한국적인 애수와 감성을 다루는 데는 뛰어났지만 그것이 일제의 사상 통제가 심화되는 현실 상황의 악화를 배경으로 탄생했음을 지적한 백철의 평가가 대표적인 경우이다.(임화, 「본격소설론」, 『문학의 논리』, 학예사, 1940; 백철, 『조선신문예사조사』, 백양당, 1949)

1946년 이태준의 월북과 6·25로 인한 분단의 고착화 이후 1980년대까지는 주로 단편적인 회상의 형태로 이태준의 삶과 문학을 언급하거나 문학사 연구의 일환으로 이태준 소설을 논의하는 경우가 대부분이었다. 문학사 서술에서는 이태준 소설을 단편의 완성도라는 측면에서 긍정적으로 평가하는 경우와 현실과의 무연관성이라는 측면에서 부정적으로 평가하는 경우가 큰 틀을 이루고 있음을 발견할 수 있다. 전자의 논의에서는 김동인과 현진건의 뒤를 이은 한국 단편소설의 완성자로 이태준을 평가하고 있으며(이재선, 『한국현대소설사』, 홍성사, 1979; 정한숙, 『한국현대문학사』, 고려대출판부, 1982), 후자의 논의에서는 이태준 소설의 비사회성을 비판하고 그의 호고 취미(好古趣味) 역시 딜레탕티슴의 수준에 그친 것으로 평가하고 있다.(김우종, 『한국현대소설사』, 성문각, 1968; 김윤식 · 김현, 『한국문학사』, 민음사, 1973)

이태준 소설에 대한 학위 논문과 단행본이 본격적으로 등장한 것은

1980년대 후반부터이다. 민충환은 『이태준 연구』(깊은샘, 1988)를 통해 이태준의 전기적 사항을 추적하고 작품 텍스트를 확정하는 등의 실증적인 작업을 수행함으로써 이후 이태준 소설 연구에 주요한 기틀을 마련한다. 이 시기의 연구에서는 단편의 완성도와 현실적 관심의 부재로 양분되어 상호 배타적이었던 기존의 평가와 달리, 이태준 소설의 사회의식을 강조하는 경향이 특히 두드러졌다. 강진호의 「이태준 연구」(고려대 석사 학위 논문, 1987)는 이태준의 단편이 후기로 갈수록 감상성이 극복되고 사회 현실에 대한 인식이 깊어진다고 지적함으로써 이태준 소설의 사회의식을 적극적으로 평가하려고 시도한다. 유종호는 해방 이전에 발표된 이태준의 단편과 해방 이후의 이태준의 행적을 관련시켜 논의하고 있는데, 초기 단편에서 보였던 현실에 대한 비판적 관심이 후기로 갈수록 약화되고 있으며, 해방 이후 이태준 소설의 변화는 일제 말기의 소극적 처세에 대한 자책감에서 비롯된 것이라고 지적하고 있다.(유종호, 「'인간사전'을 보는 재미──이태준의 단편」, 『1930년대 민족문학의 인식』, 한길사, 1990)

단편에 편중되었다는 기존 연구의 한계를 넘어 장편으로까지 논의를 확장시키려는 시도는 박사 학위 논문을 통해 주요한 성과를 낳았다. 장영우의 「이태준 소설 연구」(동국대 박사학위논문, 1992)는 애정의 삼각관계를 내세운 통속 소설이라는 기존의 평가와 달리, 이태준의 장편이 사회적인 계몽성을 전달하려는 전략을 내포하고 있다고 긍정적으로 평가한다. 박헌호는 이태준의 단편을 기법적인 차원에서 미적 근대성으로, 장편을 사회적 근대화를 위한 계몽이라는 측면에서 사회적 근대성으로 규정하고, 각각의 의의를 평가하고 있다.(박헌호,

「이태준 문학의 소설사적 위상」, 성균관대 박사학위논문, 1997)

근대성이라는 키워드는 다른 논자들에 의해서도 주요하게 검토되었다. 이태준 문학을 고아 의식과 상고주의로 접근한 김윤식은 특히 상고주의가 일제에 저항하는 정신적 자세로서의 반근대주의적 의미를 갖는다고 평가한다.(김윤식, 「『문장』지의 세계관」, 『한국근대문학사상비판』, 일지사, 1978; 김윤식, 「이태준의 표정」, 『해방공간의 문학사론』, 서울대출판부, 1989) 서영채는 이태준의 글쓰기 의식이 지사 의식이 결합된 처사 의식에 기반하고 있으며, 이러한 의식이 속물적인 현실에 대한 대항 의식을 내포하고 있다고 지적한다.(서영채, 「두 개의 근대성과 처사 의식」, 『이태준 문학 연구』, 깊은샘, 1993) 송인화 역시 현실 도피나 사회의식과 무관한 감상성으로 평가되었던 이태준 소설의 미의식이 근대 자본주의적 속물성에 대한 비판적 의미를 지니고 있다고 평가한다.(송인화, 「이태준 소설 연구」, 연세대 박사 학위 논문, 1999) 이 논의들은 현실을 근대 자본주의로 규정하고, 이태준 소설에서의 근대의 의미를 고찰하고 있다.

한국문학전집을 펴내며

　오늘의 한국 문학은 다양한 경험과 자산에서 비롯된 것이지만, 그중에서도 우리 앞선 세대의 문학 작품에서 가장 큰 유산을 물려받고 있다. 그럼에도 우리는 가끔 우리의 문학 유산을 잊거나 도외시한다. 마치 그것 없이는 살아갈 수 없는 소중한 물을 쉽게 잊고 사는 것처럼 그동안 우리는 우리가 이루어놓은 자산들을 너무 쉽게 잊어버리고 있었는지도 모르겠다. 인기 있는 외국 작품들이 거의 동시에 번역 출판되고, 새로운 기획과 번역으로 전 세계의 문학 작품들이 짜임새 있게 출판되고 있는 요즈음, 정작 한국 문학 작품들을 체계적으로 정리하지 못하고 있었다는 점을 최근에 우리는 깊이 반성하게 되었다. 그리고 이러한 때늦은 반성을 곧바로 '한국문학전집'을 기획하는 힘으로 전환하였다.

　오늘의 시점에서 '한국문학전집'을 기획한다는 것은, 우선 그동안 양적으로나 질적으로 괄목할 만한 수준에 이른 한국 문학 연구 수준을 반영하는 새로운 시각이 전제되어야 할 것이다. 그리고 '우리 것을 지키자'는 순진한 의도에서가 아니라, 한국 문학이 바로 세계 문학이 되는 질적 확장을 위해, 세계 문학 속에서의 한국 문학의 정체성을 찾는 일을 간과해서는 안 될 것이다.

이번 기획에서 우리가 가장 크게 신경 썼던 점은 크게 두 가지이다. 하나는, 그동안 거의 관습적으로 굳어져왔던 작품에 대한 천편일률적인 평가를 피하고 그동안의 평가에 대한 비판적 평가와 더불어 새로운 평가로 인한 숨은 작품의 발굴이었다. 그리하여 한국 문학사를 시기별로 구분하여 축적된 연구 성과들 위에서 나름대로 중요한 작품들을 선별하는 목록 작업에 가장 큰 공을 들였다. 나머지 하나는, 그동안 여러 상이한 판본의 난립으로 인해 원전 텍스트가 침해되고 있는 심각한 상황을 고려하여 각각의 작가에게 가장 뛰어난 연구자들을 초빙하여 혼신을 다해 원전 텍스트를 확정하였다는 점이다.

장구한 우리 문학사의 주옥같은 작품들을 한자리에 모아, 세대를 넘고 시대를 넘어 그 이름과 위상에 값할 수 있는 대표적인 한국문학전집을 내놓는다. 이번에 출간되는 한국문학전집은 변화된 상황과 가치를 반영하는 내실 있고 권위를 갖춘 내용으로 꾸며질 것이며, 우리 문학의 정본 전집으로서 자리매김해 한국 문학의 전통을 계승하고 발전시키는 데 기여하고자 한다. 이 기획이 한국 문학의 자산들을 온전하게 되살려, 끊임없이 현재성을 가지는 살아 있는 작품들로, 항상 독자들의 옆에 있게 되기를 기대한다.

(주)**문학과지성사**

01 감자 김동인 단편선

최시한(숙명여대) 책임 편집

수록 작품 약한 자의 슬픔 / 배따라기 / 태형 / 눈을 겨우 뜰 때 / 감자 / 광염 소나타 / 배회 / 발가락이 닮았다 / 붉은 산 / 광화사 / 김연실전 / 곰네

극단적인 상황과 비극적 운명에 빠진 인물 군상들을 냉정하게 서술해낸 한국 근대 단편 문학의 선구자 김동인의 대표 단편 12편 수록. 인간과 환경에 대한 근대적 인식을 빼어난 문체와 서술로 형상화한 김동인의 주옥같은 작품들을 만날 수 있다.

02 탈출기 최서해 단편선

곽근(동국대) 책임 편집

수록 작품 고국 / 탈출기 / 박돌의 죽음 / 기아와 살육 / 큰물 진 뒤 / 백금 / 해돋이 / 그믐밤 / 전아사 / 홍염 / 갈등 / 먼동이 틀 때 / 무명초

식민 치하 빈궁 문학을 대표하는 최서해의 단편 13편 수록. 식민 치하의 참담한 사회적 현실을 사실적으로 전해주는 작품들. 우리 민족의 궁핍한 현실에 맞선 인물들의 저항 정신과 민족 감정의 감동과 울림을 전한다.

03 삼대 염상섭 장편소설

정호웅(홍익대) 책임 편집

우리 소설 가운데 서울말을 가장 풍부하게 살려 쓴 작품이자, 복합성·중층성의 세계를 구축하여 한국 근대 장편소설의 대표작으로 꼽히는 염상섭의 『삼대』. 1930년대 서울의 중산층 가족사를 통해 들여다본 우리 근대의 자화상이다.

04 레디메이드 인생 채만식 단편선

한형구(서울시립대) 책임 편집

수록 작품 논 이야기 / 레디메이드 인생 / 미스터 방 / 민족의 죄인 / 치숙 / 낙조 / 쑥국새 / 당랑의 전설

역설과 반어의 작가 채만식의 대표 단편 8편 수록. 1920~30년대의 자본주의적 현실 원리와 민중의 삶을 풍자적으로 포착하는 데 탁월했던 채만식. 사실주의와 풍자의 절묘한 조합으로 완성한 단편 문학의 묘미를 즐길 수 있다.

05 비 오는 길 최명익 단편선

신형기(연세대) 책임 편집

수록 작품 폐어인 / 비 오는 길 / 무성격자 / 역설 / 봄과 신작로 / 심문 / 장삼이사 / 맥령

시대를 앞섰던 모더니스트 최명익의 대표 단편 8편 수록. 병과 죽음으로 고통받는 인물 군상들을 통해 자신이 예감한 황폐한 현대의 징후를 소설화한 작가 최명익. 너무나 현대적이어서, 당시에는 제대로 평가받을 수 없었던 탁월한 단편소설들을 만난다.

06 사하촌 김정한 단편선

강진호(성신여대) 책임 편집

수록 작품 그물 / 사하촌 / 항진기 / 추산당과 곁사람들 / 모래톱 이야기 / 제3병동 / 수라도 / 인간단지 / 위치 / 오끼나와에서 온 편지 / 슬픈 해후

리얼리즘 문학과 민족 문학을 대표하는 김정한의 대표 단편 11편 수록. 민중들의 삶을 통해 누구보다 먼저 '근대화의 문제'를 문학적으로 제기하고 예리하게 포착한 작가 김정한의 진면목을 본다.

07 무녀도 김동리 단편선

이동하(서울시립대) 책임 편집

수록 작품 화랑의 후예 / 산화 / 바위 / 무녀도 / 황토기 / 찔레꽃 / 동구 앞길 / 혼구 / 혈거부족 / 달 / 역마 / 광풍 속에서

한국적이고 토착적인 전통 세계의 소설화에 앞장선 김동리의 초기 대표작 12편 수록. 민중의 삶 속에 뿌리 내린 토착적 전통의 세계를 정확한 묘사와 풍부한 서정으로 형상화했던 김동리 문학 세계를 엿본다.

08 독 짓는 늙은이 황순원 단편선

박혜경(인하대) 책임 편집

수록 작품 소나기 / 별 / 겨울 개나리 / 산골 아이 / 목넘이마을의 개 / 황소들 / 집 / 사마귀 / 소리 / 닭제 / 학 / 필묵장수 / 뿌리 / 내 고향 사람들 / 원색오뚝이 / 곡예사 / 독 짓는 늙은이 / 황노인 / 늪 / 허수아비

한국 산문 문체의 모범으로 평가되는 황순원의 대표 단편 20편 수록. 엄격한 지적 절제와 미학적 균형으로 함축적인 소설 미학을 완성시킨 작가 황순원. 극적인 사건 전개 대신 정적이고 서정적인 울림의 미학으로 깊은 감동을 전한다.

09 만세전 염상섭 중편선

김경수(서강대) 책임 편집

수록 작품 만세전 / 해바라기 / 미해결 / 두 출발

한국 근대 소설의 기념비적 작품인 「만세전」, 조선 최초의 여류화가인 나혜석의 삶을 소설화한 「해바라기」, 그리고 식민지 조선의 현실을 담아내고 나름의 저항의식을 형상화하기 위한 소설적 수련의 과정을 단적으로 보여주는 「미해결」과 「두 출발」 수록. 장편소설의 작가로만 알려진 염상섭의 독특한 소설 미학의 세계를 감상한다.

10 천변풍경 박태원 장편소설

장수익(한남대) 책임 편집

모더니스트 박태원이 펼쳐 보이는 1930년대 서울의 파노라마식 풍경화. 근대 자본주의 사회의 이데올로기와 일상성에 대한 비판에 몰두하던 박태원 초기 작품의 모더니즘 경향과 리얼리즘 미학의 경계를 넘나드는 역작. 식민지라는 파행적 상황에서 기형적으로 실현되던 근대화의 양상을 기층 민중의 생활에 초점을 맞춰 본격화한 작품이다.

11 태평천하 채만식 장편소설

이주형(경북대) 책임 편집

부정적인 상황들이 난무하는 시대 현실을 독자적인 문학적 기법과 비판의식으로 그려냄으로써 '문학적 미'를 추구했던 채만식의 대표작. 판소리 사설의 반어, 자기 폭로, 비유, 과장, 희화화 등의 표현법에 사투리까지 섞은 요설로, 창을 듣는 듯한 느낌과 재미를 선사하는 작품. 세태풍자소설의 장을 열었던 채만식이 쓴 가족사소설의 전형에 해당한다.

12 비 오는 날 손창섭 단편선

조현일(홍익대) 책임 편집

수록 작품 공휴일 / 사연기 / 비 오는 날 / 생활적 / 혈서 / 피해자 / 미해결의 장 / 인간동물원초 /
유실몽 / 설중행 / 광야 / 희생 / 잉여인간 / 신의 희작

가장 문제적인 전후 소설가 손창섭의 대표 단편 14작품 수록. 병적이고 불구적인 인간 군상들을 통해 전후 사회 현실에서의 '절망'의 표현에 주력했던 손창섭. 전쟁 그리고 전쟁 이후의 비일상적 사태를 가장 근원적인 차원에서 표현한 빼어난 작품들을 선별했다.

13 등신불 김동리 단편선

이동하(서울시립대) 책임 편집

수록 작품 인간동의 / 흥남철수 / 밀다원시대 / 용 / 목공 요셉 / 등신불 / 송추에서 / 까치 소리 /
저승새

「무녀도」의 작가 김동리가 1950년대 이후에 내놓은 단편 9편 수록. 전기 작품에 이어서 탁월한 문체의 매력, 빈틈없는 구성의 묘미, 인상적인 인물상의 창조, 인간에 대한 깊이 있는 통찰이라는 김동리 단편의 미학을 다시 한 번 경험할 수 있는 기회이다.

14 동백꽃 김유정 단편선

유인순(강원대) 책임 편집

수록 작품 심청 / 산골 나그네 / 총각과 맹꽁이 / 소낙비 / 솥 / 만무방 / 노다지 / 금 / 금 따는 콩밭 /
떡 / 산골 / 봄·봄 / 안해 / 봄과 따라지 / 따라지 / 가을 / 두꺼비 / 동백꽃 / 야앵 / 옥토끼 / 정조 / 땡볕 / 형

고단한 삶을 살아가는 순박한 촌부에서 사기꾼에 이르기까지 다양한 삶의 모습을 문학 속에 그대로 재현한 김유정의 주옥같은 단편 23편 수록. 인물의 토속성과 해학성, 생생한 삶의 언어와 우리 소리, 그 속에 충만한 생명감을 불어넣은 김유정 문학의 정수를 맛본다.

15 소설가 구보씨의 일일 박태원 단편선

천정환(성균관대) 책임 편집

수록 작품 수염 / 낙조 / 소설가 구보씨의 일일 / 애욕 / 길은 어둡고 / 거리 / 방란장 주인 / 비량 /
진통 / 성탄제 / 골목 안 / 음우 / 재운

한국 소설사상 가장 두드러진 모더니즘 작품으로 인정받는 「소설가 구보씨의 일일」을 비롯한 박태원의 대표 단편 13편 수록. 한글로 씌어진 가장 파격적이고 실험적인 작품으로 주목 받은 박태원. 서울 주변부 중산층의 삶이라는 자기만의 튼실한 현실 공간을 구축하여 새로운 소설 기법과 예술가소설로서의 보편성을 획득한 작품들이다.

16 날개 이상 단편선

김주현(경북대) 책임 편집

수록 작품 / 12월 12일 / 지도의 암실 / 지팡이 역사 / 황소와 도깨비 / 공포의 기록 / 지주회시 / 동해 / 날개 / 봉별기 / 실화 / 종생기

근대와 맞닥뜨린 당대 식민지 조선의 기념비요 자화상 역할을 하는 이상의 대표 단편 11편 수록. '천재'와 '광인'이라는 꼬리표와 함께 전위적이고 해체적인 글쓰기로 한국의 모더니즘 문학사를 개척한 작가 이상. 자유연상, 내적 독백 등의 실험적 구성과 문체로 식민지 근대와 그것에 촉발된 당대인의 내면을 예리하게 포착해낸 이상의 문제작들을 한데 모았다.

17 흙 이광수 장편소설

이경훈(연세대) 책임 편집

한국 최초의 근대 장편소설 『무정』을 발표하면서 한국 소설 문학의 역사를 새롭게 쓴 이광수. 『흙』은 이광수의 계몽 사상이 가장 짙게 깔린 작품으로 심훈의 『상록수』와 함께 한국 농촌계몽소설의 전위에 속한다. 한국 근대 문학사상 가장 많이 연구되고 있는 작가의 대표작답게 『흙』은 민족주의, 계몽주의, 농민문학, 친일문학, 등장인물론, 작가론, 문학사 등의 학문적·비평적 논의의 중심에 있는 작품이다.

18 상록수 심훈 장편소설

박헌호(성균관대) 책임 편집

이광수의 장편 『흙』과 더불어 한국 농촌계몽소설의 쌍벽을 이루는 『상록수』. 심훈의 문명(文名)을 크게 떨치게 한 대표작이다. 1930년대 당시 지식인의 관념적 농촌 운동과 일제의 경제 침탈사를 고발·비판함으로써, 문학이 취할 수 있는 현실 정세에 대한 직접적인 대응 그리고 극복의 상상력이란 두 가지 요소를 나름의 한계 속에서 실천해냈고, 대중적으로도 큰 호응을 불러일으킨 작품이다.

19 무정 이광수 장편소설

김철(연세대) 책임 편집

20세기 이래 한국인이 가장 많이 읽고 가장 자주 출간돼온 작품, 그리고 근현대 문학 가운데 가장 많이 연구의 대상이 된 작가 이광수의 대표작 『무정』. 씌어진 지 한 세기가 가까워오도록 여전히 읽히고 있고 또 학문적 논쟁의 중심에 서 있는 『무정』을 책임 편집자의 교정을 충실하게 반영한 최고의 선본(善本)으로 만난다.

20 고향 이기영 장편소설

이상경(KAIST) 책임 편집

'프로문학의 정점'이자 우리 근대 문학사의 리얼리즘의 확립을 결정적으로 보여주는 이기영의 『고향』. 이기영은 1920년대 중반 원터라는 충청도의 한 농촌 마을을 배경으로 봉건 사회의 잔재를 지닌 채 식민지 자본주의화가 진행되어가는 우리 근대 초기를 뛰어난 관찰로 묘파한다. 일제 식민 치하 근대화에 대한 문학적·비판적 성찰과 지식인의 고뇌를 반영한 수작이다.

²¹ 까마귀 이태준 단편선

김윤식(명지대) 책임 편집

수록 작품 불우 선생 / 달밤 / 까마귀 / 장마 / 복덕방 / 패강랭 / 농군 / 밤길 / 토끼 이야기 / 해방 전후

'한국 근대소설의 완성자' '단편문학'의 명수. 이태준은 우리 근대 문학의 전개 과정에서 결코 간과할 수 없는 역할을 담당했던 작가 가운데 한 사람이다. 문학의 자율성과 예술성을 상실하지 않으면서도 현실 문제에 각별한 관심을 보여주었던 그의 단편은 한국소설사에서 1930년대를 대표하는 것으로 인정받고 있다.

²² 두 파산 염상섭 단편선

김경수(서강대) 책임 편집

수록 작품 표본실의 청개구리 / 암야 / 제야 / E선생 / 윤전기 / 숙박기 / 해방의 아들 / 양과자갑 / 두 파산 / 절곡 / 얼룩진 시대 풍경

한국 근대사를 증언하고 있는 횡보 염상섭의 단편소설 11편 수록. 지식인 망국민으로서의 허무적인 자기 진단, 구체적인 사회 인식, 해방 후와 전후 시기에 대한 사실적 증언과 문제 제기를 포함한 대표작들을 통해 횡보의 단편 미학을 감상한다.

²³ 카인의 후예 황순원 소설선

김종회(경희대) 책임 편집

수록 작품 카인의 후예 / 너와 나만의 시간 / 나무들 비탈에 서다

인간의 정신적 순수성과 고귀한 존엄성을 문학의 제일 원칙으로 삼았던 작가 황순원. 그의 대표작 가운데 독자들의 가장 많은 사랑을 받은 장편소설들을 모았다. 한국전쟁을 온몸으로 체득하면서 특유의 절제되고 간결한 문장으로 예술적 서사성을 완성한 황순원은 단편에서와 마찬가지로 변함없는 감동의 세계를 열어놓는다.

²⁴ 소년의 비애 이광수 단편선

김영민(연세대) 책임 편집

수록 작품 무정 / 소년의 비애 / 어린 벗에게 / 방황 / 가실 / 거룩한 죽음 / 무명 / 꿈

한국 근대소설사와 이광수 개인의 문학 세계에서 중요한 의미를 갖는 단편 8편 수록. 이광수가 우리말로 쓴 최초의 창작 단편 「무정」, 당시 사회의 인습과 제도를 비판한 「소년의 비애」, 우리나라 최초의 서간체 소설인 「어린 벗에게」, 지식인의 내면적 갈등과 자아 탐구의 과정을 담은 「방황」, 춘원의 옥중 체험을 바탕으로 씌어진 「무명」 등 한국 근대문학의 장르와 소재, 주제 탐구 면에서 꼼꼼히 고찰해야 할 작품들이다.

²⁵ 불꽃 선우휘 단편선

이익성(충북대) 책임 편집

수록 작품 테러리스트 / 불꽃 / 거울 / 오리와 계급장 / 단독강화 / 깃발 없는 기수 / 망향

8·15 해방과 분단, 6·25전쟁으로 이어지는 한국 근현대사의 열병을 깊이 있게 고찰한 선우휘의 대표작 7편 수록. 평판작 「불꽃」과 「깃발 없는 기수」를 비롯해 한국 근현대사의 역동성과 이를 바라보는 냉철한 작가의식이 빚어낸 수작들을 한데 모았다.

26 맥 김남천 단편선

채호석(한국외대) 책임 편집

수록 작품 공장 신문 / 공우회 / 남편 그의 동지 / 물 / 남매 / 소년행 / 처를 때리고 / 무자리 / 녹성당 / 길 위에서 / 경영 / 맥 / 등불 / 꿀

카프와 명맥을 같이하며 창작과 비평에서 두드러진 족적을 남긴 작가 김남천. 1930년 대 초, 예술운동의 볼세비키화론 주장과 궤를 같이하는 「공장 신문」, 「공우회」, 카프 해산 직후 그의 고발문학론을 담은 「처를 때리고」 「소년행」 「남매」, 전향문학의 백미로 꼽히는 「경영」 「맥」 등 그의 치열했던 문학 세계의 변화를 일별할 수 있는 대표작 14편 수록.

27 인간 문제 강경애 장편소설

최원식(인하대) 책임 편집

한국 근대 여성문학의 제일선에 위치하는 강경애의 대표작. 일제 치하의 1930년대 조선, 자본가와 농민·노동자의 대립 구조 속에서 농민과 도시노동자가 현실의 문제를 해결하고자 하는 주체로 성장하는 과정과 그들의 조직적 투쟁을 현실성 있게 그려낸 작품. 이기영의 『고향』과 더불어 우리 근대 소설사에서 리얼리즘 소설의 수작으로 꼽는다.

28 민촌 이기영 단편선

조남현(서울대) 책임 편집

수록 작품 농부 정도룡 / 민촌 / 아사 / 호외 / 해후 / 종이 뜨는 사람들 / 부역 / 김군과 나와 그의 아내 / 변절자의 아내 / 서화 / 맥추 / 수석 / 봉황산

카프와 프로문학의 대표 작가 이기영. 그가 발표한 수십 편의 단편소설들 가운데 사회사나 사상운동사로서의 자료적 가치가 높으면서 또 소설 양식으로서의 구조미를 제대로 보여주는 14편을 선별했다.

29 혈의 누 이인직 소설선

권영민(서울대) 책임 편집

수록 작품 혈의 누 / 귀의 성 / 은세계

급진적이고 충동적인 한국 근대의 풍경 속에 신소설이라는 새로운 서사 양식을 창조해낸 이인직. 책임 편집자의 꼼꼼한 텍스트 확정과 자세한 비평적 해설을 통해, 신소설의 서사 구조와 그 담론적 특성을 밝히고 당시 개화·계몽 시대를 대표하는 서사양식에 내재화된 일본적 식민주의 담론을 꼬집는다.

30 추월색 이해조 안국선 최찬식 소설선

권영민(서울대) 책임 편집

수록 작품 금수회의록 / 자유종 / 구마검 / 추월색

개화·계몽시대의 대표적인 신소설 작가 3인의 대표작. 여성과 신교육으로 집약되는 토론의 모습을 서사 방식으로 활용한 「자유종」, 구시대적 인습을 신랄하게 비판한 「구마검」, 가장 대중적인 신소설 가운데 하나로 꼽히는 「추월색」, 그리고 '꿈'이라는 우화적 공간을 설정하여 현실 비판의 풍자적 색채가 강한 「금수회의록」까지 당대의 사회적 풍속과 세태의 변화를 민감하게 반영한 작품들을 수록했다.

31 젊은 느티나무 강신재 소설선

김미현(이화여대) 책임 편집

수록 작품 안개 / 해방촌 가는 길 / 절벽 / 젊은 느티나무 / 양관 / 황량한 날의 동화 / 파도 / 이브 변신 / 강물이 있는 풍경 / 점액질

1950, 60년대를 대표하는 여성 작가 강신재의 중단편 10편을 엄선했다. 특유의 서정 적인 문체와 관조적 시선, 지적인 분석력으로 '비누 냄새' 나는 풋풋한 사랑 이야기 에서 끈끈한 '점액질'의 어두운 욕망에 이르기까지, 운명의 폭력성과 존재론적 한계 를 줄기차게 탐문한 강신재 소설의 여정을 한눈에 볼 수 있는 기회다.

32 오발탄 이범선 단편선

김외곤(서원대) 책임 편집

수록 작품 일요일 / 학마을 사람들 / 사망 보류 / 몸 전체로 / 갈매기 / 오발탄 / 자살당한 개 / 살 모사 / 천당 간 사나이 / 청대문집 개 / 표구된 휴지 / 고장난 문 / 두메의 어벙이 / 미친 녀석

손창섭 · 장용학 등과 함께 대표적인 전후 작가로 꼽히는 이범선의 대표작 14편 수록. 한국 현대사의 비극에 대한 묘사를 바탕으로 하면서도 잃어버린 고향, 동양적 이상향 에 대한 동경을 담았던 초기작들과 전후의 물질적 궁핍상을 전통적 사실주의에 기초 해 그리면서 현실 비판적 성격을 강하게 드러낸 문제작들을 고루 수록했다.

33 메밀꽃 필 무렵 이효석 단편선

서준섭(강원대) 책임 편집

수록 작품 도시와 유령 / 깨뜨려지는 홍등 / 마작철학 / 프레류드 / 돈 / 계절 / 산 / 들 / 석류 / 메 밀꽃 필 무렵 / 삽화 / 개살구 / 장미 병들다 / 공상구락부 / 해바라기 / 여수 / 하얼빈산협 / 풀잎 / 낙엽을 태우면서

근대 작가의 문화적 정체성이 끊임없이 흔들렸던 식민지 시대, 경성제대 출신의 지식 인 작가로서 그 문화적 혼란기를 소설 언어를 통해 구성하고 지속적으로 모색했던 이 효석의 대표작 20편 수록.

34 운수 좋은 날 현진건 중단편선

김동식(인하대) 책임 편집

수록 작품 희생화 / 빈처 / 술 권하는 사회 / 유린 / 피아노 / 할머니의 죽음 / 우편국에서 / 까막잡 기 / 그믐밤 흘긴 눈 / 운수 좋은 날 / 불 / B사감과 러브 레터 / 사립정신병원장 / 고향 / 동정 / 정조와 약가 / 신문지와 철창 / 서투른 도적 / 연애의 청산 / 타락자

한국 근대 단편소설의 형식적 미학을 구축하고 근대적 사실주의 문학의 머릿돌을 놓 은 작가 현진건의 대표작 21편 수록. 서구 중심의 근대성과 조선 사회의 식민성 사이 에서 방황하는 지식인의 내면 풍경뿐만 아니라, 식민지 조선의 일상을 예리하게 관찰 함으로써 '조선의 얼굴'을 담아낸 작가 현진건의 면모를 두루 살폈다.

35 사랑 이광수 장편소설

한승옥(숭실대) 책임 편집

춘원의 첫 전작 장편소설. 신문 연재물의 제약에서 벗어나 좀더 자유롭고 솔직한 그 의 인생관이 담겨 있다. 이른바 그의 어떤 장편소설보다도 나아간 자유 연애, 사랑에 관한 작가의 생각을 엿볼 수 있는 작품. 작가의 나이 지천명에 이르러 불교와 『주역』 등 동양고전에 심취하여 우주의 철리와 종교적 깨달음에 가닿은 시점에서 집필된, 춘 원의 모든 것.

36 화수분 전영택 중단편선

김만수(인하대) 책임 편집

수록 작품 천치? 천재?/운명/생명의 봄/독약을 마시는 여인/화수분/후회/여자도 사람인가/하늘을 바라보는 여인/소/김탄실과 그 아들/금붕어/차돌멩이/크리스마스 전야의 풍경/말 없는 사람

1920년대 초반 자연주의, 사실주의적 색채가 강한 작품 세계로 주목받았던 작가 전영택의 대표작선. 이들 작품에서 작가는, 일제 초기의 만세운동, 일제 강점기하의 극심한 궁핍, 해방 직후의 사회적 혼돈, 산업화 초창기의 사회적 퇴폐상에 대한 자신의 경험을 소박한 형식 속에 담고 있다.

37 유예 오상원 중단편선

한수영(동아대) 책임 편집

수록 작품 황선지대/유예/균열/죽어살이/모반/부동기/보수/현실/훈장/실기

한국 전후 세대 문학의 대표 작가 오상원의 주요작 10편을 묶었다. '실존'과 '행동'에 초점을 맞춘 그의 작품은, 한결같이 극한 상황에 처한 인간 존재의 의미를 묻는 데 천착하면서 효과적인 주제 전달을 위해 낯설고 다양한 소설적 실험을 보여준다.

38 제1과 제1장 이무영 단편선

전영태(중앙대) 책임 편집

수록 작품 제1과 제1장/흙의 노예/문 서방/농부전 초/청개구리/모우지도/유모/용자소전/이단자/B녀의 소묘/O형의 인간/들메/며느리

한국 농민문학의 선구자로 평가받는 이무영의 주요 단편 13편 수록. 이들 작품에서 작가는, 농민을 계몽의 대상이 아닌, 흙을 일구는 그들의 삶을 통해서 진실한 깨달음을 얻는 자족적 대상으로 바라본다. 이무영의 농민소설은 인간을 향한 긍정적 시선과 삶의 부조리한 면을 파헤치는 지식인의 냉엄한 비판 의식이 공존하고 있다.

39 꺼삐딴 리 전광용 단편선

김종욱(세종대) 책임 편집

수록 작품 흑산도/진개권/지층/해도초/GMC/사수/크라운장/충매화/초혼곡/면허장/꺼삐딴 리/곽 서방/남궁 박사/죽음의 자세/세끼미

1950년대 전후 사회와 60년대의 척박한 삶의 리얼리티를 '구도의 치밀성'과 '묘사의 정확성'을 통해 형상화한 작가 전광용의 대표 단편 15편 모음집. 휴머니즘적 주제 의식, 전통적인 서사 형식, 객관적이고 냉철한 묘사 태도, 짧고 건조한 문체 등으로 집약되는 전광용의 작품 세계를 한눈에 살필 수 있는 계기.

40 과도기 한설야 단편선

서경석(한양대) 책임 편집

수록 작품 동경/그릇된 동경/합숙소의 밤/과도기/씨름/사방공사/교차선/추수 후/태양/임금/딸/철로 교차점/부역/산촌/이녕/모자/혈로

식민지 시대 신경향파·카프 계열 작가로서 사회주의 리얼리즘 문학을 추구한 작가 한설야의 문학적 특징을 잘 드러내는 단편 17편을 수록했다. 시대적 대세에 편승하며 작품의 경향을 바꾸었던 다른 카프 작가들과는 달리 한설야는, 주체적인 노동자로서의 삶을 택한 「과도기」의 '창선'이 그러하듯, 이 주제를 자신의 평생 과제로 삼아 창작에 몰두했다.

41 사랑손님과 어머니 주요섭 중단편선

장영우(동국대) 책임 편집

수록 작품 추운 밤 / 인력거꾼 / 살인 / 첫사랑 값 / 개밥 / 사랑손님과 어머니 / 아네모네의 마담 /
북소리 두둥둥 / 봉천역 식당 / 낙랑고분의 비밀

주요섭이 남녀 간의 애정 문제를 주로 다룬 통속 작가로 인식되어온 것은 교정되어야
마땅하다. 그는 빈민 계층의 고단하고 무망(無望)한 삶을 사실적으로 재현하는 데 탁
월한 기량을 보였으며, 날카로운 현실인식과 객관적 묘사의 한 전범을 보여주었고 환
상성을 수용함으로써 보다 탄력적인 소설미학을 실험하기도 하였다.

42 탁류 채만식 장편소설

우찬제(서강대) 책임 편집

채만식은 시대의 어둠을 문학의 빛으로 밝히며 일제 강점기와 해방기의 우리 소설사
를 빛낸 작가다. 그는 작품활동 전반에 걸쳐 열정적인 창작열과 리얼리즘 정신으로
당대의 현실상을 매우 예리하게 형상화했다. 특히 『탁류』는 여주인공 초봉의 기구한
운명의 족적을 금강 물이 점점 탁해지는 현상에 비유하면서 타락한 당대의 세계상을
여실하게 드러내주고 있다.

43 벙어리 삼룡이 나도향 중단편선

우찬제(서강대) 책임 편집

수록 작품 젊은이의 시절 / 별을 안거든 우지나 말걸 / 옛날 꿈은 창백하더이다 / 여이발사 /
행랑 자식 / 벙어리 삼룡이 / 물레방아 / 꿈 / 뽕 / 지형근 / 청춘

위험한 시대에 매우 불안하게 살았던 작가. 그러나 나도향은 불안에 강박되기보다 불
안한 자유의 상태를 즐기는 방식으로 소설을 택한 작가였다. 낭만적 환멸의 풍경이나
낭만적 동경의 형식 등은 불안에 대한 나도향 식 문학적 향유의 풍경으로 다가온다.

44 잔등 허준 중단편선

권성우(숙명여대) 책임 편집

수록 작품 탁류 / 습작실에서 / 잔등 / 속습작실에서 / 평대저울

한국 근대소설사에서 허준만큼 진보적 지식인의 진지한 자기 성찰을 깊이 형상화한
작가는 없었다. 혁명의 필연성을 기꺼이 인정하면서도 혁명과 해방으로 인해 궁지와
비참에 몰린 사람들에 대해 깊은 연민과 따뜻한 공감의 눈길을 던진 그의 대표작 다
섯 편을 한데 모았다.

45 한국 현대희곡선

유치진 함세덕 오영진 차범석 이근삼 최인훈 이현화 이강백 이윤택 오태석

이상우(고려대) 책임 편집

수록 작품 토막 / 산허구리 / 살아 있는 이중생 각하 / 국물 있사옵니다 / 옛날 옛적에 훠어이 훠
이 / 카덴자 / 봄날 / 오구―죽음의 형식 / 심청이는 왜 두 번 인당수에 몸을 던졌는가

한국 현대희곡 100년사를 대표하는 작품 열 편. 1930년대부터 1990년대까지 각 시
기의 시대정신과 연극 경향을 대표할 만한 희곡들을 골고루 선별하였고, 사실주의 희
곡과 비사실주의희곡의 균형을 맞추어 안배하였다.

계속 출간됩니다.